中国书籍文学馆
名家文存

从传承到重塑

马 季／著

中国书籍出版社
China Book Press

图书在版编目（CIP）数据

从传承到重塑 / 马季著 . —北京：中国书籍出版社，2014.3
（中国书籍文学馆·名家文存）
ISBN 978-7-5068-3939-6

Ⅰ . ①从… Ⅱ . ①马… Ⅲ . ①中国文学－当代文学－文学评论 Ⅳ . ① I206.7

中国版本图书馆 CIP 数据核字（2013）第 306292 号

从传承到重塑

马季　著

图书策划	武　斌　崔付建
责任编辑	王文军
责任印制	孙马飞　张智勇
出版发行	中国书籍出版社
地　　址	北京市丰台区三路居路 97 号（邮编：100073）
电　　话	（010）52257143（总编室）（010）52257153（发行部）
电子邮箱	chinabp@vip.sina.com
经　　销	全国新华书店
印　　刷	北京富达印务有限公司
开　　本	710 毫米 × 1000 毫米　1/16
字　　数	210 千字
印　　张	19
版　　次	2014 年 5 月第 1 版　2016 年 1 月第 2 次印刷
书　　号	ISBN 978-7-5068-3939-6
定　　价	58.00 元

版权所有　翻印必究

见证·思考·立言（自序）

网络文学似乎是文学家族里的UFO，对它的描述甚至在一定程度上丰富了我们的想象力。据我所知，好多人不承认这个文学样式的存在，他们的理由是：文学放在哪里都叫文学，不能因为放在箩筐里就叫箩筐文学，放在网络里就叫网络文学。的确，网络文学至今仍然只是相对于纸媒文学而存在的概念，它的学理独立性尚未被认可。在广义上，它是约定俗成的产物；在狭义上，我们必须承认，新世纪交汇之际，网络上涌现出各种与以往写作存在诸多不同特点的写作。且不说它成就如何，在艺术审美上发生的变化是显而易见的。在没有更准确的界定之前，称之为网络写作，应当是可以被接受的。既然存在网络写作，网络文学也就具有了命名的合法性。说白了，不承认网络文学的存在，并非视而不见，其根本原因还是怀疑它的文学价值。换句话说，网络文学到底是不是文学？抑或是不是文学垃圾？这才是症结所在。

因此，我们真正面对的是如何评价网络文学的问题。在纸媒文学时代，我们一直信奉当下文学必须具备被阅读的可能，但是网络文学打破了这一法则，只要你是人，就不可能完整地阅读网络文学。也就是说，我们只能从某个侧面阅读它，而这个侧面有可能正好是垃圾，也有可能恰恰就是文学。作为网络文学发生、发展的见证者，在我看来，如果网络文学存在问题，那也是中国文学的问题，而不能归咎其他。

世纪之交的中国文学面临诸多难题，与时代节奏脱节，跟不上生活的步伐，在其中尤为突出。在经济、科技持续高速发展二十多年之后，逐渐强盛的中国社会，是多么需要多元文化生态与之相匹配，又是多么渴望更为广博、辽阔的文学想象与之相呼应。文学何为？在焦虑与苦闷，期盼与纷争之际，网络文学的破局，既是时间节点上的偶然，也是历史节点上的必然。信息时代，网络印记强大，文学印记弱小；当网络托起文学，文学将获新生。在将近十年的研究与思考中，我逐渐认识并感受到这一点。

中国自古以来就有民众参与艺术创造的文化传统，民间性是中国文学最重要的标志之一。可以这样说，汉语的特征及其形成和流变的过程，本身就是一部伟大的民间"史诗"。历史上每一位杰出的汉语作家，都是在丰沛的民间文化滋养中成长起来的。新的历史时期，尤其在文化全球化的格局下，民间性必然会随着社会生活的变化而产生新的形态。由于传播方式的革命，网络文学恰好最大值地体现了文学的民间性，作为新时代来临时的一种过渡阶段的写作方式，它的长足发展，将是汉语文学登上世界文学舞台不可或缺的一级阶梯。

为此，我致力于为网络文学立言，心甘情愿做这件有可能吃力而不讨好的事情。实际上，在整个过程中我所获得的启发，已经证明这个选择是有意义的。透过网络文学发出的一丝光亮，我看到了中国文学的希望。

目录

第一辑 渴望与猜想

- 002 "网络文学"与"传统文学"纵横论
- 016 民间化的国家话语方式
- 030 网络文学：中国当代文学第二次起航
- 040 跨文化语境中的中国网络文学
- 046 网络文学将反哺当下写作
- 051 网络文学：十有五而志于学
- 055 网络穿越小说热潮背后的思考
- 060 网络文学：一头是神话，一头是现实
- 064 数字阅读改变大众生活方式

第二辑 网络群体话语

- 070 网络70后：中国类型文学探索者
- 075 网络80后：现实与幻想同构者
- 082 新媒体时代的文学群体
- 086 上海，网络与新文学空间的拓展
- 091 深圳，中国网络文学的先锋队
- 094 网络女性写作进入开疆辟土时代
- 096 网络女性文学：深度切入社会生活
- 099 网络写作："半边天"风景独好
- 103 类型文学的几个特点
- 105 类型化成型，无线阅读飙升

第三辑 网络文本解读（一）

- 112 历史境遇的趣味化想象
- 114 简朴之美，意象之深
- 116 漂泊的心如何安放
- 118 跨越虚拟世界的雷区与梦想
- 120 一部军人的精神成长史
- 123 玄奥的智性与人性的极端
- 125 伤感总在少年落幕时
- 128 随洪波，逐暗流
- 131 切勿以小说替代历史
- 134 传统笔法现代意识
- 137 凡庸细密的"传奇人生"
- 140 一个乱世少年的心灵史
- 143 网络文学的杂糅之趣
- 145 情绪的宣泄还是现实的呈现
- 148 富于人情和人性的价值选择
- 151 旧瓶新酒的 IT 浮世绘
- 154 如何与明朝对视
- 157 山寨《隋唐》之形，家国理想之质
- 160 当代女性的一面镜子
- 164 宏观看故事　微观看文学
- 168 一盘精妙的杂烩
- 171 天生我才没有用

第四辑 网络文本解读（二）

- 176 揭示人性深处的光明
- 179 一条必由的黑暗之路
- 182 文学的尺度与游戏的精神
- 184 光荣与梦想的重塑
- 187 从心所欲不逾矩
- 190 立意新颖，枝蔓丛生
- 193 八百年的沧海桑田
- 196 情节应为代入感服务
- 198 另类视角中的国家利益
- 200 请相信每一个让你温暖的故事
- 202 没有行动的爱情故事
- 204 虚拟世界里的亲情、爱情
- 206 俗世红尘中的生命感悟
- 208 难以抹去的记忆性创伤
- 211 传统军魂的时代演绎
- 213 完美爱情的狂想曲
- 215 具有现实意义的新神话小说
- 218 对历史的重新叙述
- 221 在造化之中熔炼万物
- 223 以实用颠覆侠义，以浑浊取代单纯
- 225 破冰之年　告别"隐身"
- 247 莺飞草长　流云无痕
- 272 波涛汹涌　港湾初现

第一辑 渴望与猜想

"网络文学"与"传统文学"纵横论

今天话题的关键词是文学,不过我们想知道的是,文学在网络里表现如何,存在哪些问题。"网络文学"的基本功能仍然是用汉字抒情和叙事,仍然是提供给读者阅读和审美,因此我们不能撇开"传统文学"去孤立地审视它。在我看来,"网络文学"与"传统文学"是同一个事物的不同表现形态,两者扮演的角色不一样,将它们做一些比较研究,对两者都是有利的事情。

当我们打开中国文学史的时候,看到汉代文学、唐代文学、宋代文学,看到文学沿着世纪的轨道发展,很规整的样子。事实不是这样。有些作家当时并不为人所知,是历史逐渐把他推到前台的。当然也有相反的情况,在当时名气很大,后来却慢慢被人忘记了。在这一点上历史是不做假的。中国古代只有"文选",也就是作品选这个形式,没有文学史,但20世纪情况就有些不一样了,文学史不仅开始评价古人,而且对当代的作品也有了评判。在创作实践中,文学批评逐步体系化。在20世纪之前,中国是个农业社会,没有文学和作家的概念,只有文人和文章的概念。读过书的人就是文人，帮亲戚朋友代笔写书信也能算是写文章。图书、期刊、报纸差不多都是在20世纪初期，也就是一百年前出现的，文学和作家的概念也是由这些新兴的媒体建立起来的。20世纪之前，文学只是个人的事情，除了皇亲国戚、富商巨贾出于个人爱好供养几个文人之外，以写作为生是不可能的，写作者都有自己的职业。媒体出现之后，文化有了商品属性、形成市场，以写作为生才成为可能。可以说，中国文学在20世纪经历了最大的变革，在传播方式和价值体系上都发生了重要变革，出现了职业作家。20世纪末，"网络文学"的出现，使写作成为一种大众文化现象。文学的可能性几乎被放大到了无限。和经济社会的巨变一样，这一百年中国文学真正走到了百姓身边，每个家庭都有可能拥有自己的"作家"。

一、"传统文学"一直在往纵向发展

相对于"网络文学"，我们现在说的"传统文学"实际上是指20世纪的文学，或者直接是指发表在纸质媒体上的作品。

20世纪的中国，就文化而言，最大的变革当属"五四"新文化运动，它使中国人明白了自己的国家之所以贫穷落后，文化是很重要的因素。但文化的变革必然滞后于思想的变革，换句话说，20世纪初，在国家安危存亡的时刻，以意识形态为主轴的思想之争，已经悄然决定了百年中国的命运。文学始终在这一巨大的洪涛之中起伏。经历了被列强瓜分、军阀割据、抗日战争和解放战争，民族的危亡使得文学的"警世"功能被强化，到后来对"阶级斗争"的书写，文学在意识形态漩涡里愈陷愈深。改革开放之后，文学进入黄金时代，本来有横向发展的机会，但小的波折一次次出现，始终没有摆脱意识形态的影响，在反思苦难、颠覆价值的阶段徘徊。我将这一阶段的小说称为"阶级斗争"的复调叙事。也就是说，虽然是以批判者的身份出现，终究没有能够跳出来，进入更广泛的空间。王小波为什么受欢迎？他或许是少数跳出来的人，他看到了另外的东西，这是很不简单的。当代中国不缺乏具有天赋和才智的作家，却为什么迟迟不能登上世界文学的顶峰？其中一个重要的原因就是，当代中国文学有"纵"的深度，却缺乏"横"的宽度，由此而产生的作品格局小，视野窄，不足以表达普世价值观，难以与世界主流文化融合。

当然，也有新的景象产生。20世纪80年代出现的先锋文学和90年代后期出现的个人化写作，应该是传统文学"纵"的主干上伸出来的枝蔓，你说它模仿西方也好，你说它自说自话也罢，它必然是中国式的对文学价值的修正，它提醒人们：文学还有更加广阔的天地。如果和"伤痕文学"、"改革文学"、"知青文学"等等，包括近年的"底层文学"、"生存状态文学"相比较，先锋文学和个人化写作或许更接近文学的本质。这不是一个文本技术类别的问题，而是一个如何重新认识文学世界的问题。当然，20世纪的中国文学也有伟大的地方，它实现了对人性的深刻挖掘，在艺术表现力和技法上也获得了长足的进步。但这些进步只是针对我们民族自身而言，像我们这样一个有着悠久文明历史的国家，这样一个经济和文化大国，应该为世界文学作出更大的贡献。自改革开放以来，为了跨出这一步我们期待了整整三十年，面对网络文学这一新生力量，我们预见它有另类美景，希望它能够"青出于蓝而胜于蓝"，做出惊世骇俗之举，是完全可以理解的。

二、"网络文学"具有横向发展的特征

20世纪的一百年特别是后来的五十年，文学在思想上的负重前行，解决了民族精神成长的一些问题，但积压的伤痛阻碍了它在新世纪的发展。"网络文学"的出现使这一现象的改变具有了可能性。为什么这样说呢？我觉得"网络文学"是"横"的文学，基本上摆脱了对意识形态的依附，让文学回归到本能的状态。

文学最基本的特征是什么？是对自由心灵的表达，是伟大思想与丰富想象力的结合。而"网络文学"的特质正是"表达的高度自由"、强烈的"个性化"和非功利性。

时代造就了人的生存方式，也造就了人感知生活的方式。网络作家在现实生活中有着各种各样的身份与职业，而且绝大多数与文学无关，他们的知识结构与身份背景千差万别，他们的创作因此有着别样的风情与广阔的视野。网络文学往往以颠覆经典文本的面貌出现，在写作中以轻松、嘲讽的气氛取胜，与传统文学正儿八经的叙事、抒情，神与貌皆相去甚远。这就要求我们以全新认知面对这一文学形态。有学者提出，网络文学最鲜明的特征是"写作"与"生存"的共生状态，或者"第一生存"体验对于"写作"呈现了最直接的意义，这与目前主流文坛的写作方式有很大不同，他们是"在生存中写作"，而目前文坛存在的职业性作家文学则在很大的意义上是"在写作中生存"。网络写作对于那些已经在传统媒体上占有一席之地的作家和作者，或许并不十分重要，但对于刚刚踏上写作之路的文学爱好者和业余作者来说，却是一片神圣的领域，他们在这里耕耘、播种，当然希望获得相应的收获。在这个意义上讲，网络写作给相当一批人带来了生活的乐趣和追求的方向。这个原动力其实是文学最珍贵的价值之一，也是网络文学横向发展的力量之源。

文学的游戏精神也在网络文学中得到了极大的发挥。这是一个很重要的问题。因为它在我们的传统文学那里出了问题，被卡住了。我不得不说，当代中国文学强调的现实主义是对伟大的"现实主义"文学精神的曲解，以至于出现了"伪造"苦难，对"生存"的低俗表现等问题。文学不仅要表现民族精神和时代精神的高度，而且要与世界其他文明进行横向联系，"网络文学"在这方面显然是有优势的，它的时代特征非常明显：有自由、宽容、真实、平等的原则；有宽阔无比的向别人学习、向自我挑战的空间；有无拘无束，充分表达的民主权利。

可以拿《悟空传》来举个例子。小说的写作灵感源于古典名著《西游记》和现代港片《大话西游》。作者借用了前者的人物关系、渊源，提取了后者的叙事方式、语言，以古代西游人物演绎现代西游情节，表现现代人的思维模式和观念。以《悟空传》为题目有两重含义：第一可以解释为"关于孙悟空的传记"；第二是概括了作品的思想内涵，即"感悟虚空"。

《悟空传》将原著人物形象作了很好的时空转换，让古典名著里一心朝佛的取经师徒脱胎换骨，变成了有爱有恨有欲有求有苦有痛的"人"，巧妙地诠释了现代人的精神世界，用冷冷的幽默勾得我们笑、深思、被感动。一篇网上评论说："我们生活在没有英雄的时代，一切神佛都被我们打破了。所以只有我们这一代会对这一作品流泪。"然而感动"我们这一代"就已经很难得了，这是多么难被感动的一代。《悟空传》的现实意义与它的神话背景完美结合，与网络世界的"虚拟的真实"相得益彰，一经贴出便获得了网友一致推崇，并引起网友竞相效仿。

《西游记》是无数中国人心中难忘的经典，但随着时代的发展，现代人更希望能看到它对现实社会的寓意所在。深刻的"西游"情节，可塑性极强的人物形象，终于使勇敢者萌发了重写"西游"的念头。首先出头的是周星驰的经典影片《大话西游》，它彻底颠覆了一个如来佛只掌遮天的世界，让人痛快不已。影片最受观众欢迎的是它的话语方式，它一度使得年轻人的语言习惯产生了欢愉的改变，直至青少年纷纷群起效仿。《西游记》和《大话西游》对《悟空传》的影响是根本性的，可以说是它的母体。《悟空传》借助原著的人物关系和"西游"主线再创作，情节与人物形象已是"天翻地覆"。它设置了多重的故事发生环境，"造"出了天界与万灵之森。表面上看神的家园天界祥和安宁，妖的老巢万灵之森充斥着阴森恐怖，但其实天界诸神的伪善与专横掩盖在神圣的表面下，构成了其虚伪奸诈的内核，与万灵之森竟有着相同的"恶"的实质。花果山是超脱的净土，是理想的天堂，是孙悟空心里永远的美丽家园，寄托着作者对纯粹美好的精神世界的追求与探寻。小说同时继承并发扬了已经深入人心的《大话西游》的典型情节和语言特色，但内容又远比其深刻丰富复杂得多。

另外，网络文学形式的多样化，也使其成为新的文学发生、发展的策源地，它通过不断的尝试，海量的更新，产生了一些新的表现形式和手段。历史小说《明朝那些事儿》就是一个比较典型的例子，作者"当年明月"以"把历史写得好看"为原则，用通俗诙谐的语言解读明史，叙述之中加入个人评论，获得了网民的追捧，出版后也取得了很好的销售业绩。《明朝那些事儿》的写作观念和方式与传统写作存在一定的不同之处，它充分利用了网络的共生性特质和民间亲和力，产生了新的历史叙事方式。曹升的《流血的仕途》在这方面做得也不错，把历史和现实有机地结合起来去表达，这在传统文学中是行不通的，或者说是犯忌的，但要真的写好了写妙了，写出空间来了，读者同样是能够接受的。克罗齐的"一切历史都是当代史"，以及黄仁宇的"大历史"观，也是在讲这个问题，那么我们在创作实践中如何去运用？敢不敢运用？我认为，网络文学是走在前面的，是符合时代精神的。我愿意为他们鼓掌！

三、"网络文学"与"传统文学"的互补

"网络文学"与"传统文学"有很多不一样的地方，有对抗的一面也有融合的一面。目前是一个文化开放的时代，也是一个思想兼容的时代，"网络文学"与"传统文学"之间的包容和互补既是必需的也是必然的。

表现形式上的互补。如果说以纸媒为载体的传统文学是平面的话，那我们可以说，网络文学是立体的。这个说法包含着两种涵义：一是指作者和读者的立体交融，他们互相感知，互相交流，甚至共同创作，使网络文学的表达更加透彻有力；二是指网络技术赋予了网络文学更加完善、强大的立体表达功能，使之强化、突出、延伸了电子文学的超文本特性。

在网络上，文学作品始终不是一个成品，不需要读者的仰视和评论家的俯视，它如一股涡流，把作者和读者卷入一种动态的互动关系中。网上阅读提供给人们的，不仅是作品本身，还有一种特殊氛围。网友们在网上虽然彼此见不到面，但冥冥之中依然能够感觉到别人的存在。这种阅读，比起一个人独居斗室，伴着一盏孤灯静静阅读，更有人情味，也更有趣得多。对于写作者来说，开放互动的网络环境是永不枯竭的创作动力。网络文学的创作和阅读、作者和读者都是被放在一个由网络构建的立体维度中的，这使得它在形式上较传统文学生动得多。

网络文学作品如果失去了网络做依托而直接印刷成书的话，就不存在所谓网络文学了。网络文学是建立在网络基础之上的，以传播和发表媒介来命名，这也是它的特殊性之一，同时也正证明和显示了它的脆弱，如果失去特定的媒介，它将没有被讨论的意义，但这并不能作为网络文学失去其锋芒与自身特点的理由。

雷立刚的代表作《秦盈》的创作过程也是个很好的例证。雷立刚曾一度对自己的创作信心不足，一位名为鲍可庚的网友这样鼓励他，并给出真诚的建议："雷立刚怕是天涯创作态度最严肃的作者。……他把自己目前的个人遭遇，不自觉地给'文学化'了。把自己的身份给'作家化'了。说出来残酷，但必须指出，目前的失业也好，失去婚姻也好，并不就必然构成写作的素质。如果这些就构成了你目前的写作动力，那么你的作品很可能就失之浅薄。而你个人的理想和先天的气质，又决定着你希望自己能写出'一代人'这样宏大话语的题材。"就是在这种不断的交流当中，雷立刚获得了写下去的勇气、信心和信念，获得了新的启迪和更深的感悟。如果说是读者与他共同成就了《秦盈》这部作品的话，一点也不过分。这种情况如果在传统写作中也能够出现的话，那会是一种什么情形呢？

思想内容上的互补。传统文学的生产机制仍然是由文学期刊、文学评论家和文学史家等精英权威掌握话语权，网络文学则比较倾向于民间意识。

因此，传统文学在思想内容上比较严谨，对作品的审美趣味要求比较严格，对非现实主义的作品持有谨慎怀疑的态度。而网络文学可以说是天马行空，任尔驰骋。就小说一项就有如下形式：玄幻小说、恐怖灵异小说、新历史小说、现代讽刺小说、戏谑小说、冷幽默小说等。应该说，网络文学在艺术形式上的色彩纷呈既是其不断发展、走向成熟的表现，同时也是网络文学前进过程中的外部要求。作为隶属于文学范畴的网络文学，艺术形式的多元化是创作主体日益成熟的表现；同时，与创作主体日益成熟相对应的是，接受群体需求的日益丰富，即接受主体对客体审美价值的需求大大提高。

在网络文学走过的短短十年时间里，随着网络写手队伍的急剧壮大，网络文学的表现形式不断丰富多彩起来。事实证明，网络文学能够引发关注和讨论的最重要一点，在于它全新的写作方式给人们带来的新鲜感受，如处于不同时空中的多人写作方式，以及利用多媒体手段将场景图片、动画甚至声音和音乐等融入作品的超文本写作等。网络文学形式上的这种创新，是由网络的性质所决定的。如果说网络文学是对作者发表、出版权的解放，实现了"每个人都是艺术家"的平民梦想，那么关于表现形式方面的各种实验，就可以说是写手们超越现实与自我愿望的一种发泄和表达。随着创作活动的持续和深入，写手们所观察与构思的题材不断扩大，思维更加活跃，手法更加娴熟，所要表达的内容也日益丰富。

最重要的一点我放到后面来讲。网络文学使新一代人以不同过去的方式产生了新时期的"理想"。我们的传统文学现在很少有表达理想的力量，是怕人笑话，都什么年代了，还讲理想？但是，网络文学是有勇气讲的，当然，不是过去的讲法，也可能是叹着气讲的，也可能是在传奇故事里讲的，也可能是在超自然的环境中讲的。我是感觉到的。我们这个时代还是需要理想的，没有理想，人活着总是低一层的。理想当然不是现实，文学再不去表达它，它就真的快灭绝了。前一阵李安导演的《色戒》引发争议，使我更明确地感受到这一点，电影当然是商业化的，或者说是最商业化的艺术。《色戒》走好莱坞的路子，拍了脱戏，也没什么错，但它关键是讲到了理想，它讲得实在是很巧妙啊。有个朋友说得很好，他说，现在身体已经不是我们的隐私了，理想才是我们的隐私，我们不敢，我们羞于说出自己的理想。这是全球性的问题，是文明的悲哀。这一点被李安敏锐地捕捉到了，他还是高明的。

因此，作家陈村用"前途无量"来描述网络文学的前景。他相信，网络文学的创作题材会更加丰富，创作目的也会由单纯追求阅读快感向追求作品的思想性、艺术性的高度转化。将来网络文学与传统文学的关系，可能与今日报纸与杂志的关系相类似。谢冕教授在任中国网络文学奖评委时这样说："传统文学重艺术性，审美感受是首要的，其内容有意义、有深度，给人启发，有一定深刻性。而通俗文学接近人，被人很快接受，语言方面平易近人、平常，与严肃文学不同。从这些方面讲，网络文学与通俗文学有相通之处，因而在评价网络文学时虽然用平时所熟悉的标准，但也会与网上形式相联系，考虑高雅与通俗之间的差别。"

我个人以为，当代中国文学大家必然出现在"网络文学"与"传统文学"互补之后的一代人当中。他们将推动中国文学产生一个新的高峰。为什么这样说呢？其一，他们很少受意识形态的影响；其二，他们的价值观和人生观与世界主流文化趋同。最初由网络开始走向文学世界，"网络文学"是他们的翼，然后在"传统文学"中他们找到民族的根。于是他们弥合了"网络文学"和"传统文学"之间的鸿沟，使中国文学纵横合一，蔚为大观。

四、网络文学存在的问题

网络文学存在问题是有其必然性的。文学毕竟是一个浩大系统的工程，由于网络写手大都是没有受过专业训练的年轻人，过度的交互性也使作者很难静下心来深刻思考生活，严肃创作，再加上外部市场因素的影响，网络文学的作品质量很难得到保证。在创作题材方面，网络文学的视野还不够宽阔，爱情、武侠、奇幻、都市白领的奋斗历程等故事占了相当比重；在叙事方式、语言等写作技巧方面也流于简单，大量的模仿之作充斥网上；写手生活经历的简单和艺术感受力的相对低下造成作品思想深度的浅显和艺术感染力的单薄。应该说，这些现象是普遍存在的。

网络文学审美的娱乐性一直是学界比较关注的问题。无深度、平面化，追求阅读快感和阅读刺激是网络文学的主要问题之一。网络写作的多种风格和多元结构，以及追求个人价值感的认同，是一把双刃剑，它在创建个体精神的同时，容易忽略对受众的心理关怀。因此，一旦失去边界，就会因为追求娱乐性而导致创作责任的缺失，构成对网络文学发展的制约。总体上看，网络文学写手主要由都市青年组成，与传统作家相比，他们的作品时尚浅显，易读好懂，缺乏关注人类命运的意识，在艺术上和思想深度上还远未成熟，缺少深邃的社会意义、人生感悟和深层的文化积淀，缺少责任与理性。因此，网络文学目前还难以满足更多读者深层次的审美需求。这当然和网络文学追求情绪化、随意化、即兴化的创作方式有关。无拘无束、随心所欲的表达自由，这为文学回到天真、本色和诚实创造了条件，但同时也为滥用自由、膨胀个性、创作失范大开了方便之门。这个问题还需要网络文学研究者们给以更多的关注。

来看看一位年轻网友发表在博客上的阅读心得：今天看了《猫灵》，很感动，觉得这个女的很奇妙，的确，在某些地方真的和我很相似，有着对灵异事件的兴趣与某些神奇的力量，虽然并不像文中的女的一样，但是，却有过类似的（经历）。如果是从前的我，大概对这类文章笑一笑而已，但是，我却爱上这个故事，爱上这个故事充满神秘、妖媚、死亡的气氛，充满神秘的罂粟花，会流血的雕花镜子，半夜会自动发出声响的洗衣机，那红红的血水滚动着……母亲的自杀，好友的梦游……很精彩的故事，不过，似乎有一点还是挺新鲜的，有恋父情结的女生都是感情丰富的女生？大概吧，没接触过……可是，看到最后，自己也想有种冲动，真的不知道，那冰凉的刀片触碰到静脉会是怎么样的一种感觉……猫灵和主人的性生活？只是因为恨吗？？

　　这段文字应该说很具有代表性，它说明，阅读在某些时候对人的影响是很大的，尤其是对年轻读者。这一现象值得研究。因为网络恐怖灵异小说的核心是恐怖，其故事往往追求离奇和晦涩，人物行为怪异，完全不适合成长期中的青少年阅读。但是可悲的是，这些小说的作者本身就是低龄、涉世不深的青年人，而小说的读者绝大多数是二十多岁的年轻人，甚至是更加年轻的在校学生，其中女读者比例远大于男读者。他们究竟是在怎样的社会背景、成长环境中感受这些另类的恐怖文化，这其中存在的问题，值得教育界、文化界人士深思……

　　网络恶搞的罪责虽然不应该记在网络文学的头上，但它还是应该引起我们的注意。网络恶搞作为一种群体行为，发泄情绪，营造一场话语狂欢只是表象，值得注意的是某种社会意识形态潜伏在其中。2006年网络恶搞，在客观上引发了人们对传统文学许多积蓄已久问题的思考。这已经不单单是一场关于诗歌的论争，而是关于历史转型期的中国文学走向何方的大讨论。不只是网络媒体，上百家传统媒体也纷纷从不同角度加入对这一事件的分析报道，就连一向不参与此类论争的《人民日报》也发表了文章，记者李舫认为，汉语诗歌在"回归本位"的过程中丧失了自我。她还借中国人民大学教授陆贵山的话说，"诗歌已经从少数人的自娱自乐变成网络的集体狂欢。诗歌的审美已经很难达成共识，诗评家对文本的审美评价变得日益艰难，焦虑、浮躁、娱乐浸透了今天的诗歌创作与阅读，中国诗歌传统中那种追求宁静、澹泊、旷达的终极诉求被焦灼感和游戏的快感取代，优秀的诗歌篇章被偷梁换柱，我们浩荡的诗歌传统面临着前所未有的危机。"而李舫的文章却再度引起新一轮的争论，并由网络文学延伸到了传统文学领域。从文学批评的角度来看，文学论争并不是一件坏事，它至少是自由表达思想的一种方式，是促进人们反思问题的途径，但现在看来，2006年由恶搞诗歌引发的论争对创作的辨析尚未取得明显效果。也许问题本来就已经存在，只不过网络以其特殊手段把它捅破了。

网上的热闹还是无法遮盖网络文学自身的问题，青年的写手们在写作过程中过于轻率和随便的态度时有显露，诸如题材重复、文本结构简单、叙述技法粗糙等，使读者降低了阅读期待，人气骤降，导致有一定文学鉴赏力的读者对其失望，长此以往，必将对网络文学的发展产生不利的影响。

网络文学自诞生之日起就带着所谓的"叛逆"精神，它火暴登台，在得着了机会之后，大有竭力招摇之势。一部分网络写手把文学视为纯粹个人情绪的排遣或文字游戏，以完全的调侃毫无选择地冲刷生存的严肃性，化责任为笑料，把传统歌颂的"神圣"当成了嘲弄的对象，对"崇高"的反讽也毫无思想依托；还有些作品大肆张扬媚俗情欲，使文学活动成了"欲望的狂欢"，文学的精神净化和人文升华功能在他们手里遭到异化和断裂；宏大叙事、精品意识、艺术独创性，在消解情绪的支配下荡然无存。然而，呈一时之快盲目地与传统对抗，使它迅速尝到了强大反弹力的苦果。当然，我说的是一部分，是一方面，但它也确是一种事实存在。

现代人的生活节奏今非昔比。网络时代的到来，迫使我们对速度有了前所未有的感知和要求。高速和爆炸的信息是数码时代的特征，是现代人的需求，从这个层面上来说网络文学是应当自豪的，它的高速生产和流通使它成为时代的宠儿。然而，不可忽略的一点是，节奏快并不等于质量差，这个时代的检验标准是双重的，是严格的，是不近人情的，它既要求网络文学超速度，又要求它高质量，否则就要对它有所蔑视，这恐怕是网络文学面临的又一个尴尬。

从传统文学的意义上看，网络文学面临的最大困境是落地传播渠道方面的严重缺失。这就引发了两大问题：一是网络文学是不是必须要借助传统的出版发行给自己正名？二是网络文学能否借助网络商务本身的特质获得生存的空间？就目前的情况看，传统的出版发行更能满足网络写作者的心理需求。但海量的网络作品能成书的毕竟只是少数。这样一来，网络写作者就必然要自我消化认同感的问题。自己的作品是否真的有价值？有多大价值？就有了疑问。也有过度自信的作者走向了另一个极端，出于"你不认我，我也不认你"的心理，干脆与传统文学唱起对台戏，甚至在网上故意挑起事端，在不知不觉中污染了网络环境。

其实问题并不可怕，不要说网络文学，就是传统文学也同样存在诸多的问题。在调查考察中我发现，有些问题是阶段性的，会随着时间而自我调整和修复，毕竟我国的网络文学才经历了短短的十年时间，以后的路还很漫长；当然，也有些问题是根本性的，这就需要引起我们的重视。打个不太恰当的比方，目前，我国的网络文学犹如一条"没有航标的宽阔河流"，这条河流浩浩荡荡，奔腾不息，有可能创造文学的巨流大浪，也有可能破坏文学的良田美景。过度的管制将扼杀它的生命力，而任其自流难免事与愿违。

五、博客写作给网络文学注入了活力

博客写作的出现，使网络文学这条河流形成了一个洪峰，并且开始分流，一部分传统作家有机会进入网络文学的领域。这是一个可喜的现象，说明网络写作进入了一个全新的阶段。

博客写作最显著的特征是公开面向大众，是能够及时得到阅读者反馈的写作。这个特征使博客成为了一个交流的平台。在这个意义上，博客写作已经不是传统写作那样的个人创作行为，而是由一定圈子的一群人共同完成的大众开放式写作。博客是以公开性、交互性和可追溯性为其最基本特征。在更广泛的意义上，博客写作对传统传媒产生了颠覆性的影响。它的出现使受到时空、传播速度、传播范围、言论实际权益等方面限制的传媒向大众敞开大门。是民众共享信息资源的有效形式。这一形式使传统作家看到了网络的巨大魅力。

那么博客与网络文学之间存在一种怎样的关系呢？在形式上，博客实现了人们筑造网上个人空间的梦想。博客是以个人为单位的，博主拥有完全属于自己的天地，可以发表文学作品、思想见解等，用各种方式和手段充分地表达自己。在发表作品方面，博客跟 BBS 方式有所不同。博客是以"个人专栏"的形式对文章按照发布的日期进行排列，而 BBS 是以帖子的形式，是以单篇文章为单位的。以往的网络文学都是以单篇作品为流传单位，以致于很多 BBS 原创文章竟然不知道作者是谁。而在博客世界里，作品只是个人的一种表现形式。博客赋予个人以能量，博客世界是个人在网络里全面最大化的世界，文学只是它的一部分。博客里的文学是一种"个人化"写作，它以展示、释放、推介自己为目的，文学本身反而隐身其后。比如余华，在自己的博客上连载长篇小说《兄弟》，我们似乎不能因此称《兄弟》为博客文学，余华在小说出版的同时把作品贴在自己的博客上，也许只是一种宣传、一种促销手段。更多的博客加盟者是文学爱好者，他们的文学博客是一种潜在的传播力量，使这一形式更加自主、开放。他们中的一些人，写到后来也出了书，成为被文学界认可的文学作品。但他们在写作之初，并没有这样的想法，只是在博客中把自己的经历，把自己知道的一些有趣的、有意义的故事写下来，满足自己表达的需要。可以说博客既成就了社会精英，也成就了无数草根。它使网络文学既有大众参与这根线，又有清晰的个人观点这个点，在感性的潮汐中翻动着理性的浪花，不由令人生出美好的向往。

博客的出现使网络文学向前迈出了一大步。我相信，不用多久，我们现在讨论的"网络文学"与"传统文学"这两个概念会逐步重叠，因为它们将会在相互补充的过程中感受到解放自身的乐趣。

民间化的国家话语方式

　　回顾文学艺术发展的历史，我们会发现，每当它揭开新的篇章，总是伴随着媒体的进步，也就是说，文学艺术的变革总是和传播方式的革新密不可分。最近的一次媒体进步当属互联网的出现，它的普及给阅读带来了巨大挑战，进而深入影响到文学生产机制，影响到人的审美趣味。互联网上发布的原创文学作品，在中国被约定俗成称为网络文学，无论在创作形式上，还是在作品数量上，中国的网络文学在全球范围都是独一无二的。目前，在网上发表过文学作品的人数无法确切统计，仅全国文学网站签约作者的人数就已突破两百万，每年产生原创长篇小说约十万部；文学网站日更新字数突破两亿字节；总共有两亿三千万读者通过在线和无线的方式浏览文学网页，日浏览总量超过十亿人次。数据说明，民众对文学的关注程度不亚于影视及其他艺术门类，其广泛性已超越上个世纪80年代。

　　20世纪后期，东西方冷战落下帷幕，在科技创新的助力下，全球性的文化交融、整合进入了有史以来最好的历史时期，高效、便捷、零距离、共享、相互依存等理念深入人心，以日本动漫、韩国电脑游戏为代表的东亚文化悄然崛起，在20世纪末全球文化格局中占据了一定的位置。应该说这是中国网络文学高速发展的外部环境。在内部，互联网的广泛使用恰逢中国社会进入转型期和变革期，人们生活节奏在变化，消费方式在变化，情感方式也在变化，尤其是价值观念在变化。这些变化所孕育的巨大能量，终于借助互联网这一新型传播渠道喷发而出。毫无疑问，网络文学作为一种文化现象展现了中国社会正在崛起的民间力量，成为中国全球化最显著的特征之一。

中国当代文学的"V"字型道路

网络文学当属中国当代文学或称新世纪文学的范畴。与上个世纪80年代文学黄金时代相比，它所形成、发展的社会背景要复杂得多。在整体上，网络文学与传统文学又是不能割断的，这恰好说明中国当代文学三十年为什么会走过一条"V"字型的道路。上个世纪80年代初，在对外改革开放政策的巨大推动之下，文学作为思想解放的号角，成为了国家话语方式，因此呈现出空前繁荣。而繁荣的重要特征就是文学的民间化，每座城市，甚至每个乡镇都有自己的作家和诗人，每个人的桌上都会摆放一本文学著作。然而，90年代的商业大潮旋即覆盖了文学浪头，下海经商替代了文学写作和阅读。在寂寞中，文学跌入低谷，曾经洛阳纸贵的文学图书也必须视商业利益马首是瞻。

随着中国社会的开放程度日趋宽广，新世纪以来中国文学遇到了更深层次的焦虑，首先是思想性的问题，社会处在变革时期，价值体系正在重建，旧有的伦理道德遭到了挑战。其次是现代性的问题，如何阐释今天这样一个高速发展、多样并存的社会，给文学表达增添了巨大难度；再次，还有艺术表现形式创新、代际交流障碍等问题，迫使当代文学的发展进入瓶颈期。应该说，网络文学的出现是国家话语方式面临创新的必然选择，其价值重组所认同的实践意义远远大于文本价值，并由此为中国文学在未来拓展新的领域，创造全新的想象空间打开了局面。在这个意义上，"V"字型的出现既是中国文学的自我选择，也是必然之路。

中国经济保持了三十年持续增长，文学也随之有所扩容，而文学扩容的实质是精神扩容。对于已经踏入市场经济的中国社会，只有在写作与阅读相互需求，即民间性和消费市场同时完备的前提下，才能形成真正意义上的扩容，并进而转化为一种社会能量，以建构新的国家话语方式。在过去的十多年时间里，网络文学走过了一条从无到有，从弱小到强大的艰难发展之路，当初只有屈指可数的几家论坛、社区，现在有数万家具备一定规模的网站；当初只能勉强糊口，现在年收入过百万的作者达到了三位数；当初默默无闻，甚至被指斥为垃圾，现在有大量作品出版并被搬上影视屏幕，深受大众喜爱。由此可见，中国文学所经历的由上升到衰弱，再由衰弱到上升的"V"字型道路，让我们看到了民间力量的强大。换句话说，文学只有来自于民间，活跃于民间，流动在民间，存续在民间，才有可能在某个特定的时期实现精英化，成为国家话语方式。往远处看，经过扩容后的中国文学才具备了与世界文学形成多方位对接的可能。

网络文学的成长之路

20世纪90年代初期，互联网在欧美国家得到广泛应用，中国留学生顺理成章成为华人中最早接触新媒体的人群。最初的创业者是一批酷爱文学的年轻人，他们希望借助新媒体建立一个全新的文学世界。所不同的是，他们更加年轻，在文学形式上没有传统思维。

早期的网络文学站点多数为个人所建，没有足够的资金支撑，实力薄弱。实际上，在2002年以前，网络阅读一直以门户为主要通道，包括小说类网站在内的文学站点，都是通过雅虎等门户网站进入免费空间，各站间的友情链接几乎是文学网站联络读者和作者的唯一路径，未列入友情链接的新网站，读者查找起来非常困难。比如，早期最有影响力的文学站点"黄金书屋"，创办于1998年5月，即是在湛江"碧海银沙"网站申请了免费空间，后来改在网易建立的个人网站，由站长youth将收集整理的书籍发送到网上。

1999年8月，朱威廉创办了上海榕树下计算机有限公司，中国大陆独立的文学网站由此开始起步。当时，雄心勃勃的榕树下网站特别邀请陈村、安妮宝贝、李寻欢、宁财神等传统作家和网络作家加盟，试图在网络上创建一片新的文学天地。不久，一件和网络相关的"文学事件"轰动一时，王蒙、刘震云、张抗抗、毕淑敏、张洁和张承志六位著名作家，为保障自身的权益集体起诉世纪互联通讯技术公司。状告被告没有经过允许，将他们的作品制作到网站里，侵犯了他们的著作权。1999年9月18日，北京海淀法院一审判决世纪互联通讯技术公司败诉，从即日起停止侵权，向几名原告公开致歉，同时赔偿数额不等的经济损失。这一事件宣告，如果没有获得作家授权，网站不得擅自转贴作品。文学网站面对的"残酷"现实是，免费资源在一夕之间消失殆尽。

2001年11月，吴文辉、宝剑锋（林庭锋）等玄幻文学爱好者创建玄幻小说协会，第二年5月独立建站，并改名为起点中文网。文学网站由此进入了一个全新阶段。2003年，起点中文网首推网络阅读VIP收费模式，盛大文学收购起点中文网后几经变革，几乎改变了网络文学的发展方向。对于网络文学的商业化始终争议不断，从不同角度出发，得出的结论相距很远。对于文学是否能够产业化的问题，意见就更是水火不容。

2003年以后，网络阅读VIP收费模式被逐步推广到各大网站，根据读者的需求，网站与作者、读者共同达成了在线写作、每日更新的写作—发布—阅读—收费模式。网络文学由此进入类型化发展的新阶段。

作品类型大致可分为：玄幻仙侠类（区别于西方魔幻小说的东方本土

幻想小说）、架空穿越类（现代人通过时光交错进入特定的历史时期，运用自身经验改变历史进程）、都市青春类（反映现代都市生活、表现现代情绪的小说）、官场职场类（以官场博弈和职场奋斗为题材的小说）、游戏竞技类（根据网络游戏改编或具有网游特征的小说，一般采用晋级形式）、灵异惊悚类（以鬼怪或探险为题材的小说）、新军事和新历史类（区别于传统军事和武侠的小说，添加了幻想成分）等。其中网络玄幻、仙侠类作品以其超拔的想象力和炫目的色彩最受读者欢迎，我吃西红柿的《盘龙》《星辰变》、天蚕土豆的《斗破苍穹》和唐家三少的《斗罗大陆》在近年较有影响，职场、官场类作品因为贴近现实生活，具有一定实用价值而备受读者推崇，如李可的《杜拉拉升职记》、小桥老树的《侯卫东官场笔记》等，婚姻情感类作品为女性读者最喜欢，如六六的《蜗居》、鲍鲸鲸的《失恋33天》和唐欣恬的《裸婚时代》等。

到目前为止，包括人民文学出版社在内的文艺类图书出版社，几乎没有一家未出版过网络文学作品，近年来每年出版的三千余部长篇小说中有一半来自网络。众多门户网站也陆续开设了原创文学频道，涉足数字出版领域，如新华网、新浪网、搜狐网、腾讯网、TOM网、凤凰网、大佳网、汉王书城等等。影视媒体也纷纷把目光投向了网络，继《第一次的亲密接触》《亮剑》《会有天使替我爱你》《美人心计》《杜拉拉升职记》《山楂树之恋》《和空姐一起的日子》《蜗居》《双面胶》之后，网络小说影视改编再推高潮，《失恋33天》《佳期如梦》《未央·沉浮》《遍地狼烟》《步步惊心》《钱多多嫁人记》《甄嬛传》《裸婚时代》《白蛇传说》《倾世皇妃》《千山暮雪》《恋人》《搜索》《小儿难养》等先后公开播映，大量采用网络小说元素的影视作品《钢的琴》《宫》《画壁》等引起观众广泛关注。《纳妾记》《刑名》《帝锦》《庆余年》《九克拉的诱惑》《盛夏晚晴天》《泡沫之夏》《极品家丁》《回到明朝当王爷》《大魔术师》《熟女那二的私房生活》等一批网络作品改编后已陆续投入拍摄。网络超长篇小说《鬼吹灯》《斗破苍穹》《星辰变》

等或将进入超级大片制作市场。

同时,网络小说也是网络游戏改编的主要来源。由于网络小说读者和网络游戏玩家的高重合度、人气叠加、共通性和相互影响等效果显著,随着《诛仙》《鬼吹灯》《斗破苍穹》《星辰变》《兽血沸腾》等改编获得成功,网络文学改编网络游戏成为一种风潮,两个时下最为热门的数字娱乐产品形成了互依共荣的局面。

已经纳入国家文化发展蓝图的数字出版,正逐渐成为网络文学进入主渠道的重要通道。今年8月,由商务部、中宣部、文化部、广电总局和新闻出版总署五部委组织申报的2011—2012年度国家文化出口重点企业和重点项目名单揭晓,网络文学以数字出版的形式首次进入国家订单集中出口,成为中国文化对外输出的重要产品。新型客户终端安卓端、谷歌、苹果等渠道,也使得数字出版的国内市场份额逐年增长。新增的读书网站,如塔读文学、华夏中文网、魔铁中文网等从创建之初就分别与中国移动、新浪、腾讯、搜狐、3G门户等网站合作,主要是在数字出版领域展开竞争。

上述新型文化产业链已经初具规模,即使不计算间接收入,作为源头产品的网络文学每年创造的价值也在百亿元人民币以上,必然对文化产业的走向产生重要影响。

民间性和个人化

网络文学以开放化的网络为载体,决定了它是借助现代科技面向大众的一种样式;而它的文学内涵,决定了它是一种精神产物。可以说,网络是一座巨大的民间讲堂,网络文学则是大众化的精神产物。

这里所说的"大众化"具体说来有两层意思:一是以满足大众的心理需求、文化需求、娱乐需求为旨归;二是创作主体真正地属于大众。它与中国当代新时期之前的"大众化"是有区别的。中国当代文学新时期之前所提及和倡导的"大众化",是那些拥有意识形态话语权的知识分子自上而下地以文化启蒙的方式"走向民众",即利用通俗形式来传播启蒙新知识,具有浓厚的意识形态含义。

网络文学的"大众化"一开始就是从自我出发的。从写作主体来说,没有明显的选择性,没有公认的界定性,任何人都是潜在作者,只要他愿意就可以在网上写作、发表,写自己想写的东西,随意表达自己的见解。写与不写、写什么,均从性情、个人意愿出发。网络文学尊重自我意识甚于尊重定规章法,作品的自娱性、随意性、发泄性重于其文学性、思想性、理论性。网络文学从产生之初就带着深刻的"大众属性"。从文章载体来说,网络基础自不必说,具体来说一般网络作品最初都是贴于 BBS、精品区的,直接面向大众,接受大众的审视,并任由评说。这种网络载体的完全开放的性质,也决定了网络文学的"大众化"倾向。从受众的角度来说,在 BBS 汇聚的人,也是为了享受一个轻松自由的言论、阅读、创作的空间,这种网上沙龙本身就是一种"大众制造",当然要以其"大众本色"存在。BBS 上繁盛的网络文学自然浸染了这种原始色彩,带有"从群众中来,到群众中去"的本质和特征。

网络文学的民间化倾向主要表现在它的素材来源、创作方式和艺术表现上。

网络文学取材于民间。这里的民间一方面指传统的民间文化,例如今何在的《悟空传》、李春的《白骨精三打孙悟空》、雷立刚的《小倩》、白丁香的《春秋时期的爱情疯子》等颇受关注和好评的佳作,即是以丰富的民间传说资源为灵感,并在此基础上进行再创作的。这种取材自民间传统文化的作品,首先凭着读者对故事原型的熟悉性和亲近感而赢来第一眼,而后又因其对传统进行颠覆、戏说的新鲜感和借古说今的巧妙、幽默性而被人们喜爱。戏说、改编民间文学一度成为风潮,仅《西游记》就被数度新编,师徒四人的神通在网络上达到了新的顶峰。另一方面,我们所说的民间是新民间，是区别于严肃、正统的"上不了台面"的最细枝末节的现实平民生活。网络文学的形式和内容是统一的，形式来源于民间，内容表现民间万象，生动、亲切、熟悉得让人触手可及，因而获得人气。2005年、2006年风靡一时的《鬼吹灯》和《明朝那些事儿》代表网络文学的民间化达到鼎盛。学界有人指出，网络上盛传的这类小说，与明清盛极一时的志怪小说、武侠小说、艳情小说有颇多相似之处，是中国旧小说的一次回潮，缺乏基本的文学价值，其中以首都师范大学陶东风教授《中国文学已进入装神弄鬼时代》一文为代表。陶的观点针对网络上大量出现的跟风作品，的确具有一定的批判意义，但对《诛仙》《缥缈之旅》《紫川》《搜神记》等一批具有原创精神的作品，就显得过于苛刻了。相对于传统文学中那些技巧娴熟、语言精致，但毫无创新性的作品，我更看好网络原创文学的尝试意义。

　　大众化和民间化问题之所以借助网络文学再次浮出，首先是由于社会情境的巨大变迁。原有启蒙语境的瓦解，使知识强力话语失去了优势，文学启蒙主题与精英话语叙事的独立合法性已经面临难以成立的危机。在此情境下，文学必须借助于另一个支撑点，对自身的价值做出新的解释。在它无法建立宏大叙事与巨人式的启蒙思想主体，同时也无法依附于旧式政治理念的处境下，它必须寻找到自己的表达方式，搭建自己的新的审美构架。这时候，作为民众个性与自由的载体的大众化和民间化，已经成为与"精英文化"相对应的时空概念。而网络文学应该说在承载着"民间"历史性含义的同时，其进一步的开掘与拓展，顺应了新时期文化发展的大趋势。

　　同时，网络写作也是对文学书写个人化的考验，一个缺乏个性的写作者，是无法在汪洋大海似的网络上获得认同的。想象力成为考验网络作家是否能够存活的重要标志，因此，大量网络小说展现了作家天马行空、恣意汪洋的想象力，其中有的作品涉及到"我是谁？""我在做什么？""我在哪里？""我往何处去？"等生命本体论问题，以及人类身份、价值认同等问题。按照传统认知，我们已经不用回答这些问题。但这不能说明这些问题就已经解决了，现在看来，在现实环境中，这些问题正在卷土重来。文学想象力本身是一个十分复杂的研究课题，创作实践证明，没有丰厚的生活和艺术积累，想象力就无法为创造性的精神劳动提供支撑，而建立在一定审美标准上的想象力，是作家文学素养和精神深度的集中体现。网络文学在这方面存在的缺失，是其致命弱点。

另外，个人化必须有立足点，即人类意识与民族特性，并由此出发尝试开掘"人"的世界，这个"人"必然与他所生活的时代，与他的民族文化血肉相连，不可分割。网络文学在这个问题上至今仍然处在混沌阶段，想象力的爆发强烈却混杂，未能上升到民族文化独特属性的高度。物质社会的诸多诡异现象对当代青年的深刻影响，也在网络文学中打上了清晰的烙印，众多作品透露出来的世俗化的生存方式，不关心宏大问题的普遍倾向，及其对现实顺应式的记录、低劣的回应，甚至是漫无目的的恶搞、颠覆，已经偏离了普遍意义上的文学表达。

差异性是社会变革的必然产物

不同民族、不同地区、不同人群的文化心理、审美趣味必定会存在一定的差异性，尤其处在大变革的时代，短时期里甚至会出现差异大于认同的现象。如果差异双方的话语地位悬殊，自然就会形成主流与边缘的关系。目前，网络文学仍然只是相对于传统文学而存在的概念，它的学理独立性尚未被认可，在创作形态与艺术审美上与传统文学存在的明显差异并未引起足够的重视。广义上，它是约定俗成命名的产物；狭义上，它指向的只是一种发布形式。似乎就在一夜之间，它匆匆而来，冒冒失失闯入神圣的文学殿堂，遭到怀疑是难免的。尽管如此，还是必须指出，正是与传统文学的差异性才使得网络文学显示出自身的价值。这一点有充分的理由可以展开论述。

在泛审美意义上,网络是人类继广播和影视之后最具大众性的文化媒体,也是"读图时代"最具影响力的文化感官。麦克卢汉说过,"媒介即信息",任何媒介都是"人的延伸"。那么,网络文学为我们"延伸"了些什么呢?很明显,网络对传统审美意义的解构,几乎摧毁了所有文学壁垒,让文学话语权回归民间,实现了文学的返璞归真;网络的"赛伯空间"(Cyberspace)和"虚拟现实"(Virtual Reality)使交往与对话跨越了物理空间的屏障,让大众文化狂欢得以用虚拟的"无我"的方式,表现最"真我"的存在。经过90年代商业大潮之后,中国至今没有出现过所谓的"思潮"现象,中国人受惠于网络,纠结于网络,甚至狂喜于网络,悲愤于网络,其震荡与感怀、超拔与包容所唤醒与昭示的生命自觉,既可以用理论进行阐释,当然也可以用文艺作品去表现。我想,这或许是看不见的网络能够被触摸,有血肉、有温度、有脉动的一面:它寄予了人类对灵魂归属的探寻。回到现实当中,无论在思想观念层面,还是在媒体技术层面,网络愈来愈清晰的指向一个目标:创造全新的时空观。因此,分析网络文学的写作和阅读,仅仅采用文艺学理论显然是不够的,它和这个世界一样,所发生的变化超出了我们的想象。

从创作人群来看,网络文学具有以下几个特点。首先,80%为四十岁以下的年轻人,80后是主力军,85后是后备军,这说明网络文学培育了中国文学的继承者,没有出现断代。其次,写作者分布广泛、遍及全国,其主体(约80%)生活在二三线城市,这和其他领域人才的分布状况显然很不一样,它将是中国文学在未来保持旺盛发展的动力和基础。其三,年轻一代海外华文作者多数活跃在网络而非传统媒体,他们的作品具有明显的跨文化写作特征,很有可能开辟中国文学走向世界新的路径。其四,网络写作中的佼佼者,80%为具有大学以上学历的非文科专业人士,作者结构的多元化将为文学产生新的造血功能。更重要的是,网络文学的主流创作人群是国家体制改革走向纵深的产物，是思想多元化的产物，是文学回归民间的产物，他们以经济独立、人格独立、思想独立，展现了新一代写作群体的形象。

　　网络文学的阅读人群自然也是构成网络文学大潮的重要组成部分。受众的心理需求，很快通过读写互动模式在创作中得到了呼应。由于工作、生活压力不断增大，生活在大都市里的青年男女——尤其是漂一族和打工族——单身或晚婚现象已经非常普遍，但他们并非"异类"，其中相当一部分人仍然渴望改变现状，但苦于能力有限，而不得不接受现实。然而他们并没有放弃追求与幻想，他们寄希望于情景"突变"，从而实现"自我"价值的重新塑造。某种意义上，网络"架空小说"、"玄幻小说"和"穿越小说"正好吻合了这个庞大人群的心理症候。因此不难看出，网络中流行的各种类型小说，不管你是否接受，其实都是时代变革所附带产生的"痕迹"，而这恰恰又是文学作品之所以产生必须具备的最基本的元素，尽管它不能作为评判一部作品优劣的依据。反观我们的传统文学，即纸媒作品，虽然在结构、语言、思想性、等诸多方面明显优于网络文学，却难以吸引读者，当然，这里面还包含更复杂的社会因素。比如媒体技术革命所引发的阅读方式的改变，再比如审美趣味的变化等等。美好的愿景唯有寄托在两种写作模式共存、融合及其如何相互促进，以创造多样化的中国文学。

期待理论创新与价值重估

　　这十多年来，对于网络文学，批评家最常见的态度是婉转回避，比如采取两分法解释网络文学现象："文学只有好与不好之分，没有网络与传统之分"；比如强调网络文学只是传播方式的改变："网络只是发表作品的媒介，不是区分作品优劣的手段"；比如因为网络文学具有商业特性而放弃对其做出深刻的价值判断："网络上追求的是点击率，点击率却与文学品质无关"等等。时至今日，学界仍然对大量发表于网络、与传统文学在审美方式、表现形式上有所区别、明显存在差异的实实在在的文学作品等而视之，笼统评价，这个现实是残酷而真实的。

在纸媒文学时代，我们一直信奉当下文学必须具备被阅读的可能，但是读屏时代的网络文学打破了这一法则，只要你是人，就不可能完整的阅读网络文学。有鉴于这一基本事实，理论界颇多人士担心网络文学难以承担中国文学的历史使命。摆在我们面前的现实问题是，网络写作与传统写作之间出现了所谓的断层现象，这个现象被认为是网络作家逃避现实沉溺于幻想的直接证据。然而，断层是时代发展的必然结果，每个时代的作家都有自己的任务，文学本来没有既定的表现方式，当然也就不存在谁正确谁错误的问题，文学是永恒的探索，而吐故纳新是宇宙发展的规律。当然，期许网络文学在未来有所建树，并不是盲目抬高它的价值，而是要认真分析它出现的社会动因，准确把握它的发展方向，为它提供发展动力。

任何伟大的变革总会让一些人获益，让另一些人受挫，作家身处时代前沿，当然不可回避这个现象。一部分本来很重要的作家在这场变革中会慢慢隐退，而另一部分原本不重要的作家则会通过这些变革突显其价值，这的确是时代的造化。理论界的担忧并非毫无道理，85后这一代年轻人，已经基本脱离了原有的意识形态轨道，他们不再崇拜集体，也不再推崇所谓的社会使命意识，更多的是依赖于强大的物质利益，或者是个人欲望。也就是说，他们遵循的是个人至上的原则。他们不再像父辈那样把生活当作实现理想的方式，在他们的精神领域里，人类社会、革命、启蒙那些曾经不可或缺的东西已经渐渐消逝。当然，这是社会生活变化在他们身上透射的结果。

但也必须看到，上一代人对生活理解的片面性，以及文化视野的相对狭窄，已成为当代文学发展的致命弱点。问题是，网络时代提供给这一代人成长契机，而他们如何用文学来表现它？这也是理论界百般阐述，如何解决中国当代文学现代性的核心问题之一。在中国社会和世界的关系越来越密切的历史背景下，我们的文学如何承载和表现这个现实？

此外，网络文学的社会性很难进行简单的概括，多元化、娱乐化、商业化是其主流特征，但也有不少作品具备了丰富性和深刻性，如慕容雪村的《成都，今夜请将我遗忘》、今何在的《悟空传》、酒徒的《隋乱》和阿越的《新宋》等作品，在认知社会、历史、文化方面都有其独到之处。自五四新文化运动以来，中国文学一直承担着诸如救亡、教育、励志等重大的社会使命，把一些本不该属于它的担子也扛在了肩上，其结果是文学过于贴近政治，而削弱了审美、启蒙等作用。在中国社会进入商业化时代后，网络文学的娱乐化、商业化只要是在积极、健康的范围之内，并达到了一定的文学水准，就应该给它足够的发展空间。网络文学以点击率为标准的存在方式遭人诟病，被指斥为文学的"祛魅"行为，但持这个观点的人只看到了事情的一半，另一半是，点击率维持着网络作家的生存空间，他们不靠体制存活，而靠读者供养。这一作家队伍产生机制的重要变革，是中国社会诸多变革中已经显现的重要成果，对国家文化体制的深刻转变具有积极意义。应该相信，在经过商业化的洗礼之后，其中终会有一小部分人承担起民族和国家代言人的角色。或许，我们可以看到成功者的微笑，但永远找不到一条完美的成功之路。

结　语

由于中国社会内部仍然在不断积聚和释放巨大能量，因此，以表现社会生活，展现人的精神诉求为己任的文学书写，必然再次走到国家话语的前台。科技进步为传播提供了新路径，信息传播介质变化推动的文化融合共振效应，撬动了话语秩序和审美范式的杠杆。就文学本身而言，中国本土迅速成长的网络文学，不断扩展的海外华语文学，以及世界文学的流变，共同验证了一点，跨民族、跨国界传播方式直接影响着新的文学形态的形成。21世纪的中国文学如何演变、发展，如何融入世界文学并参与全球文化新格局的建构，当是中国在国际社会塑造自身形象的重要契机，可喜的是，机会的砝码没有遗忘东方世界，莫言已经走出了关键的一步。

网络文学：中国当代文学第二次起航

中国网络文学出现于上个世纪90年代末期。其标志为：1996年网易开办个人主页，1997年"榕树下"文学网站正式成立，1998年国内主要媒体首次出现"网络文学"字样。因此学界习惯将1998年作为中国网络文学起始年。由于网络传播的快捷和阅读的便利，十多年来，文学在民众心目中的影响力迅猛上升，文学写作和阅读继上个世纪80年代之后，再次形成全民关注的文化现象。根据最新统计，中国已拥有5亿网民，其中有2.7亿网民经常性浏览文学网站，文学网站日浏览总量达12亿人次，平均日更新1-2亿字节。文学网站签约作者达200万人，累计创作网络作品200多万篇（部），其中长篇小说60万部（含部分未完稿作品），按平均每部作品20万字计算，仅长篇小说一项总字数就达1200亿字。尽管网络版保护尚未找到有效途径，包括在线付费阅读、手机付费阅读、电子阅读器销售、网络作品下线出版、影视改编、动漫、游戏改编等涉及网络文学的产业仍在快速发展。2012年，相关产业总量已近百亿元人民币。

值得一提的是，网络打破了纸媒出版和发表的壁垒，营造了一个不同年龄、不同性别、不同文化诉求互相融合和交流的创作平台，使每一个写作者的能量得到尽情发挥。总体上说，网络文学作为一种文化现象，充分展现了中国社会正在崛起的民间群体力量。在国际文化领域，相对于产生影响的日本动漫、韩国游戏，网络文学作为中国式的表述方式，与深厚的民族文化土壤紧密相连，在未来必将培育出自己的优秀人才和作品。可以肯定的说，在数字阅读成为世界潮流的今天，借助网络媒介创作、传播和阅读文学作品，中国处在了世界前列。

世纪之交：中国文学迎来新生儿

新世纪以来中国文学的发展遇到了诸多难题，首先是思想性的问题，社会处在转型变革时期，旧有的伦理道德遭到了挑战，价值体系正在转换重建；其次是现代性的问题，如何阐释今天这样一个高速发展的社会，给文学增添了巨大难度；再次，还有艺术表现形式创新、代际交流障碍等问题，迫使当代文学的发展进入瓶颈期。正在中国文学求新求变、面临抉择的阵痛时刻，网络文学呱呱坠地，这个偶然的巧合或许正是历史的必然。

以创造"环球村"概念闻名于世的加拿大传播学学者马歇尔·麦克卢汉在《理解媒介》（商务印书馆 2000 年 10 月版）一书中提出"媒介是人类器官的延伸"，这一观点有助于我们研究和分析网络文学的发生、发展。也就是说媒介改变的不仅仅是形式，其对个人和社会的影响，将导致新的尺度产生。正如甲骨文只能"言简意赅"一样，网络媒体自然会出现"行云流水"。因此，我们理解网络文学应当基于它有别于传统媒体的媒介传播特性。这一特性在网络文学的发展过程中得到了验证。1995 年北美中国留学生创办电子刊物，运用网络发表文学作品，产生了最初的华语网络文学，这股浪潮最先波及我国台湾，之后在中国大陆得到强势发展，并与日韩等国文化产生交互，快速掀起中国全民文学阅读热潮。不难发现，在媒体革命的推动下，网络文学自发展之初就实现了跨文化写作和越界传播，而文化大融合正是自上世纪80年代以来，世界文学的主流方向。帕斯、大江健三郎、奈保尔、库切、帕慕克、赫塔·穆勒、卡勒德·胡赛尼等重要作家，都是多样文化交融塑造的成功样板。

内容创新、形式创新始终是文学发展的原动力，网络文学爆炸式发展同样不能回避这个基本原理。事实上，网络创作文体涵盖并超越了传统创作文体，如网络接龙小说《网上跑过斑点狗》，BBS留言跟帖小说《风中玫瑰》，以及"多结局小说网络竞写"，《超情书》《危险》等超文本回环链接诗歌实验文本的探索，体现了网络文学的开放性和交互性的特征。显然，网络写作给中国文学吹来了一股新风。早期的网络文学以中短篇小说为主要文体，安妮宝贝、宁财神、李寻欢等人的作品明显带有传统作家的痕迹，到了慕容雪村、今何在、江南、燕垒生、雷立刚等人，则出现了网络话语特征，再到萧鼎、酒徒、金子、阿越、天下霸唱等人的作品，已经完全另辟新路，不同于传统文学。除了文本的变化，网络作家的出现，更重要的是开辟了当代作家新的成长模式。

网络诗歌（包括古体诗词）是另一种比较活跃的网络文体。写作人群分布最广、年龄差距最大，作者数量做多，每年产生约50万首作品。诗歌网站、论坛和博客群超过1万家，网络诗歌的正式出版物和各地民间出版物每年有近千种。网络诗歌写作和阅读的互动性强于其他文体，特别是2008年汶川大地震，引发网络诗歌写作热潮，读者的视线首次由小说转向诗歌；在国学热的推动下，网络古体诗词写作出现全新局面，超出了新中国建立以来的任何时期。网络诗歌的写作特点是大众化、即时性和非商业性。网络散文的写作人群和读者的丰富性并不亚于小说和诗歌，但除了杂文之外，其他作品的网络特征和社会关注程度明显弱于小说和诗歌，因此影响力相对较小。

自2004年网络文学收费阅读模式创建以来，长篇小说逐渐作为网络文学的主导文体。网络长篇小说创作内容、形式多种多样，学界统称为类型文学，大致可分为：架空穿越类（现代人通过时光交错进入特定的历史时期，运用自身经验改变历史进程）、玄幻科幻类（区别于西方魔幻小说的东方本土幻想小说）、都市青春类（反映现代都市生活、表现现代情绪的小说）、官场职场类（以官场博弈和职场奋斗为题材的小说）、游戏竞技类（根据网络游戏改编或具有网游特征的小说，一般采用晋级形式）、灵异惊悚类（以鬼怪或探险为题材的小说）、新军事类和新武侠类（区别于传统军事和武侠的小说，添加了幻想成分）等。

从事网络长篇小说创作的作者几乎没有传统作家，75%为40岁以下的青年，他们散布全国各地，有相当一部分人生活在边远地区，这为丰富全民文化生态发挥了积极作用。客观的说，网络类型文学的迅猛发展为中国文学在新世纪的成长创造了新的空间。从数量上看，网络长篇小说的产量大大超过传统写作，每年达3000部以上，在每年落地出版的两三千部长篇小说中，大约有一半来自网络。网络小说在版权输出中也占有相当份额。在商业收费模式的推动下，依靠网络写作生存的网络职业写作者队伍已经超过了各地作协的专业作家队伍。可以说，作为中国文学新世纪诞生的新生儿，网络文学在探索中迈出了自己勇敢的步伐。

网络文学的基本特征

创作主体的民间性。网络文学的民间性包含两个部分：其一是创作者的非体制化；其二是艺术审美的娱乐化。我国原有专业文学创作人员均系国家财政编制内人员，业余创作者绝大部分也都有自己的职业。而网络文学作者却属于"自由职业者"范畴，他们的出现恰逢我国体制变革时期，传统出版机构正由事业性质向企业性质过渡，民间文化创意产业蓬勃兴起。网络文学作者尝试在体制外写作的生存方式与国家文化发展战略不谋而合。

艺术审美娱乐化是网络文学的一个重要特征，但娱乐化与低俗化有着明显的区分，将娱乐化与思想性相对立，过分强调作品的教化功能，就失去了与网络文学对话的前提。因此，是否具有"寓教于乐"、"乐中得益"的功能，是衡量网络文学作品优劣的重要标志。

创作过程的交互性。传统文学一旦创作完成，文本的结构也就被固定了下来。读者的欣赏和解读虽然可以对此"再创造"，但这种再创造是在文本之外的，也就是说读者不可能改变原来的文本结构。网络文学的"文本"与此截然不同。在网上，第一文本的诞生并不意味着它的定格，他人完全可以不受第一文本的限制，进行加工和再创作。在这个过程中，也就没有了单纯的"作者"和"读者"。只要你参与到这个过程中，你既是读者，也同时可以成为作者。与网络文学的这种交互性特征相比较，传统文学再怎么具有开放性，也远不能及。

创作手法的立体化。如果说以纸媒为载体的传统文学是平面的的话，那我们可以说，网络文学是立体的。这个说法包含着两种涵义：一是指作者和读者的立体交融，他们互相感知，互相交流，甚至共同创作，使网络文学的表达更加透彻有力；二是指网络技术赋予了网络文学更加完善、强大的立体表达功能，使之强化、突出、延伸了电子文学的超文本特性。

网络文学的最新亮点

一、微博文学。微博，即微博客（MicroBlog）的简称，是一个基于用户关系的信息分享、传播以及获取平台，用户可以通过WEB、WAP以及各种客户端组件个人社区，以140字左右的文字更新信息，并实现即时分享。最早也是最著名的微博是美国的twitter，2009年用户仅为5800万人，而一年后，在全球已经拥有近2亿的用户。2009年8月份中国最大的门户网站新浪网推出"新浪微博"内测版，成为第一家提供微博服务的网站，紧接着腾讯、网易、搜狐等门户网站也纷纷加入这一行列。

微博进入中文上网主流人群视野之后，由于其易于复制和传播，并具有明显的时代性，微博文学随之应运而生。而在此之前，手机阅读已经相当普及，这无疑为微博文学的迅猛发展奠定了坚实的基础。尽管短小，微博文学仍然属于网络文学创作的范畴，可以运用文学审美标准来衡量微博文学的优劣，分析它的创作特点。从受众方面看，由于都市人群日常生活的忙乱、芜杂，碎片化阅读逐渐成为主流阅读形态。从传播方面看，微博文学利用互联网和手机强大的转发、分享、推荐等功能获得推广，虽然暂时没有找到赢利模式，但并不影响它的信息传播价值。从创作主体方面看，在140字这个指定的框架里写作，对小说的整体性和逻辑性都有极高的要求。首部微博小说《围脖时期的爱情》自2010年1月29日在新浪微博连载，正式宣告微博体小说诞生。作者闻华舰在谈到自己的微博写作感受时认为，微博小说每节都要有包袱、有完整的叙事点；故事情节最好能够围绕微博发展，比如小说里有微博里正在热议的话题，其中的人物也在微博里真实存在；为了丰富小说还要充分利用微博功能，配上相关图片、视频、音乐等。很显然，这是典型的多媒体写作的最新形态，其最显著的特征是贴近真实生活、反映社会现实，体现时代精神。

二、网络女性写作。网络女性写作作为新兴的文学尝试，近年来异军突起。网络文学发展初期，网络女性写作题材单一，除了言情，就是穿越。2005年开始，网络女性写作悄悄发生了变化，其特点是在"言情"的基调中，出现了表现形式多元化的趋势，如随波逐流的架空历史小说《随波逐流之一代军师》、步非烟的新武侠小说《华音流韶》系列，知秋的网游小说《历史的尘埃》，王小柔的随笔集《把日子过成段子》，李可、崔曼莉的职场小说《杜拉拉升职记》《浮沉》，以及晴川的传奇小说《韦帅望的江湖》系列等，在网络上产生了重要影响，丰富了女性网络写作的类型。

2008年以来，网络上产生了更多杂糅性的女性文本，以《结爱·异客逢欢》（施定柔著）为代表的都市灵异小说，以《大悬疑》（王雁著）、《第三张脸》（上官午夜著）为代表的悬疑小说，以《傲风》（陶冶著）为代表的玄幻小说，以《一年天下》（煌瑛著）为代表的历史架空小说，以《仙侠奇缘之花千骨》（fresh 果果著）为代表的仙侠小说，以《办公室风声》（携爱再漂流著）为代表的职场小说，以《肆爱》（米米七月著）为代表的情感小说，在网络掀起了一股新女性网络写作旋风。同时，女性言情小说也进入了一个全新的时期，如潇湘书院的原园、苹果儿，17K 女频的水流云、鱼歌、孟婆和 Baby 魅舞，红袖添香的唐欣恬、白槿湖，榕树下文学网的刘小备，小说阅读网的安知晓、三月暮雪等。当下的网络女性写作最大特点，是表现出中国女性的主体意识，也就是中国女性对世界的看法，并通过作品把女性的想象力、创造力、激情以及对于生命的观照尽情展现出来。网络女性写作的独特价值正在引起理论评论界的关注。

三、手机阅读。手机阅读是中国移动通过多样化的阅读形式向用户提供各类电子书内容，以在线和下载为主要阅读方式的自有增值业务。2000 年 12 月中国移动正式推出了移动互联网业务品牌——"移动梦网 Monternet"就此开始了手机阅读的旅程。目前中国移动、中国电信、中国联通三大运营商均设立了手机阅读业务基地，来负责各自无线阅读业务的运营和推广。其中中国移动的手机阅读基地无论在用户数、收入、内容上均独占鳌头。中国移动手机阅读基地 2010 年正式商用，目前累积访问过阅读业务的移动用户为 1.17 亿，12 月份以来日均 PV2 亿左右。单月访问用户数已突破 2500 万，单月付费用户数已突破 1800 万。在阅读内容上，玄幻、都市、言情、仙侠、历史等类别最受手机用户喜爱。

从 2009 年开始，手机阅读成为互联网阅读的龙头，由于无线传播具有国家垄断特性，网络文学的盈利模式终于寻觅到了一处版权避风港。2010 年是手机阅读增长最快的一年，最受读者欢迎的网络玄幻小说《斗破苍穹》单日信息费最高收入突破 6 万元；都市小说《很纯很暧昧》为最高点击量作品和最高收益作品；纪实小说《我是一朵飘零的花－东莞打工妹生存实录（一）》区域推广效果最佳，单日信息费最高收入突破 5 万元。

网络文学面临的几个主要问题

一、网络文学的主体性问题。这个问题直接关系到网络文学生存和发展的合理性，因而是网络文学理论研究的核心问题之一。我们必须看到，身份变化是网络写作区别于传统写作的一个重要特征，在"人人都可以成为艺术家"假设前提的主导下，创作者和受众之间似乎失去了的界限。黄鸣奋先生在《比特挑战缪斯》（厦门大学出版社 2000 年版）一书中把网络时代艺术主体的变化概括为"人与网络共生、主体角色漂移、我变故我在"三个方面，其主要观点是阐释网络对创作主体的分化和重组。在我看来，网络写作由于自身的特性，在客观上改变了以往"你写我读"的精英化书写方式，形成了读写之间认知交流、思想交流、情感交流、生活方式、话语方式以及人生经验交流的平民化书写方式。在此基础上，网络文学的平民化互动模式产生巨大能量，所表现出的集体力量远远超出了个体力量。这就使得创作主体受到了有史以来最严峻的挑战，这也是网络写作往往难以体现作家个人思想的重要原因之一。从内部条件看，作家的主体性首先建立在作家的独立思考与丰富的精神资源上，而网络作家在这方面的储备并不充裕。从外部条件看，一方面读者诉求与市场推动等对创作形成强大"干预"，另一方面过度追求创作速度和娱乐功能，也使作家的主体性受到了制约。这也是网络文学为何至今仍然无法获得理论独立性的主要原因。

二、文学想象与现实生活的关系问题。理论上讲，文学始终是社会生活的一部分，不管你写的是什么样的文学，都不会也不可能完全脱离社会生活。但大量网络小说过度演绎臆想，所谓"不问苍生问鬼神"也是事实。文学想象力本身是一个十分复杂的研究课题，而网络创作的低门槛的确为许多作品的失范提供了温床,网络文学"垃圾化"也就成为争议不休的话题。创作实践证明,没有丰厚的生活和艺术积累,想象力就无法为创造性的精神劳动提供支撑,而建立在一定审美标准上的想象力,是作家文学素养和精神深度的集中体现。总之,想象力不是空穴来风,更不是信马由缰、自说自话,它是构筑在牢固的现实大地上的思想腾飞,它是与读者的心灵对话。

三、网络作家存在精神资源缺失现象。

大部分网络作家仅仅凭借自己的天资在写作,这或许能获取一时的成功,但难以取得长远的进步。文学需要文化含量的支撑,这已经是基本共识。除此而外,作家必须具备对大众的同情心、对社会的责任感、对人类历史发展的人文关怀;需要崇尚理性、崇尚价值、崇尚启蒙战斗的精神等等,要在自己的内心建立一个"乌托邦"。这些精神资源需要长期积累才能形成,由于作者缺少充分的创作准备,即没有足够的思想准备和艺术准备,导致网络创作上存在大量哗众取宠、迎合读者的现象。由于仓促上阵,部分涉及价值体系重建的作品,还会出现误导,架空历史小说《窃明》引发了阎崇年杭州耳光事件即是一个例证。

新世纪以来,和经济社会发展一样,中国文学也面临走向世界的问题,其核心是:如何提升中国文学价值,或者说如何让中国文学产生世界影响。美国哈佛大学教授戴维·戴姆拉什所著《什么是世界文学》提出了一个专注世界、文本和读者的三重定义:1. 世界文学是民族文学的简略折射;2. 世界文学是在翻译中有所获的作品;3. 世界文学并非一套固定的经典,而是一种阅读模式:是超然地去接触我们的时空之外的不同世界的一种模式。该书翻译者、上海交通大学教授王宁指出,"世界文学"最早由歌德提出,后来经过马克思和恩格斯的重新阐释,逐渐打上了文化全球化的烙印。经过100多年的历史演变和发展,世界文学已经从早先的"乌托邦"想象逐步演变发展成为一种审美现实。

网络文学作为 21 世纪中国文学新的探险者，难免会遇到险阻，甚至会陷入困境，但它绝不会停止脚步，它是否有可能建立新的创作和阅读模式，目前尚未可知，也可能要经历更长时间的摸索，但终究会迎来一个创新的时代，也许那时候它已经不再被叫着"网络文学"。我们现在能够看见的是，网络文学的崛起在某种程度上代表了中国社会整体向前发展的趋势。如果说中国文学在 20 世纪 70 年代末实现了第一次起航，那么，20 世纪 90 年代末则实现了第二次起航，毫无疑问，这次将是一次"国际航行"，会走得更远。

跨文化语境中的中国网络文学

创作量及其丰盛的中国当代文学,得到的国际承认十分有限,换句话说,当今的中国是个文学大国,却不是个文学强国。是我们的文学真的存在问题,还是误读或其他原因导致的结果?这是个复杂的问题,我个人倾向于认可前者。然而,我们应当注意到,自上个世纪末文学全球性衰退以来,以网络创作为标志的中国当代文学正在悄然发生着变化,新的可能性已经萌生。网络文学以崭新的想象世界的方式,给中国文学所带来的变数,已经是摆在我们面前的事实,尽管它目前还很不成熟,甚至夹杂着许多非文学因素。我们讨论它,为的是厘清这一新的文学写作路径到底通往何处?是否能够担当中国文学的未来之任?

一、网络文学是历史的必然产物

1. "网络文学"到底是否存在?

我的观点是:当然存在。这是不用怀疑的事实,不管你用什么尺度衡量，都有它在场的证据。有人说，只有好的文学和不好的文学，没有"传统"文学和"网络"文学。这个说法看似有理，但把不同的两个概念拿来做比较，是无法得出结论的。我们不能无视这样的现实：其一，网络文学改变了传统的读写关系模式，并导致文学审美发生重要变化，这个变化在未来将会影响新的文学秩序的产生。有好多发表在纸面的一直被认为"纯"的文学，现在出现了问题；那些发表在网络上的"不纯"的文学，将来的评价如何？现在下结论还不是时候。其二，网络文学催生了新的作家产生方式，身在体制外，如果心在文学里的话，这将更加符合文学创作的规律，并与国家文化发展战略方向一致。

其实文学标准从来就是相对的，不可能一成不变，何况我们所处的是一个剧烈变革的时期。我相信，每个时代的文学都有自己最适合的表现形式，网络文学适应了当今中国经济社会的发展方向，因此它是历史的必然产物。讨论"'网络文学'到底是否存在？"这样的问题，实在没有必要，是一种学术浪费。

2. 网络文学的实践意义。

新世纪以来中国文学遇到了很多问题。首先是思想性的问题，社会处在变革时期，既有的伦理道德遭遇挑战，价值体系破而未立，重建过程势必要引入新的理念，网络文学的出现恰逢其时；其次是艺术表现形式的问题，现代性一直困扰着当代文学的发展，网络文学的百无禁忌、勇于尝试，拓宽了文学的疆域。如果说中国当代文学存在缺失，类型写作的缺席是不是很重要的一个环节？网络文学正在实践和摸索此类新的表现形式，我们应对此加以保护，给它足够的成长空间，而不是简单地给出否定的答案。

3. 跨国界传播与作家知识结构多元化。

网络文学自发展之初就实现了跨国界传播。1995年北美留学生创办电子刊物，运用网络发表文学作品，产生了最初的华语网络文学，这股浪潮最先波及我国台湾，之后在中国大陆得到强势发展。目前，在海外从事华语文学创作的网络作家是整个网络创作中很重要的一支力量，如少君、图雅、桐华、酒徒、六六、艾米、施定柔等；海外网络读者队伍也十分庞大。因此可以说，跨文化"国际航行"是中国网络文学最重要的特征之一，它为中国当代文学走出国门创造了难得的机遇。网络作家的构成与传统作家也存在一定差异，他们当中高学历者不在少数，而且 70% 具有非文科学历，知识结构的多元化使得网络文学创作出现异彩纷呈的局面。

二、网络与传统融合之后的中国文学

1. 丰沛的民间文化土壤在网络中逐步生成。

网络文学的民间性类似于中国历史上的口传文学。古代战争和王朝更替，对于民间文化来说，好比野火烧不尽、春风吹又生。但在 20 世纪城市化进程和乡村管理制度建立，特别是在"破四旧"之后，民间文化土壤逐渐盐碱化，丧失了活力。这是一个极其复杂的文化变革过程，80 年代文学黄金时代未能保持长久不衰，缺乏民间文化土壤是重要原因之一。在中断了数十年之后，网络文学创造了一个虚拟的民间文化现场，这给中国文学的未来带了希望。另一方面，在传统文学群落式微的今天，网络写作借助网络空间的零距离，使不同区域的作者形成了新的文学群落。在他们之中没有网络与传统之分，某种意义上实现了多元文化的融合，由此将会逐渐形成一个兼容性很强的中国文学生态。

2. 宽阔的文化视野与跨文化特征。

20 世纪 80 年代以来，跨文化写作成为世界文学的主流方向。帕斯、大江健三郎、库切、奈保尔、帕慕克、赫塔·穆勒、卡勒德·胡赛尼等等，都是这方面的佼佼者。80 年代中国先锋小说直接借鉴西方，实现的是文本形式和叙事方式上的跨文化写作。不难发现，中国作家的封闭思维一旦被打开，发出的能量是惊人的，但由于缺乏本土文化的支撑，那样的写作难以为继。也就是说，一个兼容中国文化、展现大时代特征的跨文化写作方式，才是当代中国文学的出路。改革开放35年，中国的确到了精神换代的时候，我们或许看不懂、不理解90后创造的"火星文"，但他们的确属于"宇宙一代"，请允许他们大胆想象，大胆创造。

3. 回到文学的起点寻找原创力。

大量的网络小说涉及到"我是谁？""我在做什么？""我在哪里？""我往何处去？"等生命本体论问题，以及身份认同问题。按照传统价值体系，我们已经不用回答这些问题。但这不能说明这些问题就已经得到解决，现在看来，在我们的现实环境中，这些问题有卷土重来之势。架空和穿越是目前网络小说最常见的表现手法，其目的是为了回避现实生活中遭遇的困境，用特殊办法曲线解决那些我们正在经历而又无法回答、不能解决的问题。这恰恰是文学的本质属性。

三、网络文学的现状

1. 网络文学总体情况。

网络文学出现于上个世纪90年代末期，经过15年的发展，已经在普通民众的文学阅读中占据了重要位置，并对其他艺术门类如影视、动漫的发展产生了影响。网络创作文体应有尽有，包括小说、诗歌、散文和跨文体写作。目前较有影响力的文学网站、论坛和读书频道有百余家，文学网民高达2.4亿人，各种文体注册作者2000万人，签约作家200万人，文学网站及移动平台日浏览量超过10亿人次，在线作品日更新达2亿字节。2011年，网络文学的直接经营收入近40亿人民币。

2. 网络文学的主要类型。

长篇小说作为网络文学的龙头地位已经稳固，作者75%为40岁以下的青年。在在线收费模式和移动阅读平台的推动下，职业、半职业网络写作者已达3万人，大大超过了各地作协的专业作家队伍。读者80%为20到40岁的职业人士。网络小说创作形式多种多样，大致可分为：历史架空类（现代人通过时光交错进入特定的历史时期，运用自身经验改变历史进程）、玄幻科幻类（区别于西方魔幻小说的东方本土幻想小说）、都市青春类（反映现代都市生活、表现现代情绪的小说）、官场职场类（以官场博弈和职场奋斗为题材的小说）、游戏竞技类（根据网络游戏改编或具有网游特征的小说，一般采用晋级形式）、灵异惊悚类（以鬼怪或探险为题材的小说）、新军事类和新武侠类（区别于传统军事和武侠的小说，添加了幻想成分）等。网络长篇小说的产量大大超过传统写作，每年在线发表约5000部左右，占据长篇小说实体出版的半壁江山。网络小说在版权输出中也占有相当份额。

3. 网络诗歌和散文。

网络诗歌（包括古体诗词）的写作人群分布最广、年龄差距最大，作者数量做多，每年产生约20万首作品。诗歌网站、论坛和博客超过1万家，网络诗歌的正式出版物和各地民间出版物每年有近千种。网络诗歌写作和阅读的互动性强于其他文体，特别是2008年汶川大地震，引发网络诗歌写作热潮，读者的视线首次由小说转向诗歌；在国学热的推动下，网络古体诗词写作出现全新局面，超出了新中国建立以来的任何时期，各地古体诗词协会活动频繁，一批青年作者加入到这支队伍当中。总体来讲，网络诗歌的写作特点是大众化、即时性和非商业性。网络散文写作人群和读者的丰富性并不亚于小说和诗歌，但除了杂文之外，其他作品的网络特征和社会关注程度明显弱于小说和诗歌，因此影响力相对较小。

四、网络文学存在的问题与缺失

1. 创作态度不够严谨。

网络文学存在的问题很多，有些甚至是根本性的，需要认真对待、仔细研究。就目前的情况看，最常见的问题是：A、过分追逐游戏性和娱乐性，使作品丧失了精神产品必须具备的力度与厚度。B、为了博取人气，哗众取宠、迎合读者的现象较为严重，缺少严谨的创作态度。C、制造不符合人物性格，违背合理性的故事噱头，在不同场景中的故事的构成和人物行为大量重复。D、很多作品开始几万字写得比较认真，到后面越写越差，虎头蛇尾，明显缺少持久性。

2. 缺少艺术给养和精品意识。

网络文学有大量对生活的发现，有非常生动、鲜活的细节描写，但却缺少对生活的提炼和概括。很多作品处在原生状态，会写故事，不会写人物；会写细节，缺乏整体把握。作品结构凌乱、散漫、随意，缺少构思。很显然，这是网络作家普遍缺少艺术给养的结果。为了吸引读者眼球，文学网站倡导"更新为王"，一味追求速度，使得网络作家的精品意识十分薄弱，即便那些产生重要影响的作品，也是草珠混杂、沙金交织，如经细致打磨完全应该是另一个模样。

3. 商业驱动和网络盗版的双重负担。

由于在线写作的即时更新、读写互动等特点，特别是商业化运作的特性，网络写作中的猎奇心理很流行，注水、自我重复等现象很严重。有很多网络作家其实并不愿意每天大篇幅更新，但为了在网络上站稳脚跟又不得不拼命去做。另外，网络盗版屡禁不止，每年攫取约60个亿人民币的商业利润，成为网络文学产业化发展的一大杀手。商业驱动的不良影响，以及网络盗版给网络文学造成的双重负担，给这一新兴的创作形式蒙上了一片阴影。

网络文学将反哺当下写作

关于传统写作，前几年我也写过一些评论文章，这几年专门做网络文学研究。其实，网络文学并非一种独立的文学形态，叫它新世纪文学也好，叫它类型化文学也罢，它仍然是当代文学的一部分。所以，我们谈网络文学的优势与缺陷，实际上也是在谈当代文学出现的新情况、新动向、新问题。如果单看网络文学，肯定对它判断不准确，必须联系过去、估量未来，才有可能建立完整的评判标准。联系起来看的时候，我就发现这里出现了一个大的断裂，断层非常明显，当我们顺着这条线继续往回走，就会发现五四新文化运动也是一次大的断裂。传统文学发展几千年没有出现大的断裂，从五四新文化运动开始，一直到90年代末期，出现网络写作，这一百年断裂了两回。我在这个框架里思考网络文学，为什么会出现这样的写作？为什么会出现这样的一批作家？网络写作的尺度是心灵还是点击率？我由此而分析当代文学的现状。

要讨论上述问题，还是得从头说起。相对于两千多年的文化发展史，两次文化断裂是巨大而深刻的，对整个社会文明形态都产生了重要影响。

第一次断裂我们几乎处在被动状态，主观上不是很愿意，当然后来又主动了，现代文明的力量不可阻挡。而网络来临的这一次断裂，因为来不及想，来不及思考，更来不及讨论，呈现的是自然状态。五四新文化运动之前，中国社会还是个农业社会，之后逐步进入了所谓的工业社会或是资本社会，进入新型社会以后中国文化不再是一个强势文化，而是一个弱势文化。两千多年的农耕文化有一个完整的体系，谁都撼不动它，但随着五四新文化运动形成文化断裂之后，加之战争灾难不断，意识形态介入太多，导致新兴的文化链条在很多地方有缺失，成长的不完备，留下了隐患。到了文革阶段，这个链条几乎面临破碎，改革开放以后，出现了一种新的文学形态。文学在努力回到本位，但一直没能够彻底归位，我们今天还在谈文学必须回归心灵，就是一个很好的说明，其实文学从根本上讲，就是一个心灵的东西，如果不是心灵的东西就不是文学了。任何文学样式都一样。

文学如何面对现实，这实际上不是作家个人的态度问题，而是个人能力问题。好比中国的高端文学，拿到世界的文化平台上看，就是一个狭隘的东西，技术再好，个人才华再高，也改变不了一个人的文化视野。这个问题很严峻。当代性某种意义上讲就是世界性。可是，我们当代的优秀作家普遍存在知识结构不合理，知识储备不完整的现象，某一个方面可能超强，但是完整的东西不具备。因此只能接近大师，不能成为大师。像莫言的才华，我相信在全球的作家当中应该能排得上，但是由于他的技术不完备，或者说是早年的给养不足，他现在想补回来几乎是不可能的。

中国文学的希望在 90 后、00 后一代人身上。中国的社会开放度越来越大，完全顺应了跨文化写作的世界潮流。现在，我们的孩子初中、高中、大学到国外去读是很正常的，他们的生活经历有可能会产生一种新的文化形态，这种文化形态作为一种基础。当然，不是说出去就一定能成为大作家，但道路肯定比现在宽广许多，面对现实的焦虑，至少是有方向感的，不至于束手无策。在这个意义上，网络写作作为新兴文学的一个过渡阶段，我认为是值得期许的。

　　传统作家对网络作家不能认同，就说你们要读经典，你们不读经典是成不了作家的。网络作家就说，我们也不是不读经典，但是我们觉得读经典对我们的影响力远远不如当下现实对我们的影响力大，我也知道那样写的是好作品，但是没有办法，我只能这样写，而且是在为读者写。你看，两个话语系统之间是有障碍的，但是实际上这是两代作家之间的问题。一般来讲，传统作家认为网络作家过分注重文学的娱乐性，而忽视了对社会问题的关注，实际上也是指他们的写作脱离了心灵，与传统意义上的文学相距比较远。这个问题的确是存在的，但并不是所有的网络作家都那样。我们要看到，网络作家，特别是85后的一批人，他们使用的是一套新的话语系统，不再把文学当作社会价值判断的载体。由于他们特殊的生活经历，他们开始追求更加广阔的自由空间（当然也包括心灵空间），因此在文学表现上天马行空、不守规则，这是一方面。另一方面，他们几乎没有接受过系统的文学教育，要他们循规蹈矩是不现实的，也没那个必要。问题在于包括网络作家在内的新一代作家，对文学与心灵的关系是否具有主观认识，是否对中国文学的未来有所担当。每个时代，对文学与心灵的关系具有主观认识，并且能够写出好作品的只会是极少部分精英作家，网络写作当然也不例外。

　　话说回来，我们并不能说网络写作与心灵无关，不能这样下定论，他们有他们的成长环境，也就是说每一代、每一个时期的作家，都有自己的表达方式。对于网络文学，我强调的是要给它时间，这里面肯定有一批作家会定下心来重新思考，要相信他们会有自己的文学理想，他们必然会和同代的日本作家、美国作家、法国作家去比，我相信会有这样的人。目前的情况是，传统评论家对网络创作基本上无法进入评论状态。我个人的观点是，研究网络文学一定不能脱离写作者的成长背景，否则你不能理解他。他是在这种环境下长大的，因此他会写出这样的作品，所以要立体地考察他。如果你光看文本，有可能就会批评他这个不对，那个不对，可能你有一套话语系统，但是你所说的东西对他来说没用。你想，一个25岁的作者，1987年以后出生的，他的文化系统和我们是不一样的。如果说单用我们的思维方式去简单的判断他，形成一个判断，他会说你根本就没理解我，你说的东西是给你们45岁以上的人听的，是我们听不懂的东西。这个现象比较普遍。现在虽然有不少学者致力于网络文学研究，但运用的仍然是传统的学术路径，始终不能和网络作家形成对话，或者说不能被对方接受，研究和创作之间存在一段距离。

网络作家有一个共同的特点，他们都是文学爱好者，我不能想象，一个不热爱文学的人会去写几十万字、上百万字。当然，写作动因各异。有的就是为了玩一玩，在网上读了小说，就觉得自己也能写，试试吧，有的一试就成，有的没成，但都是自愿自发的，牺牲娱乐时间去写作。写的人多了，就出现了一个现象，作家产生机制因此发生了变化。传统写作肯定都是大都市里，在北京、上海、广州，都市文化意识集中的地方就出人，网络写作不是这样，它遍布全国，可能在乡镇、少数民族地区，一根网线打破了大都市的文化垄断。因此说，考察网络文学还有重要的一点，就是网络作家的成长和传统作家的成长是不一样的，模式发生了变化。

网络上成长起来的作者，同样对传统写作模式持怀疑态度，我觉得这也有好处，就是把思路打开了。如果说网络作者按照原有的思路去写，网上没有人会看的，不会认同的。这样，网络文学就发出了一个重要的信号：文学写作出现了不同的声音。由此，出现了所谓的草根和精英之争，我觉得也没什么好争的，但是理论界把它作为一个话题来说，也代表了一批人的看法。

我有一个稍微偏激一点的观点，我认为网络写作在某种意义上对传统写作已经解构了，不是刻意对立，而是一种自然解构，很多人都认识到了这个问题，叫他们进入那种类似于网络写作的状态不可能，但是他也可以接受这种重新洗牌的局面。

　　网络写作作为一种大众性的文学写作形态，难免鱼龙混杂、良莠不齐。因此很多人讲网络文学无关心灵，不是真正的文学写作。我不认可这个观点。为什么网络文学在中国一国独大呢？美国、欧洲没有网络文学，日本和韩国有一点，那和中国的零头都不能比，无论是质量还是数量。除了体制的原因之外，还有文化方面的原因。因为中国民间有草根式的抒情叙事传统，古来有之，就是日常生活进入文学，但也是艺术表达，日常生活成为审美对象。这种表达随着工业文明的崛起，特别是民间文化被视为"四旧"之后渐渐消失了。我认为网络的出现培育了一个虚拟的民间文化现场，形成了一个新的文学生态，只有在这种环境下，中国文学才会出现大家，出现关注现实与心灵的优秀作品。

　　另一个现象是，网络文学里出现了大量超越我们生命经验的东西，大量我们不理解的东西，但是这些东西却能够被新一代读者所接受，这说明了什么呢？只能说明我们滞后了，我们落后于这个时代。在一次作品研讨会上，阎连科表示，读了一批 80 后的作品，让他很受打击。他说，我发现他们可能是走了一条文学的捷径，而我们走的却是弯路。他们注重描写人的内心、欲望、情感，离人更近一些；我们却写人物性格、社会，从外部看人。他们被解放了，我们依然被现实和历史绑架着。我觉得阎连科的反省，对当代作家具有重要意义，网络文学对当下写作出现了反哺。这样，我们就发现，网络写作与传统写作之间出现了互补现象，出现了融合的可能。对此，中国当代文学应该做些什么、能够做些什么，已经成为一个值得研究的课题，一个很迫切的课题。

网络文学：十有五而志于学

恍如瞬间，网络文学已经走过了十五年历程。从 1998 年到今天，大概多数中国人都会觉得，这段岁月虽然厚重，却有着飞翔一般的速度，似乎只有套用一个老词"日新月异"，才能概括和形容它的真实面貌。这些年，尽管发生在全球的、中国的，以及我们身边"重要事件"的密度超过了以往任何时期，但亿万读者并没有因此放弃对文学的关注，不仅没有放弃，而且更加热衷。这正是让世人瞩目的中国网络文学快速发展的原因所在——它创造了阅读奇迹，同时也显示了文学的巨大魅力。

应该说，在网络上写作的人，同样是值得尊敬的精神创造者和劳动者，是时代的代言人。如今，文化创新被赋予塑造和提升国家形象的高度，作为朝阳产业的网络文学，当然是其中不可或缺的组成部分，其宏伟而远大的前景不言而喻。也许，个人的力量是渺小的，但汇聚起来的力量却势不可挡，网络文学的平民性质，注定了它将成为新的民族文化标志。随着网络文学的高速发展，近年来，国家相关机构和民间组织逐步加大了对其关注和扶持的力度，重要文学奖项、重点扶持项目、作家培训计划、文学对话、理论研究等等,网络文学作品和创作群体得到了愈来愈多的关注。网络文学由饱受争议到登堂入室,进入新世纪中国文学谱系,既是历史的必然,也是中国文学寻求发展的脚印。

子曰:"吾十有五而志于学,三十而立,四十而不惑……"

十五年,对于人生来说,是刚刚起步,对于一项事业,也可同等视之。网络文学用十五年时间,完成了启蒙而进入弱冠时期,未来岁月,唯有"志于学",才会获取健康强壮的"体魄"。这应该是个双向的问题,一方面是网络创作者如何通过"学"进行自我提升,另一方面是具有丰富经验的传统作家,以及掌握话语权的专业人士如何有效介入这个领域,通过碰撞、磨合,进而共同推动新世纪中国文学的繁荣与发展。

我个人认为,由于网络文学与"传统"文学的成长环境不同,观察它的发展趋势,分析它的文本得失,应充分考虑经济社会转型的时代背景,立足国家文化发展战略,并且从网络创作的商业化实际出发,逐步建立一套符合网络文学创作规律的评判标准和价值体系。

首先,有必要从网络文学的创作特点入手,分析它的艺术特征和表现形式。

自20世纪90年代初开始,文学的社会功能就已出现转换的迹象,网络文学兴起之后,由于平台的开放性,转换提速,具体表现为:以娱乐影响读者,而不再是以教育感染或灌输读者。相应的,文学的审美尺度也开始变换:以大众审美为基础,强调读写平等,以消费主义意识形态替代经典审美习惯。与上述密不可分的是文本形式和表现方式,其标新立异的形态远远超越了传统文学的范畴,大致可以描述为:以类型化为基本标志,向不同领域推进;以读写互动为基础模式,探索文学写作的商业化路径。简而言之,网络文学的迅速崛起使当下文学出现了丰富、多元、混杂的局面,还因其广泛地呈现社会生活内容,拓宽了文学的边界,放大了视野,因此难以简单划一的设定评判标准,难以用惯常的理论体系进行概括。

其次，网络文学的商业化发展是否构成"硬伤"，不同创作形态作家之间能否形成价值认同区域。

业界对网络写作一直存在这样的疑问：商业化的网络文学有可能产生精品吗？这的确是个不可忽视的问题，应该加以认真研究，仔细分析。我个人认为，至少可以从三个方面看待这个问题：其一，商业化和唯商业化是两个不同的概念，文学作为一种特殊产品，本身具有商业功能，文学创作者必须有相应的物质回报，才能得以继续创作。但是，网络文学的唯商业化现象相当严重，如大量兑水、重复、抄袭等，都对网络文学的价值提升形成了制约。其二，网络作家处于弱势地位，虽然不甘心被商业化操纵，成为写作机器，但为了生存下去，只能暂时接受这个现实，以待自身强大后再做调整。其三，主流文学界对网络创作不够了解，缺乏耐心，一部分人还因为商业化对网络文学全盘否定，指其为垃圾。同时，网络作家缺少精品意识和自我修整能力，一切向"点击率"看齐是不争的事实。这就导致不同创作形态作家之间产生误解，甚至出现对抗情绪，因而看不见双方之间有可能存在的价值认同区域。我们必须看到，就现实而言，网络文学商业化并非一无是处，它至少使一部分网络写作者得到了社会认同。更重要的是，它适应时代发展，建立了新的作家培育、成长机制。这一点恰恰与国家文化发展战略有所呼应，是未来的大势所趋。

再次，理性回顾与梳理，看清网络文学的过去或许有助于展望它的未来。

网络文学十五年，总体上可分为前七、后八两个时期，前七年为起始阶段和发展阶段，后八年为商业化阶段和多元化阶段。

一、起始阶段（1998—2000年）：这个阶段处于网络写作的试验期，主要以原创中短篇小说、情感故事和诗歌、散文等为主。1999年，台湾痞子蔡的长篇小说《第一次的亲密接触》风靡大陆，网络文学初步形成自己的创作特色：草根化和娱乐化。

二、发展阶段（2001—2004年）：这个阶段是网络写作的成长期，以30万字以下原创长篇小说为主，同时大量作品被搬上网络，网络文学形成规模，成为文学类图书出版关注的焦点。网络作家在线写作成为趋势，但仍然须依靠传统出版业支撑。榕树下、天涯虚拟社区、龙的天空等网站培育出了一批具有代表性的网络作家。起点中文网（2003年）异军突起后，网络文学商业化格局初露端倪。

三、商业化阶段（2005—2008年）：这个阶段是网络写作的爆发期，主要特征有三方面，首先是建立和逐步完善了以文学网站为平台，连接网络作家和网络读者的网络文学收费阅读模式；其次是博客写作提升了网络写作的整体水平，保持了网络写作的个性化特色；再次是行业（文学网站）的重组和兼并，起点中文网和幻剑书盟在资本的推动下，分别在"在线收费阅读"和"传统出版"两个路径取得进展，形成了一支网络签约作家队伍。

四、多元化阶段（2009—2012年）：这个阶段网络文学通过资源整合，开始向其他领域延伸，2011年形成了影视改编的一波高潮，给文化产业的发展带来亮色。随着3G时代的到来，电子阅读的份额逐年上升，网络文学自身的产业化发展也获得成长空间。2012年，在市场需求的推动下，网络文学继续高速发展，签约作家人数和创作总量仍然呈上升趋势。

我们必须看到，网络文学之所以能迅速发展，它适应的是时代而非文学本身。坎坷也好，艰辛也罢，文学必须往前走，它不可能停下来，也不可能只借助经典之力滑行。多数时候，文学需要站在经典的肩膀上去观察世界，尽管它自身有可能并不强大。在不断的努力与抗争之中，文学世界的一线曙光正透过网络，照进现实。十五年，网络文学虽未脱胎换骨，喜毕竟还是大于忧。

网络穿越小说热潮背后的思考

穿越小说的基本特点

近年来网络上"穿越文"十分流行，无论是人气还是作品数量，都在"网络文学"领域占有相当高的份额。所谓"穿越文"即网络穿越小说，是网络类型小说中发展、变化最快的一种文体形式。穿越小说的基本特点是作品主人公因某个原因，穿越进入另外一个时空，可以是从现代到古代，也可以是从现代到未来；同样可以从古代或者未来到现代。作者的目的是借助时空转换，实现常规叙事无法完成的人物塑造和情节设定。从体例上可以认定，穿越小说应该归入幻想类叙事文学范畴。穿越小说并非网络首创。在世界文坛，美国作家马克·吐温1889年出版的小说《康州美国佬在亚瑟王朝》成功运用了"穿越"。在华语文学中，台湾作家席绢、黄易在上世纪90年代即以《交错时光的爱恋》和《寻秦记》产生广泛影响。在其他艺术领域，穿越也很常见，好莱坞科幻电影更是将其发扬光大，近年来的生活类电影《时间旅行者的妻子》和《返老还童》也采用虚拟时空手法，表现了丰富、复杂的人类情感。

有人指出，穿越小说并不新鲜，中国传统的武侠、传奇类小说不也有类似的特征吗？比如《西游记》《七侠五义》《封神榜》等等，但是仔细分析就会发现，两者之间差异大于相同。一般而言，武侠、传奇类小说所发生的环境与社会现实都有一定的时空距离，而正是这种梦幻式的距离形成了传统文学的美感，比如武侠小说中的世外桃源、盖世神功，传奇小说中的英雄梦幻、曲折遭遇等，那些现实生活中不可能出现的故事情节所建立的审美趣味，成为它吸引读者的核心。穿越小说虽然同样营造了一个惊险刺激的梦幻世界，但它的不同之处在于读者不再是一个英雄梦幻的旁观者，而是一个亲身经历者。换句话说，穿越小说虽然建立在梦幻之上，指向的却是与现实生活对照的生活方式与生活态度。比如对于历史元素的运用，武侠、传奇类小说注重的是在广阔的背景中塑造人物、讲述故事，而穿越小说则更加注重个人的"亲历"性，甚至是"改写"性，历史细节必须为"我"服务。可以说，穿越小说的核心是通过穿越的途径去发现和寻找"自我"，因此，它所营造的梦幻与读者的现实生活产生了某种关联，直接影响了读者认识现实世界的态度。

网络穿越小说的正反两面

2004年7月，毕业于四川美术学院的满族女作者金子，在晋江文学网上连载穿越小说《梦回大清》，起初在网络上并无太大反响，直到2006年才引起读者关注。从金子的创作倾向来看，包括后来出版的《绿红妆之军营穿越》《水墨山河》等，穿越只是一种表现手法，并无特殊的指向。此后，穿越小说进入高峰期，所谓的四大穿越奇书《木槿花西月锦绣》《鸾：我的前半生我的后半生》《迷途》和《末世朱颜》，这四本具有典型网络风格的穿越小说，几乎同时出现在2007年，从而引发了穿越小说网络写作风潮。

几位年轻女作家都有较高的学历和优越的生活条件，应该说她们的作品追求的是精神层面的诉求，本质上与同时走红于网络的《山楂树之恋》异曲同工，均表现出对两性之间真情、纯爱的渴望。从社会学角度分析，由于女性心理需求与现实产生了冲突，运用文学作品表达精神诉求，显然与时代有着必然联系。这一时期的穿越小说由于强烈彰显女性意识，作品细节不够严谨，但存在的问题当属文学范畴，不应该被视为脱离现实、胡编乱造。我们应该尊重这种创作，从文学和社会学的角度对其进行理论研究和文学批评。

　　2009年，穿越小说发展进入了一个新的阶段，这一阶段除了作者自发写作外，文学网站的助推是一个重要因素。我们知道，网站本是商业社会的产物，文学网站也不例外。在文学网站发现穿越小说的商业价值之后，将其作为一个经营项目大力推广也就不奇怪了，其结果导致了穿越小说非常规发展。有的网站甚至单独为穿越小说开办了站点，分门别类放置各种类别的作品，这给青少年介入穿越小说的创作和阅读打开了大门，在引导不当的情况下出现了走偏现象。客观地说，社会转型期产生的人生迷惘与人性失落，不要说是青少年，即使成年人也受到严重影响。青少年本来就有耽于幻想的心理特性，一旦走偏很容易会出现逃避责任、自我放纵，甚至自私自大、唯我独尊等心理问题。

　　青少年文化和思想教育是一个长期存在的社会问题，低劣的网络穿越小说之所以在这个群体中迅速膨胀，某种程度提醒我们，当今的文学教育已经明显落后于时代的要求。文学阅读对青少年的成长至关重要，我们曾经有过"保尔时代"，有过"张海迪时代"，也出现过"哈利·波特现象"，但今天，我们却列举不出能够打动青少年的优秀作品，或者说社会组织认为的优秀作品，在青少年心目中并不被认可。实际情况是，日本动漫文化在很大程度上影响了这一代青少年的思想行为，而教育单位对这一社会现象缺乏深刻了解和认识，更不用说制订相应的策略。当然，日本动漫也不乏优秀作品，在丰富青少年的精神生活中发挥了积极作用。但就目前情况看，对青少年产生负面影响的网络穿越小说，绝大多数是日本动漫中消极因素的转换。比如《凤霸天下》中宣扬少年同性爱，《妃池中物：不嫁断袖王爷》中描述男性给女性下媚药等，甚至出现一味追求刺激的人兽穿越文，如穿越成狐狸的《白狐一梦》，穿越成猫的《穿越时空变成猫》，以及一批以高虐为主要情节的小说等，这类穿越小说大量存在日本动漫的痕迹。其实，在纸质出版物中，这一现象同样比比皆是，比如以郭敬明为代表的"最小说"创作群体，基本上是受日本动漫的影响，众多青少年追捧郭敬明，原因正在于此，这已经是不争的社会现象。令人忧虑的是，青少年在网络写作之前，其精神空间已经遭到污染，他们在网络发表和传播作品，则进一步产生消极影响，这个连锁反应说明问题相当严重。最近，在相关部门的督促检查和网站的自我整顿中，上述作品虽然已撤出正版网站，但盗版网站仍在传播，负面影响还在继续扩散。

如何看待穿越小说走红网络

穿越小说走红网络的背景比较复杂，它所引发的热潮表面上看是个文学现象和文学问题，实际上还包括心理学、社会学、现代传播学和现代教育学等问题。如果单单从文学角度分析，主要有两个方面的原因。首先是思想内容方面，穿越所折射的正是真实的现代人的欲望与情感，如对物质富足、事业成功、爱情美满，以及婚姻家庭幸福的诉求。另外，网络穿越小说在表现对现实世界的逃避，对幻想王国追求的同时，还通过现代人观察古代社会的视角，领略古代文明，表现出对中国传统文化的认同。其次是表现形式方面，穿越小说充分展现了网络特性，即作者与读者的共享性，在某种程度上，作者与读者借助想象力摆脱现实的困扰，用穿越的方式建立了共同的传奇梦幻。它借助异时空的精神碰撞与交错所产生的强烈的戏剧感与情节张力，转移了激烈竞争的现实环境，抚慰了现代都市人疲惫的心灵。这里面当然包括消极因素，比如假借穿越而放弃现实中的奋斗与努力，试图利用幻想替代个人付出等，满足读者在虚拟环境中完成虚无的自我价值实现。

鉴于穿越小说在青少年成长中产生的负面影响，我们应该清楚的认识到，对青少年的文学教育和阅读引导，已成为全社会的共同义务。如何提升网络作家的社会责任意识，如何建立有效的网络文学理论批评体系等，也是不容忽视的专业课题，而这些问题目前仍无行之有效的解决措施。这也说明社会发展的速度远远超出了我们的预期，有很多现实问题需要我们认真学习与思考。

网络文学：一头是神话，一头是现实

近年来，网络文学趋向于两个极端，一头是神话，一头是现实。网络玄幻小说和仙侠小说基本属于神话叙事范畴，但与农耕文明时代的神话叙事又有明显的差异，现代科技已经解决了人类进入太空的难题，但地球上的问题却愈来愈复杂，危机论、末日论甚嚣尘上。网络小说敏感地把握住了这一现实，将笔触由时空领域转向塑造新的文明形态，故事情节和人物行为超出了人类社会的思维模式，人类往往只是其中的一部分而不再是主宰者。在这一点上，网络玄幻小说和仙侠小说与西方现代神话故事似有不谋而合之处，比如《哈利波特》《指环王》，甚至是《阿凡达》，这些作品的中国化版本在网络上比比皆是，它们无不闪耀着鲜明的东方特色。随着中国经济社会 30 年高速发展，民间智慧释放出巨大能量，在网络作家笔下转化成了丰富的文学想象力。网络玄幻小说和仙侠小说多数还杂糅了科幻、穿越、言情、重生等表现手法，但不应该将它们划入上述类型，它们的核心是神话叙事。

去年和今年，网络玄幻小说和仙侠小说依然是网络在线阅读最火暴的类型。我吃西红柿、天蚕土豆、血红、猫腻在起点中文网最新发布的长篇小说《吞噬星空》《斗破苍穹》《偷天》和《将夜》，烟雨江南在17K文学网发布的长篇小说《罪恶之城》，无罪在纵横中文网发布的长篇小说《罗浮》，点击率均超过千万，它们同样是无线阅读平台（手机阅读）最热门的作品，移动阅读高达5亿次的日浏览量，差不多有一半是在点击这些作品。年收入过百万的网络作家，百分之九十属于这个人群，因此，可以说他们对网络文学的产业化发展作出了贡献。由于多种原因，影视尚无力改编、拍摄这个类型的作品，但它们在影视领域埋下的伏笔早晚会引发一波网络文学最大的浪潮。就文学创作和阅读而言，这一类型的作品如此大规模的出现在网络，并被广泛阅读和传播，的确是中国文学史上的一大奇观，但遗憾的是，它被学界重视的程度恐怕不及它被阅读的万分之一。

再来说说现实题材的网络文学。其实，网络文学受到读者关注，一开始正是源于它和现实生活的短兵相接。从痞子蔡的《第一次的亲密接触》、安妮宝贝的《告别薇安》到慕容雪村的《成都，今夜请将我遗忘》、孙睿的《草样年华》等作品，同我们熟知的那些传统名家的作品最大的差异，就是介入生活的方式发生了变化，感受生活的视角出现了位移。这何尝不是看不见的时代之手对文学的一种引领和改变呢？在这一点上，网络文学天然性地遵循了生活是文学源泉的法则，并且从多角度、多渠道、多层面展现了社会大变革中新旧观念的冲突、情感方式的转换，以及心灵的震荡和波澜。网络文学的最大特点在这类作品的创作过程中得到了淋漓尽致的体现，即在线写作与在线阅读形成密切互动。同时，流行与时尚元素作为网络独特的话语方式，在这类作品中有效转化为接地气的人物形象和故事情节，因此而备受出版业和影视业的青睐。

网络文学的阅读人群自然也是构成网络文学大潮的重要组成部分。受众的心理需求，很快通过读写互动模式在创作中得到了呼应。由于工作、生活压力不断增大，生活在大都市里的青年男女——尤其是漂一族和打工族——单身或晚婚现象已经非常普遍，但他们并非"异类"，其中相当一部分人仍然渴望改变现状，但苦于能力有限，而不得不接受现实。然而他们并没有放弃追求与幻想，他们寄希望于情景"突变"，从而实现"自我"价值的重新塑造。某种意义上，网络"架空小说"、"玄幻小说"、"职场小说"和"言情小说"正好吻合了这个庞大人群的心理症候。因此不难看出，网络中流行的各种类型小说，不管你是否接受，其实都是时代变革所附带产生的"痕迹"，而这恰恰又是文学作品之所以产生必须具备的最基本的元素，尽管它不能作为评判一部作品优劣的依据。当然，主流社会的关注和专业部门的介入，必然会在一定程度上影响到网络文学的走向。在茅盾文学奖、鲁迅文学奖宣布对网络文学敞开大门的同时，中国作家协会已经连续三年对网络文学实施重点作品扶持，鲁迅文学院网络作家班已举办了六期。类似上述情况的出现，至少能够说明，网络文学对现实领域的不断开掘，在大方向上与主流文化诉求相一致，这既是其自身发展的需求，也符合受众对它的热切期盼。事实上，个人、民众和国家三流合一，才是网络文学长远发展的动力保证，当下急需解决的已经不是网络文学的身份指证和价值认同问题，而是如何在愉悦读者的同时追求艺术创造的广度和深度，进而产生精品力作。

现实题材的网络文学自《蜗居》《杜拉拉升职记》《和空姐一起的日子》等作品畅销和改编以来，终于实现了破"网"而出的梦想，进入主流消费人群的视野，其后，《失恋33天》《搜索》《裸婚时代》《金太郎的幸福生活》《前妻来了》《小儿难养》等一批作品乘势而上，更细致、深入的诠释了当下生活与人的精神世界的关系。今年，重要文学网站推出的一批现实题材作品内容和形式更趋广泛、多元，如新浪读书的《对手》；搜狐原创的《我本多情》；17K文学网的《挽婚》；榕树下文学网的《生死浮沉：急诊科的那些事》《别对爱说谎》，红袖添香文学网的《盛夏晚晴天》《新式8090婚约》；腾讯读书的《晋升》；大佳网的《命门》《王南瓜的打工生活》等作品，在反映时代特色风貌，表现复杂社会生态方面均有新的建树。神话的中国与现实的中国，一个来自于想象，一个来自于生活，缺少了其中任何一面，都是不完整的、不准确的。

数字阅读改变大众生活方式

  对于传统媒体来说，互联网的出现是一次传播方式的革命，我们正在经历的席卷世界的文化全球化风潮，网络在其中发挥了决定性的作用。处在转型期和变革期的中国社会，人们生活节奏在变化，消费方式在变化，情感方式也在变化，尤其是价值观念在变化。网络时代的到来，顺应并推动了中国社会急剧变化的需求，深刻改变着人们的生活方式。网络在线阅读、手机阅读和各类电子阅读器下载阅读等数字阅读已成为21世纪的文化浪潮中的先锋。《2010年中国数字出版年会年度报告》显示，2009年国内数字出版的总产值达799.4亿元，比2008年增长50.6%，其中，电子书的收入为14亿元。数字出版的迅猛发展，释放出的信号十分明确，其蕴含的巨大商机和活力不可忽视。

  网络作品与阅读方式的多样化为读者提供了选择的便利，也让文学进一步走进了广大读者的视野，数字阅读平台已经成为我国文学阅读的主流媒体。近两年，由于无线用户（手机阅读）激增，网络阅读人群高达2亿，产业规模已近百亿元人民币。我们可以通过最新的创作方式和阅读途径，了解目前数字阅读的基本状况。

手机阅读。手机阅读是中国移动通过多样化的阅读形式向用户提供各类电子书内容，以在线和下载为主要阅读方式的自有增值业务。中国移动、中国电信、中国联通三大运营商均设立了手机阅读业务基地，来负责各自无线阅读业务的运营和推广。其中中国移动的手机阅读基地无论在用户数、收入、内容上均独占鳌头。中国移动手机阅读基地 2010 年正式商用，目前累积访问过阅读业务的移动用户为 1.17 亿，12 月份以来日均 PV2 亿左右。单月访问用户数已突破 2500 万，单月付费用户数已突破 1800 万。在阅读内容上，玄幻、都市、言情、仙侠、历史等类别最受手机用户喜爱。

手机阅读现已成为网络阅读的龙头，由于无线阅读具有国家垄断特性，网络文学的盈利模式终于寻觅到了一处版权避风港。据《中国手机阅读市场用户调研报告 2010》称，手机阅读已经成为移动互联网用户使用频率较高的应用之一，每天阅读一次及以上的用户占比达到 45%。今年的收入已突破 30 亿人民币。主流媒体也与地方移动合作纷纷创办了手机报，在全国最有影响的是广东手机报、江苏手机报和湖南手机报。数据显示，2010 年第 3 季度中国移动互联网用户规模达 2.43 亿人。《中国移动互联网市场与网民行为调查报告》显示，中国手机网民上网以阅读小说为主要目的的有 51.7%，而在同时根据"手机网民无线产品购买意向"中的统计，尽管有超过 39% 的中国手机网民表示不接受任何无线付费产品，手机读书项目却以 37.5% 的比例排在愿意购买的无线产品之首，遥遥领先于其他服务。

微博文学。2009 年 8 月，中国最大的门户网站新浪网推出"新浪微博"内测版，成为第一家提供微博服务的网站，紧接着腾讯、网易、搜狐等门户网站也纷纷加入这一行列。微博文学创作，是一种短小精悍的文体创作，有别于传统文学创作。由于其篇幅较小，移植性、传播性强，备受网友、手机用户的青睐。目前新浪微博整体用户已经超过 1 亿，文学出版类名人用户接近 5000 人。莫言、麦家、席慕容、刘震云、安妮宝贝、路金波、王亚非、石康、周德东、邹静之、毕淑敏、迟子建、汪国真等都是新浪微博用户。首部微博小说《围脖时期的爱情》自2010年1月29日在新浪微博连载，正式宣告微博体小说诞生。此后，在微博上写小说的人越来越多，在微博上搜索有130多万条相关信息。2010年10月27日，新浪微博·中国首届微小说大赛正式拉开帷幕，半年内参赛作品超过23万篇，相关微博超过160万条。

微博文学在腾讯微博中同样占据了重要位置，目前已认证作家，网络作家，出版人1300余人，其中，郭敬明、余华在腾讯微博的粉丝已超千万，更有包括麦家、毕淑敏、阿来、池莉、周国平、刘墉、汪国真、余秋雨、王海鸰、六六等人在内的数十位作家粉丝超过百万，作家和读者在腾讯微博形成了良好的互动。

腾讯微博还开辟了网络作家专栏，邀请了包括顾漫、明晓溪、匪我思存、南派三叔、天下霸唱、唐家三少、天蚕土豆、我吃西红柿等在内的大批一线网络作家在腾讯微博安家，有效推动了微博文学的发展和壮大。同时，一大批出版人，也利用腾讯微博和作家、读者进行交流，促进了出版业和网络创作的了解。

网络阅读。自2004年网络阅读收费模式建立以来，类型文学成为网络阅读的主体。作品样式大致可分为：架空穿越类（现代人通过时光交错进入特定的历史时期，运用自身经验改变历史进程）、玄幻科幻类（区别于西方魔幻小说的东方本土幻想小说）、都市青春类（反映现代都市生活、表现现代情绪的小说）、官场职场类（以官场博弈和职场奋斗为题材的小说）、游戏竞技类（根据网络游戏改编或具有网游特征的小说，一般采用晋级形式）、灵异惊悚类（以鬼怪或探险为题材的小说）、新军事类和新武侠类（区别于传统军事和武侠的小说，添加了幻想成分）等。其中网络玄幻、仙侠类作品以其超拔的想象力和眩目的色彩最受读者欢迎，我吃西红柿的《九鼎记》和唐家三少的《阴阳冕》在近年较有影响，职场、官场类作品因为贴近现实生活,具有一定实用价值而备受读者推崇,如崔曼莉的《浮沉》和小桥老树的《侯卫东官场笔记》等。另一抹亮色是网络女性写作,言情、穿越、职场类作品多年持续红火,近年悬疑、玄幻、架空、传奇类等诸多元素开始逐渐介入女性写作,如随波逐流的《随波逐流之一代军事》、王雁的《大悬疑》、风行烈的《傲风》和施定柔的《结爱·异客逢欢》等,与以往的女性作品从形式到内容都发生了变化,说明网络女性写作进入空前活跃期。

在类型小说中,玄幻类小说《斗破苍穹》(天蚕土豆著)、悬疑类小说《藏地密码》(何马著)、《心理罪》(雷米著)、军事类小说《遍地狼烟》(李晓敏著)、励志类小说《橙红年代》(骁骑校著)、架空历史小说《步步生莲》(月关著)、科幻小说《三体Ⅲ:死神永生》(刘慈欣著)、《冒牌大英雄》(七十二编著)、仙侠类小说《罗浮》(无罪著)、《永生》(梦入神机著)、言情类小说《我不是精英》(金子著)、《步上云梯呼吸你》(涅槃灰著)、职场类小说《办公室风声》(携爱再漂流著)等,成为各家网站的人气作品,推动了网络阅读的蓬勃发展。其他如《陈二狗的妖孽人生》《阳神》《凡人修仙传》《贼胆》《近身保镖》、《破灭时空》《龙蛇演义》《猎国》《酒神》《武神》《仕途风流》《异界全职业大师》《间客》《逍行记》《诡刺》《铁骨》《纂清》等一批作品也都拥有大量读者。

我们知道,与传统的纸质出版物相比,数字化电子出版物具有存储量大、检索便捷、便于保存、成本低廉等优点。因此,数字阅读日益受到广大读者的欢迎,根据保守估计,到2016年,全球电子图书的市场份额将超过传统图书。数字化阅读的兴盛为人们的生活和学习提供了更多乐趣和便利,但也引起了一些传统人士的忧虑。有人认为,随着数字化阅读的兴盛,用不了很长时间,传统的纸质读物将逐渐被人们舍弃,最终寿终正寝。这将破坏只有通过纸质阅读才能感受到的文化韵味。此外,数字化图书不利于传统的阅读管理,对不具有鉴别能力的未成年人的成长可能会造成负面影响。数字阅读在我国才刚刚起步，虽然方兴未艾、朝气蓬勃，但也存在一些问题，主要体现在阅读的粗放性和随意性，缺乏专门的阅读指导，这项繁复的工作是否有所建树，将直接影响到21世纪新一代青年的成长与发展。

【第二辑】
网络群体话语

网络70后：中国类型文学探索者

在世纪交错的那几年时间里，网络在人们生活中发挥的巨大作用尚未显现出来，通过网络传播的文学作品却如报春鸟一般，迫不及待地告诉大众：新的文学力量正在和网络一起成长。从台湾痞子蔡的《第一次的亲密接触》到大陆安妮宝贝的《告别薇安》、李寻欢的《边缘游戏》、宁财神的《假装纯情》、邢育森的《活得像个人样》、瞎子的《佛裂》、胡彬的《网恋》、稻壳的《流氓的歌舞》以及flying-max的《灰锡时代》等，一股由70后作家掀起的都市文学旋风从网络腾空而起，迅速席卷中国文坛。他们习惯称自己为"写手"，把网络写作叫做"码字"。他们的文字没有50后、60后父兄一辈作家那么凝练、精致，却多了一份率性与坦然，字里行间透露的信息则表明他们试图从使命意识回到对生活本身的感受与领悟。可以发现，尽管代际之间的承袭性并未断裂，但文学作品产生的动力原点却出现了移位，与上一代作家相比，由于文化背景和传播方式发生了深刻变化，网络70后作家的记忆方式和经验方式不再以"纵"的形态回望从前，而是以"横"的形态直抵当下。个体生存经验成为他们的第一感知，身体成为写作的出发点，换言之，写作的个人化倾向明显增强，历史感和社会意识减弱。

强烈的自我表现欲望与时代大变革形成的混响效果，通过互联网的传播，引发了新的文学浪潮，其势头之迅猛，丝毫不逊于文坛彼时正在热议的"美女作家"与"身体写作"。然而，都市青年的生存状态与情感方式作为网络70后作家的主流话语，只是一个短暂的时期，他们自己迅速越过了这一壁垒，向新的领域发起冲击。及至今何在的《悟空传》，慕容雪村的《成都，今夜请将我遗忘》，江南的《此间的少年》出现，网络70后作家在文学上达到的高度，已经与纸媒70后作家难分仲伯，未来的文学史家或将从中得出自己的答案。

为人低调的今何在是我最喜欢的70后作家之一，尽管作品数量不多，却不得不提。由典籍而来却直指当下，人文关怀随着时代发展改变了话语方式，《悟空传》无疑是网络文学早期的经典之作，它的蝴蝶效应至今仍未平息。不知什么缘故，这部在70后一代人中产生强烈影响的作品，上一代人却关注甚少，或许他们不习惯今何在对经典颠覆的态度，但如果认真阅读，你就会发现，作者所做的努力是在建构而非毁坏；所谓颠覆，只不过是建构之前的预备和热身。

慕容雪村视野开阔，对时代和人性的认识，绝不在同代作家之下。他以全然决绝的态度看待所有的一切，生活、爱情、人生，虽然偏激，但他依然坚信自己的判断。他甚至相信，所有感情都是被利益驱动的，包括道德。在作品中，他把人生所有的东西放在利益的刀刃上滚过，这在决绝中显得过于悲哀，但你又不得不承认，他对生活的理解和发现具备了一个作家的独特性。因此，慕容雪村获得的广泛认同，在网络70后作家中是罕见的，他几乎打通了网络与纸煤的界限，成为跨界认同度极高的少数作家之一。

江南的写作似乎更复杂一些，他在北京大学毕业之后留学美国攻读分析化学博士，其间创作了以金庸多部小说人物为基础的同人小说《此间的少年》，以及幻想小说《九州·缥缈录》架空世界系列。《此间的少年》迄今共出版了5个版本，超百万册销量，并于2010年由北大学生自导自演，改编为公益电影，在全国各大高校上映。江南虽以《此间的少年》一举成名，其主要成就却在幻想文学方面。2011年和2012年，江南先后作为中国青年作家代表出访埃及和英国，致《幻想与世界》及《我和我的世界》专题报告。我个人以为，类似江南这样人生经历的作家，可能是未来中国作家的一种类型。他们具有理工科学历背景和海外生存经验，对文学的理解与认识突破了固有的条条框框，创新成为他们的天然优势。

早先活跃于网络的70后作家已陆续退出网络"江湖"，在少数坚守阵地的作家中，猫腻是目前最被看好的一位。他是极少数既能获取大量拥趸，却又保持一定精品意识的网络作家。和同代作家相比，猫腻在网络成名较晚，直到2007年30岁时，他的《朱雀记》才在新浪原创文学大赛玄幻类中获得金奖，随后，他的小说《庆余年》在起点中文网引起重要反响。此前他曾用马甲北洋鼠写过《映秀十年事》，汶川地震后有读者慨叹"映秀十年事，生者庆余年"，可见其作品在读者心目中的地位。为猫腻赢得声誉的主要是《间客》和《将夜》两部长篇小说，《间客》是一本个人英雄主义式的幻想类武侠小说，文字朴素、凝重，气韵深远，而《将夜》却清新幽默，追求一种禅意的表达。猫腻的小说故事构架宏大，但能有效把控主体脉络，全文的整体感在网络作家中独树一帜。猫腻还有效规避了网络作家大量重复自我的写作惯性，在形成独特创作风格的同时，敢于大胆求新、求变。猫腻作品所达到的深度和厚度在起点中文网鹤立鸡群，得到公认，有资深读者甚至感叹：曾经沧海难为水，除却巫山不是云。目前，猫腻是文学评论家眼中最具发展潜质的网络作家，专论其作品的理论评论文章已达十多篇。

烟雨江南，1974年出生。辽宁沈阳人。毕业于复旦大学，毕业后任新华社记者。数年后旅英留学，取得硕士学位回国。先后从事证券分析与投资、风险投资、并购与重组业务。2004年，在奇幻式微的时候，他开始创作奇幻作品《亵渎》，在俊男美女充斥的网络文学中，他自出机杼，选择了一个略有些猥琐的胖子作为主角，开创了网文的"胖子流"，跟风作品众多。《亵渎》历时三年完成，总共两百余万字。在此书发布的日子里，大量书评如雨后春笋般出现，读者的争执和讨论充斥各大论坛，几乎形成了一种小范围的文化现象，盛况空前可见一斑。2006年5月，烟雨江南开始创作古典仙侠作品《尘缘》，一改《亵渎》带来的奇幻风潮，进入全新的东方玄幻领域，又引发了新一轮的仙侠热潮。经过长达三年的创作，总计130万字的《尘缘》终于完本。2009年7月，烟雨江南向科幻进军，创作了全新的作品《狩魔手记》。烟雨江南对网络文学最主要的贡献，不仅在于他的三部作品，更在于他勇于尝试的创新精神。

石章鱼是具有鲜明风格的网络70后作家，他在一家医院工作，连续10年创作了十部长篇小说。石章鱼的作品《医道官途》《斗无不胜》《我是传奇》《幻世猎人》《品行不良》《欲望都市之暧昧人间》《医冠禽兽》《呻吟》《三宫六院七十二妃》等构思奇妙，跌宕起伏，在读者中享有极高的人气，成为网络都市小说的代表作家之一。他善于用简洁、幽默的语言描绘人物行为，尤其是对女性的描写，细腻精准，入木三分。他自己认为，对女子而言，外貌是最下乘的描写，而气质和性格才能让你笔下的女性活灵活现，不会落个花瓶的称号。

可以说，网络70后作家开创了网络类型小说的新天地，几乎每个门类都有他们活跃的身影。在今天仍然广泛流行的玄幻小说，正是起步于网络70后作家，罗森的《风姿物语》，老猪的《紫川》，萧鼎的《诛仙》都是其中的扛鼎之作。云天空、树下野狐的东方奇幻小说《邪神传说》和《搜神记》，徐公子胜治、忘语的仙侠小说《神游》和《凡人修仙传》，传承中华文脉，借鉴西方文化，创造了独特的网络文学类型。架空历史小说和穿越小说，也属网络70后作家首创，酒徒的《家园》，曹升的《流血的仕途》，灰熊猫的《窃明》，月关的《回到明朝当王爷》和骁骑校的《铁器时代》，都在历史叙事方面展露了独特的创造力。在另类题材方面，网络70后作家同样获得了空前的成就，如刘猛的军事小说《最后一颗子弹留给我》，蘑菇的世情小说《凤凰面具》，范含的IT业小说《电子生涯》等作品，充分展示了新一代作家在文学领域的探索姿态。

网络70后女性写作亦有异峰，早期的安妮宝贝、水晶珠链、南琛等已离开网络，在她们之后如随波逐流、海宴的架空历史小说《随波逐流之一代军师》和《琅琊榜》，晴川的成长小说《韦帅望的江湖》，崔曼莉、携爱再漂流的职场小说《浮沉》《办公室风声》，菊开那夜的都市情感小说《空城》，王雁、鬼古女的悬疑小说《大悬疑》和《碎脸》，沧月的武侠奇幻小说《镜》，海飘雪、宁芯的穿越小说《木槿花西月锦绣》和《琴倾天下》，天下尘埃的古代言情小说《浣紫袂》《苍灵渡》等作品陆续在网络上各放异彩，展现了70后女作家的独特风貌。

然而，我们发现，关于网络70后作家的文学批评和理论研究苍白到了令人羞愧的程度，就连70后批评家们也几乎不过问自己同时代的网络写作者，这是一种让人匪夷所思的现象。这种缺席，不是写作者的悲哀，却是写作伦理的缺失。或许，网络70后作家从未有过得到嘉奖的期许，他们努力做到表达"自己"，并且努力得到读者的认同，他们悄悄地、勤奋地码字，不事张扬。他们不同于50后、60后父兄一辈，也不同于80后一代，前者站在文坛炫目的中心舞台，后者敢于挑战前辈、我行我素。在类型文学相对贫瘠的环境中，他们就像剪刀手爱德华一样，在不为人知的角落默默修剪他的植物、冰雪和爱情……

网络80后：现实与幻想同构者

网络文学是一个很笼统的概念，一般说来，借助互联网或移动互联网发布的原创文学作品，都属于这个范围。而真正意义上的网络文学却有专指，即与传统文学形成对应关系，被当作新生事物看待的发布于网络的文学作品，"创新性"是其最具期待的特色。"时代烙印"是文学创作的普遍规律，即便是逃离现实的作品，也难以掩藏作者的生存痕迹，莫言说，文学与人的关系就像头发与人的关系。其实，文学与时代的关系也大体如此。网络文学最初由70后一代人肇始，但其蓬勃发展，成泱泱之势，主要是80后所为。80后一代人眼中的世界，显然与他们的父兄辈之间出现了"移位"，而网络则放大了"移位"的倍数，并逐渐形成文化趣味上的巨大落差。因此可以这样说，网络文学之所以与传统文学形成差异，其根本是社会生活发生变化的折射。如果我们进一步探求，就会发现，对于此类网络作品而言，中国古代文化与西方现代文化的杂糅之趣，显然超出了"五四"新文化传统的影响之虞。他们脱胎于"五四"新文化传统，却试图从那里辟出另一条路；他们没有接踵前人，并非偶然，是否可以理解为时代变革使然？新文学的产生无疑脱胎于传统，但其文化意义更值得探求，网络文学的社会价值已经逐步得到证实，在 15 年的发展进程中，其裂变所积聚的能量在汇入中国社会变革的洪流之后，产生了超出文学范畴的意义。尽管存在标新立异、哗众取宠、迎合受众的成分，但无论是在题材选择，还是在表现手法，甚至审美诉求等方面，网络文学在今天的确引发了新的美学变革，特别是以网络 80 后为主体的一代人，他们的话语体系或将直接影响中国文学的未来发展，这应当引起学界足够的重视。

第一批网络 80 后作家出现在 2003 年，当时网络文学正处在"阵痛期"，商业化尝试屡遭挫折，这批摩拳擦掌一心打算以网络写作谋生的年轻作者遇到了职业生涯的困境，不过他们没有轻易放弃自己的激情与梦想，当中的一部分人开始筹划建立自己的商业网站，起点中文网由此诞生。2004 年起点中文网网络阅读 VIP 试水成功，网络 80 后作家终于找到了自己的诺亚方舟。这一批作者后来成为了玄幻小说界的新一代明星。

毕业于武汉大学计算机专业的血红，工作不久后辞职，2003 年加入起点中文网涉足网络创作。2004 年血红成为第一位年薪超过百万的网络作家。这位二十刚出头的小伙子在网络上一时声名鹊起，十年来他始终保持旺盛的创作势头，先后创作了《林克》（新旧 2 版本）、流氓四部曲、《升龙道》《逆龙道》《邪风曲》《神魔》《巫颂》《人途》《天元》《邪龙道》等十余部小说，总字数达 2000 万字，作品总点击率高达数十亿次。在玄幻修真的小说领域，血红的《邪风曲》《巫颂》至今仍为读者称道，血红是一位对创作较为严谨的网络作家，他对自己的要求是：尽量不要流俗，永远不要跟风，不要跟着别人走。但他也承认自己的写作属于大众写作范畴，与经典文学存在很远的距离。

2004 年 2 月，刚刚度过 23 岁生日的唐家三少，因工作经历屡不如意，索性辞职回家，着手创作自己的第一部小说《光之子》。2005 年 3 月，被书友们戏称为"网络时代赛车手"的唐家三少带着他的最新座驾《善良的死神》驶入起点中文网。2006年2月，180余万字的《惟我独仙》收笔，与之前的《善良的死神》相比，这部作品的创作速度略有下降，质量和订阅却毫不逊色。此后，唐家三少一直未间断更新，笔锋也越来越成熟，《狂神》《空速星痕》《冰火魔厨》《生肖守护神》《琴帝》《斗罗大陆》《酒神（阴阳冕）》《天珠变》《神印王座》《斗罗大陆Ⅱ绝世唐门》等陆续发表。唐家三少的书适合绝大部分读者的阅读习惯，成为起点的不倒之神。

阿越，1982年出生，80后网络历史小说代表作家。他曾经从事火车头电器检修工作，自幼酷爱历史，后通过自学考入四川大学历史文化学院，先后读了硕士、博士。阿越在网上创作更新极慢。2004年开始连载《新宋》第一部《十字》，约48万字。2007年2月完成第二部《权柄》的创作。2008年创作第三部《燕云》至今，全文已接近完稿，总计约150万字。全书创作时间大约八年。目前在进行《燕后》最后的收官，同时创作新书《霸史》。《新宋》在网络上产生重要影响，其严谨的创作态度，为网络文学赢得了声誉。

骷髅精灵2004年毕业于华东政法大学经济法系，毕业当年开始撰写第一本小说《猛龙过江》，全书230余万字，掀起此类风潮，成为网游类小说的扛鼎之作。2005年末开始创作魔幻小说《海王祭》，2006年创作科幻小说《机动风暴》，奠定他网络文学领域的地位，此后三年创作的《界王》《武装风暴》《雄霸天下》均蝉联港台地区玄幻小说畅销冠军，截至目前，总销量近百万册，港台玄幻小说近十年的总冠军，网络方面，点击均过千万，其中《武装风暴》改编成同名热门网络游戏，《雄霸天下》改编为同名漫画。

跳舞，曾用名小五，猎国游戏策划之一。自2004年创作《嬉皮笑脸》以来，跳舞在网络人气旺盛，已完成了《恶魔法则》《至尊无赖》《邪气凛然》等七部作品，作品网络总点击量接近两亿，作品简繁体出版，多部作品完成网络游戏跨平台改编。

《小兵传奇》是玄雨创作的一部长篇科幻小说，2003年首发，各大原创文学网站点击率居高不下。《小兵传奇》开创了网络小白文的先河，被称之为三大网络奇书。此后，玄雨陆续创作了《合租奇缘》《梦幻空间》《八方战士》《孤独战神》《神武飞扬》等一系列玄幻小说。

2012年11月26日，第七届中国作家富豪榜推出子榜单网络作家富豪榜，上榜的20位网络作家，前15位全部是80后，其中唐家三少名列第一，骷髅精灵、血红、跳舞分列列第四、第五和第十一位。而列第二、三位的两位网络作家我吃西红柿和天蚕土豆则是新一代网络作家的代表，一个出生于1987年，一个出生于1989年。

我吃西红柿毕业于苏州大学数学系，是一位创作锋头强健的作者。在大学读书期间开始网络创作，先后创作《寸芒》《盘龙》《星辰变》《九鼎记》《吞噬星空》《莽荒纪》等玄幻长篇小说，其作品阅读人数众多，每部作品均排在榜单前列。

天蚕土豆出生在1980年代岁末，只差三天就就进入90年代。他是新生代网络写手代表人物，2008年凭借处女作《魔兽剑圣异界纵横》一举折桂新人王，跻身人气顶尖网络写手之列，2009年创作的《斗破苍穹》更是在起点中文网获得高达一亿三千多万的点击率，因此奠定了在网络原创界难以动摇的地位，此后还创作了《武动乾坤》《大主宰》等作品。步入手机阅读时代后，天蚕土豆旋即成为新的点击王。

梦入神机2006年以《佛本是道》涉足网络，开创洪荒小说之门，成为仙侠小说的代表作者。梦入神机在网络以特立独行著称，其作品《黑山老妖》《龙蛇演义》《阳神》《永生》《圣王》《星河大帝》几乎包揽了起点中文网所有重要年度奖项，《永生》一书点击率接近三亿。在梦入神机的故事里，读者既能看到宏大，也会发现精巧，更能体会到当代青年的锋芒。

辰东以《不死不灭》《神墓》《长生界》和《遮天》等作品崛起于网络，

他的作品在热血中暗藏人性的挣扎，世情的悲凉，在看似欢喜的结局中潜藏对社会的隐忧，因善于设置悬念，被读者们称为"坑神"，是当前网络小说界最具有影响力和代表性的作者之一。

阿菩，史学硕士，大学教师，号称80后最被低估的天才神话小说作家。曾任财经记者、编辑，策划公司策划执行总监，从2005年起在文学网站发表长篇小说，主要作品有《山海经密码》《边戎》《东海屠》《唐骑》等，其中《边戎》入围中国作协主办"网络文学十年盘点"百部经典作品。阿菩是少数获得传统文学奖项的网络作家，2013年以《山海经密码》一书获得广东省长篇小说奖。

方想于2006年毕业于中国民航学院材料化学专业。2007年开始创作《师士传说》，一举成名，2009年创作《卡徒》再次掀起玄幻高潮，此后完成的《修真世界》和正在连载的《不败战神》让方想成为中国新幻想小说发展绕不过的人物。

失落叶于2005年毕业于南京信息工程大学数学系。先后创作《网游之盗版神话》《都市邪剑仙》《网游之纵横天下》《网游之天下无双》《斗神》等作品，2011年推出网游新作《斩龙》，其中《斗神》改编成网页游戏，《网游之纵横天下》改编成手机游戏，是网游频道核心作者。

烽火戏诸侯2005年底开始网络创作，后一直以挖"坑"不填而广受读者抱怨，因此，有'坑神'之称号。他的作品《极品公子》《陈二狗的妖孽人生》订阅极高、口碑极好，但是他毅然太监，绝不出宫。

风凌天下是一位有鲜明个人风格的作者，他创作的《凌天传说》《异世邪君》《傲视九重天》等作品风趣诙谐，有很多具有创意的顺口溜，深得读者好评。

流潋紫和桐华可谓网络80后女性写作的代表人物。

2005年末流潋紫开始从事业余写作，陆续在各大杂志发表短篇小说及散文，并成为各文学网站专栏写手。2006年2月流潋紫开始尝试写长篇小说，8月转战新浪博客从事博客文学创作。2007年2月由花山文艺出版社出版三卷本长篇小说《后宫·甄嬛传》，后成功改编为电视剧《甄嬛传》，广泛传播，名声大噪。

桐华是新一代言情小说代表作家，以穿越小说盛名于网络，在网络上连载作品时曾用笔名张小三。已出版作品有《步步惊心》《大漠谣》《云中歌》《最美的时光》（原名《被时光掩埋的秘密》)《那些回不去的年少时光》《曾许诺》《长相思》等。《步步惊心》改编为电视剧后产生巨大影响。

另外如金子、唐欣恬、鲍鲸鲸、藤萍、匪我思存、寐语者、天下归元、西子情、涅槃灰、月斜影清、墨舞碧歌、煌瑛、古刹、鱼歌、安知晓、纳兰若夕、冷秋语等一大批各具创作优势的80后女作者在网络大放异彩，给网络增添了亮色，共同创造形成了良好的网络创作生态。

然而，网络80后作家自身也存在诸多问题，其中最突出的是缺乏对文学的大局意识，多数作者缺少文学自觉，只顾埋头创作，较少阅读、思考，有的甚至缺少应有的社会价值和历史价值认同。就创作本身而言，他们主要依靠个人想象力，天马行空、无拘无束，但文学仍然需要一定的规约，需要足够的学养来支撑，否则将难以为继。放马出山，何以入圣？想象力这匹马，既是他们的价值所依，也是他们的辎重所在。

如何继承现当代的文学传统，对网络80后作家来说也是值得研讨的问题之一。对此他们并未引起重视，而忽视传统的写作，到底能走多远，值得怀疑，其结果很可能是某一天忽然觉醒，则必须花费翻倍的力气回到传统中来。不管你是什么类型的作家，不管你采用哪种方式写作，如果不能成为历史的一环，就连被作为"孤星"的可能恐怕都难以成立。

本该讨论一下网络80后作家的写作与父兄辈产生差异的原因，但由于篇幅局限，有机会将专文讨论，在此记下一笔。我想说的是，网络80后作家不是臆想出来的，他们是真实存在的一代人，是现实与幻想的同构者；他们用文学写作时参与时代变革，自力更生，讨论他们的文学，乃是对中国现实的正视与尊重。

新媒体时代的文学群体

  顾名思义,"文学群体"指的就是因为共同爱好文学而聚集在一起的人群。时下文学群体发达,网络中有各种各样的文学群体,例如网民依托新浪网、搜狐网等建立的文学博客圈,以及各大网站建立的文学论坛等,其充分体现了新媒体时代的文化特征。当然,现实文坛中也出现了很多文学群体,它们多数以某种文学组织出现,例如大学校园里的文学社团和社会上文学爱好者结成的群体。这些文学群体通过一定的方式进行文学活动,它们或组织作家采风,或举办各类文学研讨活动,形式丰富多彩。文学群体的迅猛发展,已经渐渐影响到了当前的文学创作。

  文学群体不是什么新生事物,现代文学史上的文学群体起自"文学革命"时代的文学社团。文学群体目前的繁荣盛况,只不过是承续历史的复苏。活跃在新媒体上的文学群体与真正意义上的文学社团的区别之一,在于文学群体的开放性,即入门的门槛很低或者直接不设立门槛。这些群体以某种文学形式,或是某种文学诉求,广泛吸引各种层次的文学爱好者和创作者加入其中。他们当中有的名不见经传,甚至没有发表过任何作品的阅读者；有的只不过是喜欢业余进行文学创作，在地方报纸副刊上发表"豆腐块"文章的作者，这是群体的主体成员；也有些是专业作家，他们在"作协会员"身份之外又戴着一顶某个 BBS 文学版版主的帽子。例如依托民刊《天天》所形成的"天天"文学群体，既团结着一批业余作者，也有像徐则臣、李云雷这样专业水准的作家加盟。通常情况下，文学群体的目的是在创作与交流过程中丰富自己的业余生活，提升自己的审美能力。

文学群体凝聚文学人气的作用非常明显。这些文学群体成员彼此之间颇有点"英雄不问出处"的慷慨和潇洒感。不同层次、不同水平和从事不同体裁、不同风格创作的写作者或者阅读者，在群体中和谐相处。他们中的多数成员不拘泥于个人的地位和成就，只把"爱好文学"当作唯一的组织原则而聚合在一起，形成了一个十分有利于文学创作的"生态系统"。首先，群体让文学爱好者和作家彼此之间能够交流文学问题，做到明白个人情况、互相学习促进。文学群体提供了一个阅读、研讨作品的平台，这些作品或许就是群体成员创作的，能够面对面地交流创作体会或阅读心得，群体成员为某一个观点争论不休的现象也屡见不鲜。这不仅能够使作者明白作品的优缺点，又有可能使某些文学创作问题在辩论中清晰起来，实为文学创作中值得倡导的事情。

其次，文学群体（尤其是网络上的）有利于作家个人经验与集体经验的提炼和运用。文学是经验的事业，即便是那些科幻的、荒诞的作品，也是基于现实经验的创作。作家个人经验在文学群体中会得到某种程度的检验，这种检验包括真伪的辨别和典型程度的评判。当一个作家面对大众阅读者时，他不见得有机会（起码不可能在第一时间）得到读者的反馈意见。但假如本人愿意，则群体平台可为作者提供了一个试验场。另一方面，群体平台作为一个可以自由发言的场所，通过叙述者的讲述和大家的评判，则个人经验极有可能上升为集体经验，并被更多作者有效吸收，从而被他们以不同的方式对这些经验加以表现。在现实社会瞬息万变的情况下，群体成为某种形式的经验交换、提炼、浓缩和发酵的容器，不失为新媒体时代培育作者的文学现场。

第三，文学群体对于文学风格和流派的形成极为有利。文学虽然是个性的事业，但作者不生活在真空里，作家一定会从属于某一民族、一定会生活在某一地域中，他们会受到各方面因素的影响，他们身处在某种群体中，也会受到群体的影响。他们通过对个人经验的锤炼或与集体经验的对比与参照，在文学群体的促进下发挥自己的创作个性，从而逐渐形成个人的文学风格。群体实质上是个交际圈，人与人之间的社会关系也在某种程度上反映到群体中来。人的个性也会受制于群体的隐性规则。身居某个文学群体，实质上是某种文学创作风格的预演。群体的较多成员形成个人创作风格之后，流派也将应运而生。例如小说"现实主义冲击波"重要的作家"三驾马车"的出现，即与地域性无形的文学群体有直接关系。经过评论家的归纳和总结，原先主要从事小说创作的"三驾马车"的散文创作也被冠以"三架马车散文"的牌子，纵然他们不成其为一个流派，但实质上是一个群体，在各有的风格之上形成了某种共性的创作风格，即现实主义的风格。

第四，文学群体以巨大的激励作用推动着文学现场的繁荣。个体在群体中的作用激发了作家的创作热情和文学爱好者的参与激情，尤其对于初入文学之门或者中、低水平的创作者而言，群体的激励作用更加明显。文学是个抽象的纸上概念，似乎没有人身处文学之中。但是，群体却在另外的角度上为作家和读者营造了一个文学现场，它提示我们：文学不仅可以被阅读、被议论，甚至还可以被现场参与。在这个现场中，读者可以见到作者，并与之交谈、争论；作者也可以见到读者，可以征询意见，也可以讲授心得。这样的互动是其他文学活动不能长久保持的，唯有新媒体时代的群体能够实现。正是有了这个现场，文学变成了可感可触可言可说的一种社会文化活动。作者和读者在这场活动中积极主动地扮演着各自的角色，乐此不疲，锲而不舍。文学群体所营造的现场感令文学这场寂寞的行军变得热闹起来，呈现一派繁荣的景象，在利益决定一切的消费时代，文学因此而得以吸引更多的人走进人类的心灵世界。

现代主义影响下的社会结构变得日趋复杂，文学群体作为社会文化之一种，是具有某种"粉丝文化"功能的（参见《粉丝文化读本》，陶东风主编，北京大学出版社2009年2月版）。它们作为一种社会磁石，对爱好者具有强烈的吸附作用，这是文学群体为何不断壮大的原理。虽然大多数人是主动参与到文学群体的活动中来，但是，也有一些人抵制文学群体。某些网络上的作家虽然声称"不加入任何群体"，但这不影响现实的存在，因为在网络上（包括私人博客）发表作品本身就是在一个大的群体之中，所发表的网站、粘贴作品的BBS、甚至私人博客，都是一个个群体。因此在新媒体时代根本无法回避群体的客观存在，当一个人开通文学博客，你与博客服务的供应商、浏览博客的网友、转发你博文的版主就构成了一个文学群体。只不过它已经远远超出了传统意义上文学群体的概念，它给当代文学创作带来的深远影响，正显现在每一个创作者和阅读者身上。

上海，网络与新文学空间的拓展

  波澜壮阔的网络文学是当今中国社会的一大景观，当年这股由海外刮来的旋风，在中国大陆登陆的第一站正是上海。1997 年 12 月 25 日，第一家真正意义上的文学网站"榕树下"在上海成立。此前，只有局域网里的 BBS 论坛，或是个人主页，网络写作作为小圈子里的游戏，并不为大众所知。15 年，似乎在眨眼之间就过去了。这些年，持续涌动的网络文学大潮在"上海滩"留下了什么新的痕迹？换句话说，在今天，上海该如何打造适合自身文化品位的新型文学？我想，至少应该从三个方面来谈论这个话题。其一是文学网站的发展，其二是网络作家队伍的形成，其三是网络文学的上海特色。

  "榕树下"开疆辟土的意义自不必说，但它当年未能找到适合自己的盈利模式，最终迫于经营压力只能易手。2002 年 6 月，又一家文学网站在上海创办，它就是今天人尽皆知的"起点中文网"。这家网站是目前国内最大的文学阅读与写作平台，无论在发展速度上，还是在商业运营上，均堪称网络文学界的龙头老大。2004 年 10 月 8 日，起点中文网被盛大网络收购，进入快速发展阶段。网络文学的商业化，在经历了一段时间的艰难摸索之后，在盛大强大资金的保障下，由起点中文网创建的 VIP 电子出版作品收费阅读模式，终于迎来了曙光。文学网站类似于传统文学领域的文学期刊，点击量在一定程度上体现了它的受众情况。起点中文网在 2010 年时 pv（日点击量）就已经过亿，拥有 6 万多名原创作者和 8 万余本原创小说，发表文学作品的总字数超过 50 亿字。

毫无疑问，起点中文网已成为培育网络作家最强大的阵地，签约作者队伍庞大，目前已有 29 位年收入过百万的"白金"作家。其中有大家熟知的唐家三少、梦入神机、我吃西红柿、月关、跳舞、撒冷、天蚕土豆、忘语、辰东、云天空、任怨、老猪、猫腻、七十二编、墨武、苍天白鹤、罗霸道、张君宝、流浪的蛤蟆、油炸包子、管平潮、风凌天下、逆苍天、断刃天涯、天使奥斯卡、徐公子胜治、ZHTTY、胜己、林海听涛、石章鱼等。上海本土和新上海人中也成长了一批有全国影响的网络作家，既有玄幻等超长篇小说的代表作家血红、骷髅精灵、烟雨江南、宁致远，也有以都市生活为写作背景的涅槃灰、蓝鲸、格子里的夜晚、安知晓，还有以悬疑恐怖小说著称的蔡骏、李西闽等。这支队伍让上海在全国网络文学领域占据了十分重要的位置，去年，由盛大文学发起的"寻找中国 100 座文学之城"活动恰好证明了这一点，在网络作家聚集最多城市一百强名单里，上海以 93840 名注册作者领先其他城市排名第一，成为国内聚集网络作家最多的城市。网络文学除了被广泛改编成网络游戏之外，影视剧、舞台剧改编也成为热点。2011 年，上海唐人电影制作有限公司将网络小说《步步惊心》成功改编为电视剧，说明上海对网络文学领域的发展空间开始有所关注。

今天看来，当初上海最先抢滩网络文学有其必然性，其最大特征乃在于上海这座城市具备独特的创新精神，这一点和 1980 年代上海复旦、华东师大等高校风起云涌的校园文学颇有几分相似之处。在我看来，这大概是上海的文化基因在发挥作用。尽管网络文学不受地域限制，但上海特色依然十分鲜明。最早，我们通过网络从安妮宝贝的《告别薇安》《七年》《七月和安生》里看到了中国新型都市青年的身影，他们特立独行、我行我素；他们不再受体制约束，把寻求自我价值实现当作一件日常事情去做；他们是西化的，喜欢喝卡布奇诺，喜欢短暂的流浪，但却对民国文化情有独钟。这些都与他们的前辈不那么相像，是他们自己的生活。后来，曾经一度活跃于网络的悬疑恐怖小说家蔡骏、李西闽（前者还曾以短篇小说《绑架》获得"贝塔斯曼·人民文学"新人奖），让人们领略到了都市大众文学的新空间。尽管近年来他们的写作重心基本脱离了网络，但他们在网络与纸媒之间找到了某种平衡，也可以说是为新文学的成长提供了一种可能。

血红、骷髅精灵、烟雨江南、宁致远是几位被称为大神级的上海网络作家。他们的每部作品都在数百万字，在网络上的粉丝也以百万计，开创性是他们共有的特点。血红是第一位年薪超过百万的网络作家，10年不到的时间写出 2000 万字的作品，其中 230 万字的长篇小说《升龙道》仅在起点中文网点击率就达到了 2300 万次。骷髅精灵作为新派科幻小说机甲流的开创者，其科幻小说《机动风暴》点击超过 2000 万次，玄幻小说类港台地区畅销冠军，累计销量 40 多万册。烟雨江南的成长更具典型意义，他本科就读于复旦大学，毕业后进入新华社任记者，后旅英留学，取得硕士学位后回国发展，从事资本市场业务，业余时间进行文学创作，他的玄幻小说《亵渎》堪称网络小说史上里程碑式的作品，仙侠类作品《尘缘》更上一层楼，总点击过亿。烟雨江南在网络上拥有非常多铁杆粉丝，号称"烟丝"。"烟丝"群体多由在社会打拼多年的成年人构成，有一定的阅历和鉴赏能力，可见其实力。烟雨江南的最新作品《狩魔手记》风采依旧，号称以一己之力撑大半个中文在线 17K 文学网。

涅槃灰、蓝鲸、格子里的夜晚、安知晓则是几位比较典型的本土网络作家，也可以说是新一代上海作家。作为"红袖添香"文学网当家花旦，涅槃灰是继安妮宝贝之后都市文学的代表性作家之一，曾获得 2009 年华语言情大赛年度总冠军、首届全球写作大展都市言情类最高版权交易。涅槃灰的创作在现实与理想之间挣扎，如今正处在新的十字路口，已引起评论界关注。蓝鲸作品多写社会底层，在网络上发表的百余篇反映民生的短篇小说，塑造出阿七、万金油、杨家阿婆、丑女、余先生等众多弱势百姓的生动形象，被上海人民滑稽剧团改编成一台以"OK民生"为主题的滑稽曲艺晚会。格子里的夜晚是第一届新概念作文大赛一等获得者，始终未曾停止文学创作，2004年起加入起点中文网，被网民指认为上海新大众文学的继承者。顺便提一句网络作家六六。六六虽然在安徽长大、接受教育，但她母亲是上海人，不难发现，在六六的网络创作中自然透露出一股"上海"气息。如果说2003年六六在网络发表成名作中篇小说《王贵与安娜》时还是属于文学青年的话，此后，她的《双面胶》（2005年）、《蜗居》（2007年）则显然已经是网络新都市文学的代表性作家。

未来，上海的网络文学如何向深度发展，取得更高的成就，不只是网络作家自身的事情，大的文化环境将发挥决定性作用。就这一点而言，虽然不能说万事俱备，上海还是占据了一定的优势。2008年7月16日，在上海市政府的大力支持下，中国第一个国家数字出版基地——张江国家数字出版基地在浦东正式建立，基地不仅吸纳了盛大集团、九城网络、中文在线等数字出版龙头企业，还支持"复合出版"、"盛大彩虹城"、"书香上海数字阅读"等重大项目的推进，"中华字库"、"中国数字出版网"等重点项目的落户，以及"新华E店"、"辞海天下"、"云中书城"等平台建设。同时，上海市作家协会在文学作品的数字化进程中也走在了全国前列，2012年5月上线的云文学网为广大写作者和文学社团的数字出版和版权代理开辟了一条新路；2011年新创办的电子文学期刊《腾苍》为培养新型文学人才、积聚文学能量打下了基础。上海图书馆也在今年5月与盛大文学合作，将网络文学首次引入公共图书馆阅读体系，自"市民数字阅读网"正式开通以来，网络文学的"借阅"量已近10万人次。上海大学也在全国高校系统率先开办了"创意写作"课程。上述几点，均为上海的网络文学繁荣发展提供了新的契机和良好的人文环境。但我们也应该清醒的看到，这些年，网络文学在北京、广东、江苏等地的发展势头并不亚于上海，上海并没有绝对优势。根据我的了解，上海的网络作家在文学界的位置还是相对比较边缘，与传统写作的交流和融合也处在较底水准，值得引起重视。

深圳，中国网络文学的先锋队

改革开放或者说新时期30年，文学领域最大的收获是什么？以我看，莫过于包括网络文学在内的新兴文学的蓬勃发展。作为一座年轻的、充满创造力的城市，在中国当代文学面临挑战之时，深圳充当的正是先锋队的角色。尤其在网络文学创作方面，深圳提供的写作经验、作家培育机制等无疑是中国当代文学一笔不可估量的资源和财富。根据我个人掌握的资料，可以从三个方面论述深圳在全国网络文学创作中所占据的特殊地位。

其一，深圳是网络原创文学最活跃的地区。人是最重要的因素，长期以来，深圳产生、流动、积聚了一大批年轻的创作力量，他们在网络上大显身手，不仅活跃了本地区的文学创作，也在全国发出了独特的声音。比如，赫连勃勃大王、红娘子、老家阁楼、谯楼、莱耳、摩卡、欧阳静茹、桑田留鸟、雾满拦江、八分斋、林小染等一大批人，已经成为广东省，乃至全国知名的网络作家。他们的作品被外界看着是深圳的文化标志，既有鲜明的网络特色，也有突出的地标色彩，大量反映深圳方方面面生活的作品，影响了读者对这座城市的认识。早期网络代表作家慕容雪村的《地狱向左，深圳向右》甚至直接用"深圳"命名自己的作品；彭希曦的精短作品，也与深圳有深刻内在的关联。有的作家虽然以纸质出版、期刊发表为主，如宋唯唯、丁力、戴斌、徐东、柳依晨、曾楚桥、谷雪儿、王顺健等，他们同样在网络上占有一席之地。网络创作作为深圳文学新的增长点，引发新的创作环境迅速成长，并得到理论评论界的密切关注。在盛大文学举办的"寻找中国100座文化之城"评选活动中，深圳位居全国第四，网络创作功不可没。

其二，深圳是网络文学政策性扶持最给力地区。如果按城市经济、文化活力指数分析，深圳在东亚地区一定是名列前茅的，因为它代表了中国这个人口大国新型城市化的发展方向。我曾经在一篇文章中专门谈到东亚文化的崛起形态，从20世纪80年代至今，日本的动漫文化、韩国的电脑游戏文化和中国的网络文学堪称全球创新型文化"三绝"。但是，相对于日本和韩国的培育性文化政策，中国的网络文学总体处在自发状态，较少政策性扶持，目前还未被纳入国家文化发展战略范畴。这就要求我们做好基础工作，为网络文学的未来发展创造政策性扶持的契机，以推动这一新的文化形态进入较高层面。

应该说，深圳市文学界较早意识到了这个问题，市文联、市作协在整合体制力量扶持指导网络文学方面，走在了国内前列。市文联拨出可观的专项资金，联合国内部分重要网站、著名文学期刊、出版社，共同举办"深圳原创网络文学拉力赛"；市作协创办的深圳作家网，成为积聚网络文学创作人气的阵地；网络文学创作研讨活动已经被纳入了日常工作范围。这些举措在全国范围内亮出了"深圳网络文学"这面大旗，为深圳网络文学的人才培育，文学精品的产生发挥了巨大作用。

其三，深圳是创新型文学生态发展最均衡地区。人们习惯用"活水"、"富矿"来形容某个地区良好的自然生态，深圳的文化土壤正好具备了这些条件。首先是城市具备兼容性和创新力，在作家们的共同努力下，深圳文学界在整体上顺应了时代的发展；其次是培育了不同层次的创作队伍，网络作家与传统作家之间没有门户之见，大家敞开心扉讨论创作，自然形成了多元写作环境，相互尊重，相互支持，取长补短，实现了创作交流的生动局面。可以说，网络文学在深圳已经率先成为主流文学的有机组成部分，一个忽视网络文学的深圳文学是不可想象的。

深圳的文学生态培育并非一日之功，坚持多年的文学品牌"深圳原创网络文学拉力赛"和"打工文学论坛"，在国内也能称得上是罕见的文学盛事。腾讯网、奥一网、深圳新闻网文学论坛和华文网等，以及一批网络作品的纸质内刊纷纷为繁荣深圳网络文学推波助澜。类似"QQ·作家杯"征文大赛、校园网络文学深圳论坛等跨地区、民间组织的文学活动，已经习以为常。中国作协举办的文学网站编辑培训班，也在深圳选拔了两位学员。多渠道、全方位的网络创作、研讨活动方兴未艾，政策扶持和导向制度化、明朗化，这些都是深圳文学生态能够均衡发展的重要因素。

从中国当代文学的全局出发，我们会发现，传统写作以乡村叙事为主导的局面至今仍然没有改变。也就是说，中国的城市文学才刚刚起步，前景非常广阔，21世纪的中国文学必将在这一领域取得长足发展。在这方面，深圳网络作家所具备的客观条件领先于全国任何一个地区，他们具有丰富的现代都市生活经验，接受多元文化熏陶，思维更接近全球化趋势，据此，我们有理由相信，他们的写作，对中国当代文学将具有开拓意义。

深圳是个生活节奏很快的城市，也是个年轻化，消费型的城市，文化的滋养，不仅可以增强其内聚力，还将丰富城市的美学内涵。在这个基础上，我们还可以用更开阔的视野，从更深层面去思考和研究一些问题，比如说，在未来10年里，深圳如何运用自己的优势推动网络文学等新兴文学的发展，并因此对中国当代文学作出其他地区不可替代的贡献。我觉得这是一个大题目，是一幅有待绘制的蓝图。

网络女性写作进入开疆辟土时代

  打开女性文学网站,除大量典型的言情小说外,无论是职场、校园和后宫题材,还是穿越、女主手法,"言情"一直是网络女性写作的主流意识。从早期的安妮宝贝到菊开那夜、水晶珠链,再到近年来活跃于网络的"四小天后",我们可以发现,虽然表达方式有所不同,但围绕"情感"主题展现女性意识,却是她们共同的特征。通过网友针对"四小天后"的写作特点分别为她们加以封号,我们就可以看出"言情"文本在读者心目中的地位,藤萍被称为唯美天后,因为她笔下的人物"连缺陷都唯美绝伦";桐华则是燃情天后,因其"平淡入笔逐层深入戳人心痛,她的爱情会燃烧";寐语者是浓情天后,理由是"在不同的历史时空中,爱情浓郁得令人不敢正视";而匪我思存成为悲情天后就很简单了,她的"文字也会流泪"。当然,早期活跃在榕树下、清韵书院的沧月,以其独特的文笔在男性具有绝对优势的武侠奇幻小说领域占有一席之地,实在并不多见,后期她和曾经活跃于网络的女作家盛可以、吴虹飞、颜歌、笑看云起一样,逐渐告别网络转向纸煤写作。

2005 年开始，网络女性写作悄悄发生了变化，其特点是在"言情"的基调中，出现了表现形式多元化的趋势，如随波逐流的历史架空小说《随波逐流之一代军师》、步非烟的新武侠小说《华音流韶》系列，知秋的网游小说《历史的尘埃》，王小柔的随笔集《把日子过成段子》，李可、崔曼莉的职场小说《杜拉拉升职记》《浮沉》，以及晴川的传奇小说《韦帅望的江湖》系列等，在网络上产生了重要影响，丰富了女性网络写作的类型。

2008 年以来，网络上产生了更多杂糅性的女性文本，我将其称之为"网络女性写作进入开疆辟土时代"。以施定柔《结爱·异客逢欢》（晋江原创文学网）为代表的都市灵异小说，以王雁《大悬疑》（起点中文网）、上官午夜《第三张脸》（纵横文学网）为代表的悬疑小说，以陶冶《傲风》（潇湘书院）为代表的玄幻小说，以煌瑛《一年天下》（17K 文学网）为代表的历史架空小说，以 fresh 果果《仙侠奇缘之花千骨》（晋江原创文学网）为代表的仙侠小说，以携爱再漂流《办公室风声》（红袖添香）为代表的职场小说，以米米七月《肆爱》（榕树下文学网）为代表的情感小说，在网络掀起了一股新女性网络写作旋风。同时，女性言情小说也进入了一个全新的时期，如潇湘书院的原园、苹果儿，17K 女频的水流云、鱼歌、孟婆和 Baby 魅舞，红袖添香的唐欣恬、白槿湖，榕树下文学网的刘小备，小说阅读网的安知晓、三月暮雪等。当下的网络女性写作最大特点，是表现出中国女性的主体意识，也就是中国女性对世界的看法，并通过作品把女性的想象力、创造力、激情以及对于生命的观照尽情展现出来。

可以说，网络女性写作作为新兴的文学尝试，虽还不够成熟，却为中国当代女性文学增加了一抹亮色。2010 年 4 月 22 日，由文艺报社和盛大文学联合主办的网络文学女作家研讨会在北京举行，12 位网络文学女作家与 11 位评论家以"一对一"的方式"论剑"，就当下网络女性写作状况进行交流，真实而鲜活地呈现出了当今网络女性作家的写作生态。会议本身足以说明，网络女性写作的独特价值正在引起理论评论界的关注。

网络女性文学：深度切入社会生活

网络女性文学一直是个热门话题。在作品题材选择上，网络女性文学以都市、言情、职场和婚恋为主，立足当下，历史题材则多为架空或穿越的古代言情，历史只是一种外在形式，言情才是内核。女性作品具有贴近现实、情感丰富、文笔细腻等特征，加之鲜活的网络话语方式，使得一大批网络作品深受读者喜爱，并迅速转向了影视等大众媒体，转而进一步推动网络创作。自六六的《蜗居》《双面胶》撞响荧屏后，网络女性作品加快了"触电"的速度，桐华的《步步惊心》、唐欣恬的《裸婚时代》、李可的《杜拉拉升职记》、流潋紫的《后宫甄嬛传》、鲍鲸鲸的《失恋33天》、慕容湮儿的《倾世皇妃》等作品一浪紧接着一浪，令网络女性文学成为近年来文学领域涌动的一股新潮。

2012年，网络女性文学虽无震撼之作，却在一定程度上拓宽了视角，切入社会生活的力度也有所增强。于莺是毕业于中国协和医科大学的女博士，目前在北京协和医院急诊科任主治医师，她和网络作家江南麦地合作，在"榕树下"文学网发布的职场类小说《生死浮沉：急诊科的那些事》引

网络写作:"半边天"风景独好

  根据有关调查,网络文学无论是创作还是阅读,女性所占比重均不弱于男性。众所周知,国内至少有五六家著名的女性文学网站,其他重要文学网站也都开有女性频道,这说明女性在网络文学领域已经形成稳定的写作和阅读群体。2010年,这一状况仍在向积极方向发展,女性创作的网络小说在线上线下均取得不俗的成绩。在此特别推荐年度产生重要影响的10部作品和10位作者。

王雁《大悬疑》

  王雁,著名满族艺术大师侯玉梅外甥女,70后,白羊座,现居安徽马鞍山。起点中文网签约作家。家学渊博,酷爱历史,尤其偏爱满清、蒙古、女真、契丹历史,对努尔哈赤有精透的研究。《大悬疑》震撼了千万网友,令作者一举成为最有畅销潜力的作家。

  《大悬疑》描述了蒙古帝国萨满神巫和成吉思汗发生神权和王权之争后,留下的神秘后事。作品以刑侦推理、智力解谜和考古探险三位一体的叙事方式，在诡异离奇的故事推进中，把读者引入悬疑恐怖又凶险的阅读历程。小说已由大众文艺出版社 2010 年 5 月正式出版。

Fresh 果果《琉璃般若花》

Fresh 果果，晋江原创网签约作家，超级杂家一个，天文地理琴棋书画，无一不爱却无一精通。

擅长仙侠奇幻文，文章走虐文风格，故事人物内在的丑陋贪婪欲望同真爱大义付出相交织，文字极富感染力，让你忍不住融入故事之中，泪染衣襟。2010 年出版《脱骨香》和《仙侠奇缘之花千骨》两部作品。

施定柔《江湖庸人传之暗香杯》

施定柔，笔名玄隐，，晋江原创网签约作家。湖北武汉人，现居加拿大。多伦多大学东亚系博士研究生，晋江原创网首席女作家。

"定柔三迷系列"：《迷侠记》《迷行记》《迷神记》所独创的水墨江湖风格及女性主义创作成为新武侠这一流行文学中的奇葩瑰景，文字优美，笔力却雄浑。资深图书评论人曾评价：笔底有古龙的风致，书外有金庸的情怀。文笔云淡风清，开篇犹如幅泼墨山水，闲云之姿。

原园《错嫁良缘》

原园，潇湘书院签约作家，笔名浅绿，汉族，2006 年毕业于广西民族大学汉语言文学专业，现居南宁。南宁是一个美丽的城市，绿树成荫，生活节奏较为缓慢，也养成了作者比较温吞的性格。

《错嫁良缘》由《洗冤录》《一代军师》和《残颜噬爱》三部系列小说组成，整部作品清新唯美，三部系列作品皆被悦读纪签约出版。上市后，成为当当网类别销售冠军，销售一空。此作品网络累积阅读近两百万，更是目前潇湘订阅第一作品，是少数网络与出版销售皆佳的优秀作品。作品如远远飘来的荷花清香，沁人心脾，为 2010 年潇湘书院穿越代表之作。

陶冶《傲风》

陶冶，潇湘书院签约作家，笔名风行烈。80后，美术专业出身，热爱漫画，闲暇之余，喜欢涂鸦和素描。性格豪爽，耿直，所以笔下作品中的人物性格常常十分骠悍。

《傲风》为2010年开年大作，已连载170万字，预计总字数300万，短期内飙升至书院总订阅排行榜第一名，并创下总订阅量、单章合计订阅量、二十四小时订阅三项冠军纪录。女生原创文学中极具代表性的超长篇轻玄幻女性原创作品。堪称网络女性玄幻扛鼎之作。此书目前已被悦读纪看中计划出版。

水流云在《冷总裁的退婚新娘》

水流云在，17K文学网女频都市言情类第一作者。代表作品《冷总裁的退婚新娘》一经发表即迅速登上移动阅读基地月榜榜首，并迅速栖身销售总榜前十，点击阅读人数已近两亿，受到千万读者的热切追捧。作品文风细腻深刻，对人物刻画入木三分，情节曲折，引人入胜。很好的把握了女性网文读者的心态。已经发表的四部作品均能在互联网及无线阅读领域取得优异的成绩。

鱼歌《错惹霸道首席》

鱼歌，17K文学网现代言情类作者。《错惹霸道首席》作品风格轻松愉快，语言诙谐生动，情节刻画引人入胜，在登录移动阅读基地的当月便以黑马之势占据榜首，开始了长达半年的制霸时代，时至今日已突破2亿的点击。受到了超过两百万读者的阅读及追捧。

唐欣恬《裸婚——80后的新结婚时代》

唐欣恬，红袖添香签约作家，笔名小鬼儿儿儿。80后。金融学硕士，曾于上海任对冲基金美股分析师，后回北京经商创业。曾以《女金融师的次贷爱情》一书在网络产生影响。

《裸婚——80后的新结婚时代》紧紧抓住80后婚恋时代的脉搏，被喻为"新生代都市女性情感代言人"。目前其小说《裸婚》已售出影视改编权，即将开拍，剧中由王斑和马娅舒担当主演，相比于80后小夫妻婚姻生活中充满的浪漫与激情，有望成为婚恋题材电视剧的又一经典之作。

白槿湖《蜗婚：距离爱情一平米》

白槿湖，红袖添香签约作家，年纪最小的婚恋文写手。89年巨蟹座女子，生于徽南小城。迷恋昆曲、摇滚、布帛、旧时玩意。一生决意要和自己喜欢的事喜欢的人过一生。

《蜗婚：距离爱情一平米》犹如麻辣版的婚姻保卫战，写出了最暧昧的男女关系。就算蜗在一平米空间，爱情也绝不跑偏。同前夫及其女友住一个屋檐下，一部现代版的宫斗。前妻和小三的纷争，还有新的浪漫情缘。《蜗婚》已售出影视版权，正开机热拍中。

安知晓《亿万老婆买一送一》

安知晓，80后，小说阅读网签约作家，目前最有望突破百万年薪的当红作家之一。喜欢旅游和睡觉，渴望去大漠和草原享受自然的壮丽和辽阔，然后睡个天昏地暗，雷打不动。

《亿万老婆买一送一》语言清丽秀雅，虽为穿越文却不以现实与穿越的巨大反差吸引读者，它所吸引读者的是那细描细刻的一个个鲜活人物，在高于现实的穿越中展现对生活的理解。安知晓以网络文学上穿越的形式让我真切体会到女性作家那细腻敏感的内心。

类型文学的几个特点

一、类型文学发展的要素

类型文学同样有自身的艺术规律,它的产生和发展需要一定的社会环境和文化氛围:一是社会生活丰富多彩,人的精神诉求多向度,审美趣味多元化,受众有想象力渴求;二是参与创作的人群广泛(这还暗含一个特征,就是文学的去精英化现象,即大众写作的反复尝试催生新的类型产生,比如最初的鬼故事最终推出《鬼吹灯》和《盗墓笔记》,大量的后宫文催生《甄嬛传》);三是写作的高度开放性。尤其是网络文学,写作过程几乎完全透明化,每天更新,现场互动,当场拍砖。类型文学一般具有较大的构架,需要较长的创作跨度,无论是报章连载还是在线写作,如果缺少粉丝的追捧,作者难以在没有人呼应的状态下写出几百万字,写作的开放性不仅给作者带来了信心,也为作者的生存与发展提供了土壤;四是类型文学往往在文化更新、整合期相对繁荣,优秀作者具备完整的知识谱系或文化传承意识,读者有充分的阅读期待;五是商业文化相对发达。

除了阅读价值外，作为文化产业链的开端，类型文学具有深度开发的商业价值。

类型文学发展到一定发阶段，会出现明显的裂变，集大成者往往会背离原有的类型原则成为新类型的开创者，或跨越类型融入纯艺术创作领域，用脱胎换骨来形容这种裂变并不为过，从有形中来到无形中去，从商业中来到精神中去，是类型文学经典化的必然之路。

二、网络类型文学的创新与发展

我个人认为，网络类型文学的迅速发展极大丰富了当代文学谱系，为中国文学开创新的空间提供了可能性，由于其创作门槛相对较低，给广大写作爱好者提供了话语舞台，经过大浪淘沙，一批有实力的作者脱颖而出，为创作队伍提供了新生力量。作家队伍的产生机制发生了深刻变化，从网络类型文学入手开始进入写作的作者已经成为80后、90后作者的主体，据我的了解，目前的类型文学百分之八十以上发端于网络，网络上现在差不多有20多个大的类型，细分有四五十种。大致分为玄幻奇幻类、架空历史类、穿越类、科幻类、武侠仙侠类、都市言情类、灵异惊悚类、军事战争类、游戏竞技类、婚恋家庭类、职场官场类、校园青春类、宫斗类、异能类、同人漫画类等等。网络文学的出现为类型文学迅速提速，并使类型文学进入了全新的发展阶段，在网络上类型之间的相互借鉴和混用已成为常态，也就是说类型文学的小江湖已经在网络上形成，它的内在流动十分迅捷，但也存在同质化的问题，大量跟风是网络类型文学的一大弊端。

总体来说，目前我国的类型文学创作还处在粗放型阶段，理论研究也相对滞后，没有形成完整的理论体系，特别是对网络类型文学缺少深入研究。

类型化成型，无线阅读飙升

2011度网络文学虽然没有惊世骇俗的神作，缺少绝对的热门作品，但整体水平却有所上升，在类型化相对稳定的前提下，创作由平缓向纵深发展。由于无线阅读（手机）的商用，版权得到了保护，网络作家的生存境遇有所改善。

作品名：《吞噬星空》；作者：我吃西红柿；类别：科幻。

作品简介：2015年，代号RR的病毒在全世界传播，对地球生态系统产生了毁灭性的打击。在这场浩劫之后，人类和动物的幸存者体力攀升，开始了疯狂的进化。进化后产生的，有智慧的野兽被称为妖兽，它们向人类的城市发起了血腥的进攻，人类与之开始了残酷的生存斗争。罗峰正生存在这样一个残酷的时代，为了赢得更好的生存环境，普通家庭出身的他不断努力，希望成为一名享有社会地位和生存尊严的武者。然而，在他终于成为武者之后，却意外地发现自己大脑里出现了一颗金色圆球，这个令人长期头疼欲裂的折磨却没有击垮罗峰，反而让他更加坚韧不屈，并促使他开启了念力之路。在这个由高度凝结的精神力组成的圆球破碎之后，罗峰开启了人类进化的一扇新大门……

作者简介：我吃西红柿，起点中文网白金作家，网络最具号召力的作家之一，多部作品长期雄踞各大搜索引擎小说排行榜第一。除网络阅读以外，我吃西红柿作品在两岸出版市场同样拥有巨大号召力，《星辰变》等数部作品被改编为网络游戏。

作品名：《遮天》；作者：辰东；类别：仙侠。

作品简介：冰冷与黑暗并存的宇宙深处，九具庞大的龙尸拉着一口青铜古棺，亘古长存。这是人类太空探测器在枯寂的宇宙中捕捉到的一幅极其震撼的画面。

九龙拉棺，究竟是回到了上古，还是来到了星空的彼岸？

年轻的叶凡因缘际会，在泰山发现了传说中的上古人皇祭台，意外遭遇九龙棺，横渡虚空，来到了星空的彼岸，见识了诸多中国神话传说中才存在的文明遗迹，踏入了一个难以置信的仙侠世界。作为一个另类，他开始了自己的探索之路……

登天路，踏歌行，弹指遮天。

作者简介：辰东，起点中文网白金作家，崛起于网络文学青铜时代，是当前网文界最具有影响力和代表性的作者之一，主要代表作有《不死不灭》、《神墓》、《长生界》、《遮天》等，在起点中文网总点击超过一亿，长期占据各大榜单，并在台湾幻想小说出版市场拥有极大的影响力。

作品名：《哥几个，走着》；作者：纯银耳坠；类别：都市。

作品简介：虽然没有上到好大学，但是我们的主人公并没有放弃人生的追求。他像所有的青年一样，怀里揣着梦想，顶着一腔热血，开始了自己迈向社会的道路。在几年的风风雨雨里，他结实了很多好兄弟，也被人骗过，伤害过，但却从未放下心中的良知，从未放弃心中的梦想。也许有一天，当他回首往事，会觉得自己很傻，但他绝对不会后悔！

作者简介：纯银耳坠，被网友们亲昵地称呼为"六哥"。《哥也混过 哥也爱过 现在哥也低调》为百度贴吧2009年第一神贴。后加盟17K小说网，开始职业创作生涯。新书《哥几个，走着》依然保持前作热血青春的风格，笔力更加纯熟。

作品名：《秒杀》；作者：萧潜；类别：奇幻。

作品简介：灵魂觉醒在陌生的符咒世界，无数的秘境，无数的符兽，甚至还有高级符咒世界，天赋异禀的郭十二如同过河小卒，肆无忌惮的横行于这个符咒的世界，秒杀一切障碍……

作者简介：萧潜，代表作《飘渺之旅》被称为奇幻修真小说奠基之作，和《诛仙》、《小兵传奇》一起被誉为"网络三大奇书"。2010年，萧潜开始在17K小说网连载奇幻修真小说新作《秒杀》。

作品名：《通天之路》；作者：无罪；类型：仙侠。

作品简介：灵岳城中如同小市民一般的小散修魏索，和天玄大陆的绝大多数修士一样，虽然处于天穹的保护之中，但却不知道天穹是如何形成，还能持续多久。无意之中他得到了一个内有上古器灵的法宝，在上古器灵的帮助下，魏索开始出人头地，接触到了更远的世界。在修炼的途中，他发现已经笼罩了七片大陆十五万年之久的天穹，将会彻底崩裂，引发天穹外的妖兽入侵，进而引起修道界的巨大动荡。十五万年以来，席卷整个修道界的最大动乱一触即发，在发现了上古灵族和荒族的足迹，以及根本没有出现在修道界记载中的前辈大能的足迹之后，他开始接触到天穹背后的真正奥秘。风云际会，一名踏着前人足迹的小散修，最后却成为决定这场风云的最关键人物。

作者简介：无罪，本名王辉，资深网络写手，被誉为电子竞技类作品的宗师，无论是《SC之彼岸花》还是《流氓高手》系列均达到了电子竞技类作品的高峰。2009年末加盟纵横中文网，开始其转型之路，仙侠类作品《罗浮》在完结的时候，作品点击达4000万。2011年1月，无罪开始新书《通天之路》的创作，目前作品点击已接近4000万。

作品名：《焚天》；作者：流浪的蛤蟆；类型：古典仙侠。

作品简介："洞中金蟾生两翼，鼎里龙虎喷云光。一剑驾驭千万里，踏云便要走八荒"。《焚天》设定复杂、结构严谨，以中国传统文化融合了作者独特的创意。2011年2月20日开始于纵横中文网连载，现已有175万字，近2000万点击。

作者简介：流浪的蛤蟆：本名王超，1975年出生。原起点中文网白金作家。擅长仙侠、奇幻、科幻，已有十多部作品在网络发表，代表作有《天鹏纵横》《蜀山》《母皇》《恶魔岛》《仙葫》等。

作品名：《如果巴黎不快乐》；作者：白槿湖；类型：青春。

作品简介：有这样的一个男人，让身边所有的女人都爱他。而他爱的那一个却只会是她。她不过是无意参加了一次豪门相亲会，无论是在骄阳似火的马路上，尴尬的会场里，还是公司应聘中，总是能和他重逢。为何既然相爱，还要去逃离？天涯海角，过树穿花。那几年从上海到武汉再到北京，随后是巴黎。去过那么多地方，最后还是能重逢。亲爱的，如果巴黎不快乐，那么回到我身边，好吗？

作者简介：白槿湖，本名胡冰玉，红袖添香签约作家。1989年生，首部作品《蜗婚》已经出版并签约影视改编，预计明年在湖南卫视上映。2011年新书《如果巴黎不快乐》上市三个月销量突破五万册，数次加印，广播剧正在紧张制作，绘本版也将策划上市。《如果巴黎不快乐Ⅱ》目前正在网上免费连载中，将于明年出版上市。

作品名：《玛丽在隔壁》；作者：校长；类型：励志。

作品简介：这是一个记载了少年与梦想的励志故事，键盘是他们的舞台，也是他们的荣誉和生命。2004 年的 WCG（世界电子竞技大赛），中国少年 Thanatos 和中国少女苏药包揽了星际争霸组的冠亚军，当着全世界的镜头，苏药对谜一样的少年 Thanatos 告白了，这一场遭拒让她从此退出了竞技生涯。许多年后在一个休闲游戏《人间》里苏药认识了一个叫秦川的男人，种种际遇表明了秦川有着不输于当年 Thanatos 的实力，为此，熄灭多年的竞技之魂也开始燃烧。苏药和秦川情投意合，现实和游戏，他们过着神仙眷侣般的幸福日子。一次偶然的争夺赛，洛子商对着全国媒体宣称秦川是杀人犯，他就是 Thanatos。

作者简介：校长，2009 年签约晋江文学，为了纪念一个黑客朋友的过往，写了第一本书《与大神 JQ 的日子》。大概骨子里的热血因子是天生，小时候最爱看的不是言情，是少年漫画，看到一群少年为了梦想而成长的故事便会激动得情不自禁。后来由于现实原因，一年多没有写字，《玛丽在隔壁》和《神也不能阻挡》是回来后写的两本书，依旧最喜欢少年励志风。

作品名：《异世之极品天才》；作者：冰皇傲天；类型：穿越。

作品简介：《异世之极品天才》讲述了主角南宫傲天因为意外穿越到异世后的不凡生活。他资质、智慧、运气、背景样样都让人羡慕，大陆上的天才强者多如牛毛，但是主角依然是其中最闪耀的存在，傲视群雄，踏过无数成名高手的身体，登上了强者之巅。本文情节跌宕起伏，一环扣一环衔接紧密，心理和细节描写恰到好处。

作者简介：冰皇傲天，小说阅读网新签约作家，网络新人。首部作品

《异世之极品天才》发文不到一年，点击就突破1600万大关，登录无线后也取得了非常不错的成绩。

作品名：《恨嫁时代》；作者：刘小备；类型：都市。

作品简介：29岁的恨嫁女苏小河将毕生理想浓缩为两件事：30岁前嫁人；35岁前生孩子。一直在相亲一直在等待一直没有合适结婚人选的她，终于迎来桃花季，重逢十五年未见的青梅竹马。相亲相到结婚条件优厚的对象，公司新来的年轻有为的老总对自己关爱有加……面对妹妹的闪婚，离异一次的姐妹有情人终成眷属，甚至自己的单身妈妈也开始夕阳恋，苏小河终于开始出击了。然而在想爱和不敢爱之间徘徊的苏小河，竟然表白失败还遭遇排挤、失业。在一场啼笑皆非的情感追逐之后，苏小河开始明白身边的守护和爱情究竟是什么。

作者简介：刘小备，女，80后文艺女青年，江苏省作家协会会员。目前已上市和签约的长篇小说十四部，代表作：《恨嫁时代》《二两牛肉，一壶流年》《江暖》《私藏的情书》《一位女心理师的情感救赎》《整个城市都寂寞》等。

作品名：《盛世风华》；作者：无意宝宝；类型：玄幻。

作品简介：女主白风华成为史上最乌龙的穿越者，刚穿越过去就替人挡了刺客一剑，痛得死去活来的。别人是美救英雄，她是"丑救英雄"。穿越而来的这具身体，皮肤黝黑，说话结巴，资质低微。原来这一切不过是假象，因为不愿意抢了心上人的风头，才活得如此憋屈和卑微。终于，白风华颠覆一切，在五国争霸赛时光芒四射，在这片大陆谱写了一曲盛世风华。小说描述了坚定不移的爱情，赞美了亲情和友情的可贵。

作者简介：无意宝宝，潇湘书院签约作家，现居成都。由传统言情跨越到女性玄幻，第一部玄幻励志大作《天魔》风靡一时。代表作《盛世风华》为古风玄幻，开文连载至20万字，已有上百万阅读记录。另有玄幻作品《绝色锋芒》是近来潇湘玄幻作品的里程碑。

【第三辑】

网络文本解读（一）

历史境遇的趣味化想象

——读当年明月《明朝那些事儿》

从这部小说的名字我们就能感受到这个时代的文化气息：以轻松、随意和闲适的姿态，努力消解对历史沉重阅读的畏惧。比方说，我们在日常生活中就经常使用"那些事儿"的口吻说话，且说，但不必较真。因此，这样的写作路径暗合了时代的文化心理诉求。这是从外部来分析《明朝那些事儿》的阅读环境，一旦进入内部，小说的成长空间当然有其自身的节律。从中国历史看，明朝的确是个深藏机锋的话语场，给叙事者提供了一展身手的舞台，而说到市场，这几年恰逢国学热处于井喷期，《明朝那些事儿》作为网络化历史叙事的代表作品，可谓占得了天时地利人和。不过在这个场子里，并不是谁都能获得喝彩，市场经济往往只让我们看到某个激动人心的场面，更多的失败者黯然失语，无人问津。

有人总结说，类似当年明月这样的作者很像中国古代的说书人，我认为，这个类比是有一定道理的。从叙事手法上看，《明朝那些事儿》的夹叙夹议、对历史人物心理活动的大胆推测，以及借古论今的演绎技法，正好传承了这一文脉。更重要的是，民间话语作为网络平台上的"离离原上草"，正勇敢呼唤着"野火"和"春风"的到来。因此，民间历史研究与小说叙事的机缘，通过网络在今天得以重新整合，进而产生了新的历史叙事的空间。当然有人反对这种叙事，指责它搅乱了历史真相，甚至混淆了是非。在此我再次重复自己的观点，不可将小说当历史去读，反之也不应该拿历史作为衡量小说的标准。它们本来就是两个独立的逻辑系统。我们过去的历史小说严格根据史实叙事，如今，这种创作方法已经被证明不是唯一的历史叙事途径，更何况，不同价值取向的作者根据史实叙事，其结果仍然是南辕北辙。

简单的说，《明朝那些事儿》是一本以自己的观点讲述历史，并借用历史事件折射现实问题的故事集成。它的主线完全忠实于《明史》，从核心人物到重要事件，都是有影有形的，和所谓的戏说、大话又不一样。当年明月所以能够走红网络，原因在于他使用了现代读者能够接受的叙事方式，把那些已经既定的历史人物形象"激活"，也就是说，这部作品的创新性不是运用架空、重塑等表现手法，而是实现了叙述方式的转换——把重的历史变为轻的故事，把严肃的考据变为生动的讲述——体现出网络平台新的读写关系。其实通俗历史写作早就流行于港台，柏杨先生所做的努力开一代叙事之先河，但时代的发展不可能裹足不前，《明朝那些事儿》便是这条河流的某种延续。

按照传统观点，写历史小说的人至少得是半个史学家，而当年明月并非历史专业出身，他对《明史》的研究大概只能说是玩票状态，但我想这并不妨碍他在叙事上找到自己的空间，有关《明朝那些事儿》的论争都是建立在这个基础上的。进一步说，这种写作还涉及草根文化与精英文化的抗争，当年明月作为民间叙事的代表，获得民众的广泛认可，是理所应当的事情。然而"欲思其利，必虑其害"，《明朝那些事儿》同样犯了网络写作的通病——虎头蛇尾。高速的写作，知识积累的短缺，给作品做下的病根是无法弥补的。娱乐化、趣味化写作本身没有问题，问题在于它是否仅仅只是符合一种潮流，能否经受时间的考验。

简朴之美，意象之深

——读燕垒生《天行健》

《天行健》是一部以冷兵器战争为叙事元素的军事奇幻小说，作者所描绘的战争场面气势宏伟，各种技术设定让人耳目一新。在立意上，小说采用中国古典文化为背景，同时融入西方人文视野，小说主人公与共和军联手、与文侯冲突，以及与保皇、立宪、共和各派斗争的各个环节，运用的虽然是奇幻手法，却笔笔都有根系。尤其是借用人类和蛇人之间的"种族"战争，表现了作者对现代文明"变异"性的反思。天行健，君子以自强不息；地势坤，君子以厚德载物。在战火纷乱的年代里，我们需要楚休红这样的人物横空出世，以支撑天宇；在庸常芜杂的岁月里，我们仍然需要楚休红，需要他的精神拓展，以抚慰大地。因此，我认为，这部小说所创造的意象，也就是它的精神内核，蕴涵着时间与生命之间丰沛的想象空间。

楚休红并非豪门、英烈出身，他成长在农舍之家，所受的军事教育也乏善可陈，作为一个中级军官，他的一生极有可能碌碌无为。这样的人物，天然地接近读者的心理需求，他的言行举止，让人亲近可感，也因此，他的艰辛成长与阅读者达成了默契。其实，楚休红的一生都生活在不幸之中，他父母双亡，没人疼爱怜惜；与他有情感关系的女子由于不同原因无一同他生死相伴，爱情并不照拂他。当那个女人在他眼前，一边高喊"我不是你的，我是自由的"，一边毅然决然地从城墙上跳下去的时候，一个纵横捭阖于疆场的男人究竟是成功还是失败呢？

或许是战争让他丧失了爱的能力？他所得到的荣誉，根本无法稀释他内心的凄苦，在矛盾中彷徨，被无奈纠缠，注定是他不可摆脱的命运。杀人如麻之后的楚休红，内心充满了对战争、对爱情的复杂情感，既有无法挣脱的痛楚，也有无可奈何的窘迫。这个昔日战场骁勇的战将，终于在面对学生提问时说，"军队的职责是结束战争，保护人民，如果军队反而屠杀人民，或者要人民也投入战斗，那这指挥官就已经失败了，绝算不得名将。"这是一个历经战争的人所说的肺腑之言，因为战争成就了他也毁灭了他。

作为网络文学早期的代表作家之一，燕垒生以叙事稳健见长，比如单兵对战的时候，一招一式如在眼前，平实准确，清爽干净，杀伐力道与精气神韵的契合，无不体现出作者驾驭文本的能力。在修辞和韵味上，从他对仿古文字的掌控中可见其修为，通篇贯穿着一种简洁朴素而古旧的美，出现的歌赋诗词虽然不太多，但每一处都非常妥帖，打动人心。燕垒生还有运用平实语言表达丰富情感的深厚的文字功力，正是这些优势，使《天行健》这样一部相对倚重现实的奇幻小说，得到了包括奇幻爱好者在内的众多网友的喜爱，在网络奇幻小说中占据了重要的位置。

要说这部作品还有不足的话，就是人物关系还缺少进一步的深度挖掘，比如陈忠与曹闻道这些辅助性角色的塑造，并未呈现出更多的变数，似有象征化的意味。也就是说，在驾驭细节上《天行健》出手不凡，但在整体构架和延展性方面，这部作品还有有待商榷之处。

漂泊的心如何安放

——读安妮宝贝《告别薇安》

《告别薇安》虽然是一部由十九个短篇小说组成的小说集子，但更像一部后现代长篇小说，为什么这样说呢？因为那些短篇仿佛一个整体上散落下来的碎片，它们独自成立，却又相互依存。一部严格意义上的长篇小说，你如果断断续续读去读，大概也就和读《告别薇安》的感觉差不多吧。

《告别薇安》里有一个共同的东西，就是始终贯穿着"告别"这一人生主题。在传统社会人们长时间群居，偶尔的告别虽然也有伤感，却能感受着刷新生活的冲动，寄托着对未知生活的向往。现代都市人就不一样了，告别成了家常便饭，高速运转的社会机器不断将人甩离出去，使人产生了非常强烈的告别感。一切都是不确定的、游离的，都在晃动当中，永恒的东西已经分崩离析，不复存在，人的情感如断线的风筝随风飘忽。

安妮的大部分作品传递了这样一种感觉，那就是都市青年男女生存和情感状态最令人暧昧的瞬间。它是那样的触手可及，又是那样的遥远如梦；

它有着诗一般的感怀，也有着被灼伤的痕迹……《告别薇安》充分显示了这一特点。

《告别薇安》写在上个世纪末，中国的现代城市文明刚刚掀开一角，如同一个远行的人初涉旅程，带着恍惚和期盼，眺望遥远的地平线。世纪末总是忧伤的，因为人类告别了一个千年，另一个千年又过于漫长。于是，流浪和宿命的生命体悟在作品中四处蔓延。它符合现代人追求自由、向往安宁的心理特征，也暗示着城市是另一个意义上的旷野。

"网络对我来说，是一个神秘幽深的花园。我知道深入它的途径。并且让自己长成了一棵狂野而寂寞的植物，扎进潮湿而芳香的泥土里面。"安妮的小说具有现代诗性，即孤独与开放并存。那些有着海藻般长发的女子，喜欢穿纯白色棉布裙子，喜欢光脚穿球鞋，她们习惯了动荡不安的生活，沉湎于物欲，渴望被爱情击碎。她们当然是自恋的，因为这是一个时代的情感方式，她们只是体现者罢了。在模糊中快乐，在暧昧中逃离，她们的放弃与淡漠，饱含着对人生的感伤与决绝。她们知道爱情是一场梦，也要在心口捂住它。其实，我们每个人都只是自己心灵的俘虏，我们想战胜对手，最终总被自己击败。爱过，伤害过，然后可以离别和遗忘……永远不能到达终点的行走，漂泊的心如何安放？这或许就是安妮所描述的现代女性之人生况味。

我之所以提名这部作品，一是认为它作为网络文学早期作品具有较高的文学品位，值得今天的网络写手研读，二是认为它在现代都市情感的表达上找到了大众与精英文化的切合点。早先有人说安妮小资，不错，《告别薇安》的确有这样的趣味，但这样的趣味只要是来自生存的感受，我们就应该尊重它，文学就应该努力去表现它。现在的问题是，我们表现得还很不够。毫无疑问，相对于当下的都市言情小说，安妮仍然技高一筹，何况她对网络文学的贡献人所共知。

跨越虚拟世界的雷区与梦想

——玄雨《小兵传奇》简评

这是一部具有游戏性质的小说。普通高三学生唐龙，怀揣元帅梦而投入军营，机缘巧合，他进入了混沌的宇宙星际，面对时事黑暗，小兵唐龙立志改变浩然之乾坤。曾经有人指出唐龙是个存在"精神缺陷"的人，其实太正常的人就不具备游戏性了，只能说唐龙本是一个具有游戏精神的人，他后来所做的一切恰恰发挥了自己的所长。当然，唐龙不是阿甘，他所演绎的是幻想世界的人生传奇。这就给小说留下了辽阔而神奇的空间，天马行空的太空战争，匪夷所思的神机妙算，以及挥斥方遒的风云际会，由此逐一展开。藉此，唐龙完成了"从男孩到男人的成长过程"，世界完成了"地球星人口移民到中州星城的转折"。小人物借助各种机缘，以超出自己能力N倍的架势，化险为夷，办成了大事情，这是个套路，要不怎么叫幻想呢？于是，唐龙凭空多出了1000艘战舰，一夜之间攻下了4个星球。而我们却听到唐龙这样说："游戏之所以有人去玩，就是因为可以挑战难关，战胜困难后所获得的喜悦就是让人继续玩下去的动力。"

这既是游戏的本质，也是这部小说的实质。

作为玄幻小说，《小兵传奇》并没有完全脱离现实去想象世界，它对现实社会的嘲讽和批判虽然不够深刻，也算是言之有物。人物性格塑造的卡通化正好符合了这类小说的大众路线。不管网络还是纸质，《小兵传奇》的读者皆以青少年居多，尤其受到中小学生的追捧。从小说的人物和故事来看，它确实是一部为青少年而写的书，当然也有大量成人读者，他们之所以能够接受这部小说，大概是由于它将"游戏世界"与现实世界进行了成功对接的缘故。

理想不能少，但要有能力分辨理想与现实的距离，而不滑入虚空，这是与中国现代性共生的一个普遍性社会问题。唐龙在进入《恐惧》游戏时曾经精神失衡，小说就此折射了现代中小学生普遍存在的心理危机。如何解决类似问题不是小说的功能，但是发现和提出问题，却是作家的道义和文学的职责。《小兵传奇》在虚拟的世界里超越自我，实现梦想，却并不回避社会矛盾，是值得赞许的。雷区与梦想在表面看并没有什么差别，游戏要通关，生命要阳光，但都要付出代价，不付出，光荣与梦想不会不请自到。

回到开头说的，游戏性质的小说注定有其天然的缺陷，你想，中子时代的游戏是什么样的？升级的速度是几何级的，还是几何的立方？这个我们不下定论，可以肯定的是，今天的游戏玩家对《小兵传奇》年代里的"游戏"，定然是不屑一顾的。但是我们不能遗忘《小兵传奇》的贡献——它对网络玄幻文学发展所起到的承前启后的作用。起码可以这样解释：假设说小兵是漫步行政星球的草民英雄，那么玄雨则是网络世界催生的草民英雄。这也说明，网络空间最受大众关注的不再是身份象征，而是原创能力。

在我眼中，《小兵传奇》犹如一支飞镖穿越斑驳的光影，使呼之欲出的东方玄幻加速飞矢，转瞬间射中网络的十字靶心。在这个意义上，你不得不承认它是一部标志性的作品，它记录和见证了"玄幻文学"的一个时间符号——2003。

一部军人的精神成长史

——纷舞妖姬长篇小说《弹痕》读后

《弹痕》是我读过的最具现实感的一部网络军事小说，通篇虽然没有宏大而强烈的战争场面，却在朴实的描写中，体现出真正的军魂，尤其是老兵身上迸发出的大无畏精神和爱恨分明的立场，其血性和悲壮令人感动。

小说以两条线展开故事。主人公战侠歌的经历为主线，讲述了他如何从一个任性青年一步步成长为精忠报国的优秀军人与统帅的历程，表现了第五类部队的军人生活和战斗作风以及实战故事，突出了这支神秘部队的强大的战斗力。副线以第五类部队的生活和战斗训练组成，第五类军人的精神世界与价值取向跃然纸上，揭开了这支部队的神秘面纱。值得一提的是小说的细节描写，作者显然对涉及到的各个场景都有很深入的了解，描写很真实，很具体，特种兵的战斗精神及其在不同环境下的作战能力和坚强毅力都写得淋漓尽致。

小说前三卷采用倒叙的手法段，描述"纨绔子弟"战侠歌经受洗礼，成长为一名第五特殊部队"獠牙"的艰辛历程。第四卷《战斗回路》起充满着战火硝烟，一路发展到战侠歌身陷俄罗斯生死未明的境地，文字迸发着冷洌的杀气和炮火的寒光，情节扑朔迷离，扣人心弦，中间笔锋一转开始描述战侠歌、赵海平两位铁血男儿柔情的一面，令人心生感慨。我觉得作者在这里采用缓笔，使作品获得了空间的拓展，其作用非同小可。此后写到以"蓝盾"为名的国际军事竞赛，令读者的民族自豪感油然而生，伴随着战侠歌精神上的成长，其形象也得到更进一步的提升。小说的节奏缓急有致，自然而灵动。

除了惊心的阅读刺激以外，我以为，这部小说的意义在于书写了军人的精神成长史。在军区大院里长大的公子哥儿战侠歌，尽管天生优越，骨子里却有一股不服输的劲头，这为他后来的成长埋下了伏笔。幼年的战侠歌，因为父亲的压迫式教育，可以说对军人这个职业充满厌恶，6岁时因先天性青光眼无法参军，他甚至有几分庆幸。但到18岁时，坚强的性格使他毅然决然加入了第五特殊部队，成了一名特种兵战士，在他凭着好胜心与顽强毅力通过了原始丛林、高原戈壁、冰山雪地、荒凉大漠的测试时，爱上了军人这个散发着神圣光芒的职业。由于天生异秉，他性格中的任性与自负的缺陷也是不可避免的。所幸，在经历了蓝盾军事竞赛的洗礼之后，战侠歌明白了这一点，那一刻，他成了一个顶天立地的男子汉，一个指挥千军万马决不退缩的优秀统帅！

当然，我也有一丝这样的疑问：挺立于天地之间，堪称完美的英雄战侠歌，他的言行，是不是有点失真？如此要求当然是比较苛刻的，反过来也说明了我对它有一种类似传统文学作品的期待。应该说，这部作品在人物处理上有一些缺憾，但瑕不掩瑜，总体上仍然是能够成立的。

有人对《弹痕》里的军事思想提出质疑，认为小说中的战略观点存在问题，即"从小开始培养的军人精英会是国家的防卫栋梁"，这似乎过于看中特种部队（个体）的军事作用，而忽略了整体军事力量的战略意义。这样的质疑我是赞同的，同时也认为很有价值，对网络写作具有积极意义。也就是说，网络作家在写作时应该具有更加缜密的创作构思，不仅要具备叙事才能，还要具备专业知识和广阔的视野。在这个基础上写出的作品才能够经受住时间的检验。

玄奥的智性与人性的极端

————读知秋的《历史的尘埃》

读《历史的尘埃》前几章时,我颇有几分激动,感觉这是难得一见的网络佳作。作者奇峻的想象力,以及对人物内心世界细腻的描述,丝毫不让传统文学作品。但接下去我就有了困惑,这样一部作品,不走类型小说的路子,难道就不能被网络接受吗?但不管怎么样,作者还是把它写成了一部玄幻小说,我们应该尊重这个选择。

小说的构架很宏大,其基本立意是书写一个大悲剧,并试图说明悲剧往往不在于人为。因为面对强大的历史车轮,尘埃似的个体生命只能服从命运的摆布。我开始是有担心的,感觉这样的叙事作者难以驾驭,好在小说叙事紧扣立意,围绕"人无法控制自己的悲哀和欢乐,只能听天由命"这个基调展开故事。因此我们在这部书里读到的阴谋和勇敢是具体的、可操作的,悲哀却是无形的、宿命的,无法逃避的。只有当我们领略到平凡而真挚的人性光辉时,才会感到生命的意义和价值。尽管我并不喜欢作者精心设计的兽人城邦欧福与死灵公会——那是一个令人沮丧的死亡之所,但我还是承认,《历史的尘埃》给我提供了精神领域的一些新的经验。

小说的场景描写充分体现了作者的文学才华,细致生动、干净利落,几乎没有芜杂的语言。主人公阿萨是个具有冒险精神的人,自幼不甘平庸,他的成长可以说是智慧与运气兼备。阿萨的魅力在于他试图去做一个坏人而不成,于是具有了现代感。他虽然身世模糊,却不是个孤立的人。作者以此确立了自己的叙事价值,并在娱乐与艺术审美中找到了平衡。罗尼斯主教、德肯教皇的行为,以及艾格瑞耐尔和山德鲁的关系,使故事的逻辑性与反逻辑的合理性并存,叙述的陌生化成为了现实。值得一提的是,小说充满了一种玄奥的智性和人性极端时刻的锋芒,叙述中经常闪耀着哲思,"并没有什么超越一切邪恶、纯洁无瑕的道德和正义存在。为了自己活着,我们所吃掉的不都是其他生命吗?但是就在这样无法摆脱的原罪中,保持着心中的那一点善良、同情和爱,这才是人心中真正的唯一的光明。"作者的睿智由此可见一斑。

小说借用电脑游戏"英雄无敌"为主体结构框架,重新设置了人物情节,这正好说明了网络文学不拘形式的开放性特征。因为对于一部小说来讲,重要的是如何确立作者的思想,并使之产生独立的审美趣味。这一点,我想《历史的尘埃》是做到了。要说问题,作品借助错综复杂的人物关系和无情杀戮制造的迷乱幻像过于西方化了,层层叠叠的魔幻色彩无形中冲淡了小说的思想力度。

有趣的是,这部小说采用了欧化的背景和人名来叙述一个中国式的故事,所导致的阅读"夹生"或许正是作者所企求的,这使我联想到残雪的小说《最后的情人》,那种离间效果,不知为什么竟迫使我不断合上书设想小说人物的容貌,欧洲人的背影和中国人的脸庞叠加起来在眼前闪动。当然,知秋的《历史的尘埃》仍属于中国化叙事,起码在句式上没有改装,人物关系也在我们的文化心理范畴之内,阅读起来也就没有腾前挪后的必要了。如果要从审美角度提及翻译休或者仿翻译体文风的话,马原、余华等先锋作家的早期作品,显然比这部作品强烈得多,他们所想达到的目的,就是借此造成阅读障碍,以诱引读者反复阅读其中的段落。这是题外话。

伤感总在少年落幕时

——读江南《此间的少年》

大学校园生活从来都是展示时代气象的晴雨表，东西方社会概莫如此，江南先生虚构的以宋代嘉佑年为时间背景的"汴京大学"也不例外。为什么？因为青春总是充满了幻想、激情，生理的和心理的荷尔蒙蓬勃生长，对抗着虚假的理性。当然，这一代大学生的生活有着自己显著的特点，我是说《此间的少年》里的这一代人。我以为，江南通过对汴京大学师生生活的整体描述，折射了1990年代中国社会的基本风貌。全社会处在理想失落，对物质追逐急剧上升的时期，身处历史大变革之中的此间少年，其情感诉求不得不打上时代的烙印。在这个意义上，借用金庸小说人物关系，号称射雕英雄大学生活版的《此间的少年》，无疑是一部现实主义作品，一部从有梦的青春到无梦的现实的成长小说。

不过，江南的创意并非空穴来风，他试图在"此与彼"的人生境界比照中找到自己的表达形式。杨康和穆念慈的爱情，一个经典的爱情故事被现实消解了。壮志不再凌云，并不是谁的过错。杨康尽管仰望天空久久发呆，却不用面对生死劫难，郭靖只是利用打开水倒垃圾蹬三轮时展露一下他的稚拙可爱，而慕容复的痴狂也没有了用武之地……汴大经历了风光的百年校庆，迎来了新校长东方不败。与此同时，汴大的老校长、令狐冲的假想敌独孤求败默默退出了曾经属于他的舞台。侠的世界被"平凡"生活彻底遮蔽，暗示不切实际的校园梦想终将破灭，一切愤懑都会成为滑稽的表演。我唯有这样一个判断，江南与金庸的情爱观或许有几分近似，这导致了精神上的接近，江南踮脚于此间校园眺望浩瀚的武侠世界，对那个已然逝去的天空充满了悲剧式的怀恋，因此两者在背景中出现了几分相像的伤感情调。

然而，话说回来，让《射雕英雄传》《天龙八部》作为本文阅读背景，只能算是作者的一个文本尝试——类似于精神空间的超链接，也许能够起到扩大人物遐想空间的作用，但两者的审美关系是非实质性的。如果有读者将他们进行对比阅读，就会发现，他们之间不存在渊源和承袭。不过它也说明了网络写作的大胆神游与别具一格，没有传统写作那样多的顾忌与限制。文学本该是自由自在的精神驰骋，这一点不该苛求于人。

《此间的少年》的故事始于开学，结束在毕业。校园是此间，社会则是彼间了。此间有着令人难忘的爱情、友情，有着不大不小的争执、无奈和醋意，也有率性、耍酷与较真，以及憧憬与失落，奋斗与彷徨……这一切是那么的真实、自然，那么的贴近我们的感觉器官，令我们内心隐隐作痛，但它转眼间竟然成为了虚空。少年落幕，是人生的一个重要仪式，泪水不在此刻流淌更待何时？小说在开头和结尾处同样出现了江西老头莫大在那里独自拉《凤求凰》的细节，让人唏嘘不已。从迎接少年，到与他们作别，一晃四年，一切都已变了，但一切又依然如故，这就是生活本身。对青春的回忆和怀念，一定是伤感的，这是所有成长小说的共同主题，但江南摒弃煽情笔法，以机智幽默书写伤感情绪，是其出类拔萃、胜人一筹的地方。要说《此间的少年》的缺陷，那就是过于温和而失去了批判精神，或者说对现实的怀疑态度没有找到落脚点。这使我自然而然想到了塞林格的《麦田里的守望者》，此间少年似乎缺少了一点"守望意识"。

  写完这个评，请允许我说几句题外话。几轮评下来，令我感触最深的，莫过于网络写作的兑水现象，那是太严重了。据此，包括《此间的少年》在内的早期网络文学经典作品，在"惜墨"这一点上是值得赞扬的。但据我所知，如今网络小说之所以越写越长，并非完全是出于作者个人意愿，网络书站的推动、利益的驱使，将这一现象推向了极端。一个业余作者，初入道，起手便写二三百万字的长篇小说，钱也许能挣到一些，但很有可能写坏了"手"，写出了手病。就我个人观察而言，能够写出吸引读者眼球的网文，必然是具有一定才情的作者，而如此兑水极有可能导致才情偏向并迅速耗损。这也是令人无奈的"彼间"。

随洪波，逐暗流

——随波逐流《随波逐流之一代军师》读后

　　打开中国历史，我们会发现，中国文人走向人生之顶峰者，无外乎两类人，一类如屈原、李白，另一类则如诸葛亮和吴用。前者因为治国宏愿未能达成，遂留旷世杰作于天下，后者因才智得到实际运用，便索性在时空和大地上书写华章。然而，我们稍做分析就会得出这样的结论，那些流芳百世的文人，除才华出众外，他们的人格和品德，以及独立的价值观，更为后人所景仰。说到《随波逐流之一代军师》这部小说，虽然在网上受到热捧，但其中的核心问题却一直无人谈及——对独立价值观的审视。我以为，这正是这部小说达到较高审美层次的关键。

　　《随波逐流之一代军师》拥有一个比较完整的叙事构架和一副清新的文笔，因此无形中将读者的目光引向了故事层面。作者将主人公的命运放在了王朝变革的前夜，天下一统大势所趋，南楚国势衰败，走下历史舞台在所难免，任何人也挽救不了。江哲（随云）对此有清醒的认识，早就切断了为南楚卖命的念头，可见他并非是个掉书袋的文人。因此，他遭遇一代豪杰李贽就是偶然中的必然，他们的会合，必然会加速时代的变革。其实作者的态度是很明确的，学识过人、聪慧绝顶的随云一心向往无拘无束，闲云野鹤的生活，对政治并无多少兴趣，但命运弄人，身不由己，只好随波逐流……果真这样简单吗？又不尽然。"随波逐流"还是一个反题，如果拆解开来分析，亦可解释为"随时代之洪波，逐朝廷之暗流"。一实一虚，乃是对人性深处的追问。

小说的主线清晰明了。江哲以出众的才华向雍王李贽说天下形势，但并未立即加盟，他是个文人，文人必然是清高的。在多次被居心叵测之人逼迫出谋划策后，他认准了李贽。大雍萧墙之乱给了江哲施展才能的机会。为了李贽上位，江哲终于出手用计，诱使太子失德、凤仪门逼上谋反，揭开了新的历史。在雍王李贽代替太子成功登上储位后，江哲曾经悄然离去，显示出他的文人气节，同时也看出了他的谋略，因为他明白，日后定有更大的暗流。李贽登基成为雍帝后平北汗，继而南下灭楚，一统天下。作者在风轻云淡中道尽了江哲复杂的内心世界，可谓不著一字尽得风流。在别人眼中，他是辉煌的。但作为士大夫的他毕竟是南楚的叛逆，发小陆灿对旧主的坚守又怎能不令之动容？何况大雍文武百官对他的特殊地位多有忌惮；与他相爱的长乐公主留在长安，夫妻聚少离多，他的精神世界里只有一个小顺子能够依托。这样的凄凉是无法言说的。在平北汉过程中他出现了一些失误，可以解释为内心焦虑的折射。

应该说，对主人公江哲的成功塑造，寄托了作者努力建构人生美好境界的理想，国难时需要豪杰，平安时需要顺民，所谓治国安邦，安生立命，谁不心向往之？而身在高位的江哲深知，随洪波易，逐暗流难，能够随波逐流，而不沉没者，庆幸当中也包含着几分悲哀。小说所涉及的价值观问题，直指我们这个物欲横流的时代最缺乏的精神归依。

《随波逐流之一代军师》与其他描写历史战争的小说很不一样，它侧重于对人物内心的开掘，而忽略了对血淋淋战争场面的描述，这是和作者追求的淡雅文风相一致的,但也少了些许历史的深厚感。必须提及的是,这部小说的叙事结构比较特殊,主人公江哲既是叙述者,也是被叙述者。小说是在江哲看着南楚遗臣刘奎的《南朝楚史》,同时通过自己的回忆展开故事的。在《南朝楚史》中他是被叙述者,而在回忆中,他是叙述者。两个文本的交叉,造成了人称等一些细节上的阅读困难,但同时也丰富了叙述空间,不失为一次对文本表现形式的积极探索。

最后说一说问题。这部小说最令我惋惜的是,作者所培育的戏剧性因子没有能够得到充分成长,故事在后半部分渐趋平淡舒缓,明显发力不足,有头重脚轻之感。而语言的过于轻柔也失掉了一些历史的沧桑和厚重感。

切勿以小说替代历史

——灰熊猫《窃明》读后

对于历史,我们总有一种很特殊的情怀。说白了,就是希望透过层层迷雾了解它的真相,希望它能对我们的今天有所启发。但是,由于诸多原因,文史记载往往只能保留历史事件的主要轮廓,而后人为了自己的需要,总会放大其中的某些环节,久而久之,就使得我们离真正的历史愈来愈远,甚至完全背离了真相。正如胡适先生所言,历史是个任人打扮的小姑娘。当然,也有人反驳这个观点,认为他违反了历史唯物主义观。不管怎么说,有一点我们无法推翻,从理论上讲,历史是不可能完整复原的,或者说历史本来就是可以多解的,就像方程式一样。正因为如此,历史叙事才成为可能。

灰熊猫的《窃明》是一次规模宏大的历史叙事,它以主人公黄石的个人经历,串起了明末的政治、经济、军事、农业、气候等各方面的史料。黄石是由现代穿越进入明末的,他压根儿是一网民,或者说是作者看待历史的一双眼睛。由于意外爆炸事件进入明朝万历年间的黄石,并没有什么特殊的本领。在明朝，他基本成了一个废人，卑微的生命历经磨难，勉强得以苟延残喘。正因为此，黄石被刻画得较为平实、朴素，在入伍后甚至有贪生怕死的行为，也属于自然。然而正是这样一个内心怯弱、一个没有被特意拔高痕迹的小人物，凭借自己超越数百年的智慧积累，在军队里左右逢源、如鱼得水，终于一步步登上了英雄的舞台。应该说，这一点对当今时代不无折射，是小说的成功之处。其次，作者对中国古代科技发展史具有相当充足的知识储备，有效地丰富了小说的叙述空间。

　　由于现代人物（实际是文明思想）的介入，历史的进程得以改变，这是架空小说的惯用手法，《窃明》也不例外。例外的是，大量的对历史事件的描述体现了作者独立的写作思想。这本是值得赞誉的，但也容易引起误读。这一点不得不强调，因为我注意到很多读者对《窃明》重写、也可说是颠覆历史，表现出极大兴趣，其中代表性的观点认为，"清人篡改的历史，教科书不能真实书写的历史，《窃明》还给了我们。"不能说这样的解释毫无道理，但它不能作为成就好小说的主要理由。尽管《窃明》用另外一种视角看待历史无可非议，它的价值还是应该体现在文学想象，而不是还原历史上。如果说它修正了以往对历史的一些看法，也只能说是小说家言。比如说，袁崇焕为了自己上位而胡乱杀人的行径、士大夫们对血洒疆场的军人的蔑视等等，所体现的文本价值仍然是在人性方面的开掘，而非历史文化层面的探求。

　　以《窃明》重塑明史观，作者也许有这样的意图，但他所做的并未超出一部小说的范围。何况，小说就是小说，读小说，享受艺术愉悦是第一位的，把小说当成历史去读，并非正道。小说要的是"真实性"，历史要的是"真实"，如果把两者重叠起来，叙事就失去了它的张力和魅力，那样的话不如直接去写历史了，还要写小说干什么呢？历史叙事的价值更在于通过合理想象，洞察历史事件发展的其他可能性。这就要求作家在文本当中提供一套完整的价值体系，并借此展示其对历史的特殊读解。很显然，作者在这方面的准备不够充分，因此出现如下问题：对历史事件发展的脉络处理得比较随意，缺少呼应和伏笔，尤其是这样巨大的篇幅，就显得有点杂乱不清；语言没有特色，文笔也欠火候；所穿插的古文对叙事没有形成推动力，反而造成阅读隔膜，似乎是为形式而形式的做法，实际意义不大。

对于想进一步了解那段历史的读者，我个人建议，不妨将这部小说和阎崇年的《明亡清兴六十年》对比来读，或许会更有收获。尽管两部书体裁不同、观点迥异，但对我们客观认识那段历史会有裨益。

传统笔法现代意识

——孙晓《英雄志》读后

  在讨论《英雄志》之前，请允许我做一个铺垫。熟悉武侠小说的朋友可以略过。

  我们都知道，武侠小说是中国最悠久的叙事文学样式之一，由于历史漫长，古典武侠门派林立，分类众多，不一而足，而以金庸、古龙、梁羽生为代表的现代"新武侠"（尽管还称为传统武侠）改变了这一体裁的叙事范围，为武侠小说的发扬光大作出了重要贡献。但是，"新武侠"同样存在自身的缺陷，主要表现在侠客英雄超人化方面，那里的人物跳出三界外，不在五行中，不食人间烟火，包打天下，因而缺乏现实主义深度和人文关怀精神，称其"成人童话"，我认为是亦褒亦贬的。

  言归正传，洋洋350万言的《英雄志》虽然沿袭的是"新武侠"的路子，但它让人物身上多了一分烟火气息，人生之路多了一分崎岖坎坷，尽管是虚构作品，却与现实产生了某种关联，仅凭这一突破，中国武侠文学史上就应该有它的一席之地。这是一个大前提，然后我们再谈具体的。

首先，我认为《英雄志》是一部具有写作理想的书，而且部分实现了作者的理想，可以说，这部作品在思想与文化深度上达到了武侠小说的新高。凭什么这样说？在阅读中我深切感受到，作者在创作理念上有明确的超越金庸、古龙的意识，他在努力追求对武侠小说内容与形式的突破。《英雄志》中的第一号男主人公卢云是武侠文学中的一个崭新的人物形象，一个真正意义上的文人、书生形象。如果说金庸成功的秘诀在于他对中国文化的精辟理解和独到诠释，那么，孙晓则在直面人性、直面社会、直面现实方面取得了突破。郭靖也好，韦小宝、令狐冲也罢，他们似乎是来无影去无踪的人物，但卢云不是，他所蒙受的一系列挫折，让人深刻体会到了人世间的悲凉，他的痛让我们感同身受，他的坚毅让我们汗颜。这是作家对世界独特认知的结果，也因此，它的深刻性，丰富性，导致读者年龄偏大，并或多或少被涉世不深的读者所误解。

其次，《英雄志》在痛苦与苍凉中建立了自己观察人生的坐标，写尽了人生的无奈。杨肃观、秦仲海、卢云、伍定远，四个主角的理想与现实相互冲突，并产生剧烈碰撞。在互相牵制中，他们的武功、智谋和人格得到了淋漓尽致的展示。何为"是非"、何为"正道"，这是个几千年来人类一直在思索的难题，卢云面对的正是这个拷问灵魂的难题。在人格尊严被践踏的环境里，他艰难的完成了自我人格塑造。捕快伍定远所坚持的底线"人道"，使他在齐家灭门后的幸存者齐伯川被杀后，不屈不挠地追缉昆仑派。而秦仲海的终极反抗与毁灭之道与杨肃观视生命如草芥，视万事如尘埃的一成不变的"修罗之道"等等，均可看出作者的思想深度和人文关怀意识。

第三，《英雄志》依托"土木之变""夺门之变"构建叙事框架，使用的仍然是传统武侠小说的招数，但并未因此进入对历史的模式化解读。比如，在处理卢云的情感问题上，作者打破了以往武侠小说英雄美人死去活来，几乎互为修辞的常规。《英雄志》中的爱，残酷，却真。类似的细节并不少见。面对金、古武侠小说已经建立的强大审美趣味，《英雄志》敢于冲破固有的模式，先破后立，令人敬佩。或许有人会这样问，金、古作品里的英雄形象十分鲜明，《英雄志》里谁是英雄？是啊，似乎没有哪一个称得上是绝对的英雄。然而，这正是《英雄志》的过人之处，因为武侠精神只有遭遇现实，才会攀越人类精神的高度。《英雄志》中的英雄是踏在土地上的英雄，而不是飞在天上的英雄。

当然，《英雄志》也存在很严重的缺陷。这部作品格局宏大，但由于作者驾驭能力有限，几乎失去了对结构的把握，大规模的铺垫情节，难避拖沓之嫌，至少超出了读者的阅读需求。故事线路的跳跃性极大，加之篇幅超长，在不可能连续阅读的情况下，很容易丢头拉尾，造成阅读疲惫。同时，在语言和文字功力上，也露出了粗糙简陋的痕迹，特别是在叙事方式上，与金庸的精于设计相差甚远，与古龙的剑走偏锋无法抗衡。另外，这部小说基本上是按照传统写作方式进行创作的，具有现代意识，但网络特征并不鲜明。

据说，作者孙晓早年在台湾从政，曾经有过一番抱负，最后因为无法接受政治黑暗而退出政界，之后写了《英雄志》。这个传说未经确认，如果是真实的话，倒也能够说明一些问题。至少可以解释小说里为什么会出现那么多迥异于金庸、古龙武侠的无奈、妥协和悲情，以及对残酷事实的冷静描述。最后，我解释一句，这部小说，不在于讲英雄如何成其为英雄，而在于讲"英雄"所应具备的精神，讲"英雄之本色"对于人的重要性。英雄志，其中的"志"已经包含了这个意思。

凡庸细密的"传奇人生"

——烟雨江南《尘缘》读后

一块青石,因为听得一巡界仙人颂读天书,得以脱却石体,修成仙胎。尤如《西游记》里那个从石头里蹦出的石猴,把天庭搅得一塌糊涂,最后落得一个"齐天大圣"的美名,在西天取真经的路上终于修成正果。初看起来,《尘缘》与《西游记》有异曲同工之妙,可是再往下读,就会发现,《尘缘》显然是避开了《西游记》留给大众的巨大阴影,另辟蹊径,烟雨江南独创了一个仙界,完全不同于《西游记》中天界的那套游戏规则,使《尘缘》同样具有吸引力。说白了,《尘缘》是一场世俗意义上的青梅竹马和非世俗意义上的日久生情之间的较量。在其中,我隐约看到作者将佛教文化与现世生活进行精神对比所产生的文化含义。

《尘缘》从一开始,青石(顾清)无意纵走一只天妖,被降罪打入浊世,而那位巡界仙人(洛风)也因此被清退仙班,在堕入轮回之前,两仙人相约三生。这个谪仙,自然引起正魔两道的抢人大战,只是令人万万想不到的是,谪仙早被杀害,而他们争夺的这个人,却是一个客栈跑堂打杂的小厮（纪若尘），只是挂在他项上的那块青石，却又是实实在在的仙物，难道这次轮回连仙物都错认了主儿。到轮回的最后一世，两个仙转了这么多世一直都是人，但那个小妖在前面的那么多世没做过人，但却在每一世都以非人之身救过小仙，因此最后一世他也成人了。《尘缘》写的就是最后一世的故事，本来应该是这两个仙人顺理成章的完成轮回飞升仙界的，但却因为这个小妖这么多轮回执着的追随，而变得没法了断，扑朔迷离。

  《尘缘》里的人物关系看起来不是太复杂，无论是曾为八方巡界之仙，被贬入下界，下界前曾与青石相约三生，其后按本次轮回定下的目标寻仙访道聪明绝顶的洛风，还是前世为天界无定河一方青石，谪仙，正道三大宗之云中居传人的顾清，更有两个仙人轮回中最关键的人物——纪若尘，作者对每个人物的刻画或细节的描述上，都显示出了一定的叙述能力，这是有难度的，但作者把握得还不错，这不容易。从故事的架构上，烟雨江南通过时空的切换来表达纪若尘、洛风、顾清之间盘根错节的复杂关系，令绝大多数浮光掠影的同类题材小说无法望其项背。

  我以为，网络小说之所以能在网上流行，比传统的纸质小说拥有更大的读者群，最主要的原因是写作者不受任何束缚，汪洋恣意，使小说故事跌宕起伏，曲折离奇，却又不失塑造人物的根本，使小说人物任意挥洒自己的能力。就拿《尘缘》来说，小说情节充满了神秘，但作者对神秘的描写并不是停留在一般的玄奥立场之上。烟雨江南笔下的"传奇人生"是凡庸细密的，是有浓烈的日常经验的，这样，使得这部《尘缘》充满了尘世的烟火气息。幸而不幸，悲而不悲，作者既保持了这段尘世间情感的冲突，又有适度的理性制约。适当的理性制约使得顾清和洛风在第三世的轮回中，与纪若尘的命运纠缠，更多了一份人世间波澜壮阔的悲情成分，使得这部小说更有了阅读的期待感。

  当然，这样的写作也会出现另一种问题，那就是容易出现铺陈与闲笔运用的失当。中国古典小说是很讲究铺陈与闲笔的，目的是调节作品的节奏，拓展情节发展的宽度和深读，所谓内行看门道，外行看热闹。《尘缘》作者在这方面若能做一些研究，将铺陈与闲笔做得处处生根，盘根错节，不留痕迹，那将会令人大喜过望。

一个乱世少年的心灵史

——读胭脂鱼长篇小说《燕云乱》

胭脂鱼的《燕云乱》是一部历史系列小说,有人称其为历史架空小说,但实际上这部小说还是有其历史背景的。当然,作者只是在精神系统与那个背景产生接界,并由此出发完成自己的文学虚构。这是网络历史小说的一个重要特征,即人物意义大于历史意义,历史推出了人物而不是限制了人物,或者说历史只是展现人物命运轨迹的一个通道。

我们知道,在隋朝统一中国之前,中华民族经历了一次巨大的民族融合,史称"五胡乱华"。现在看来,这个提法实际上是不妥当的,谁是正统?谁是蛮夷?各民族融合而成的中华民族早已是"你中有我,我中有你"。北方几大少数民族政治军事集团,在公元四至六世纪的历史时空中空前活跃,首次跨过黄河,越过长江,形成多处割据。按照史学家的观点,南北朝之后,真正意义上的汉族血统已经不复存在。从人类学的角度看,这次中华民族的大洗牌,是一次血腥的优胜劣汰的文化重组过程,也是出现唐宋高度文明的一个必需的铺垫。由此而推及,一千多年来,中华民族由盛而衰，再由衰而盛，始终不灭，其中或许正隐藏着这个独特的文化密码。

《燕云乱》正是取材于那个狼烟四起、英雄辈出的动荡时代的后期——以建康为核心的王权争夺——隋灭陈并逐步统一中国的历史进程。非常巧的是，这个故事大约有一半情节发生在我的家乡镇江。对这段历史，我曾经做过一些研究，现在结合这部小说的阅读，自然就更多了几分感叹。既是感叹历史的浩淼，又是感叹人生的无常。《燕云乱》以第一人称叙事，这在历史小说中并不多见，因为它有可能限制对宏大面的铺陈，但这部小说并未出现类似的尴尬。小说着力于小场面的生动展示，尤其是对人物环境细部的挖掘，或担忧，或彷徨，或无奈，在字里行间获得再生……主要人物罗艺出生在幽州，母亲早亡。在战争的硝烟中，少年罗艺随父亲逃亡，远离故土。颠沛期间，内心隐藏秘密的父亲病故，罗艺成了一个孤儿。他少年习武，拥有桀骜不驯的性格，俊朗的体貌特征证明他是一个具有少数民族血统的所谓"杂种"。应该说，这个人物身上具备了乱世英雄的基本要件。也因此，乱世少年罗艺的成长，以及所对应的历史环境，形成了一个巨大的艺术空间。

作为这个系列的第一部，"风云初起"所涉及的人物十分庞杂，从黎民百姓，到王公贵族，直至帝王，人人都被卷进了战乱与杀戮。与其他网络走红的新历史小说如《新宋》《流血的仕途》等不一样的是，《燕云乱》还具有江湖传奇性，并夹带了武侠小说的诡异和神秘，但武侠并没有冲淡小说所呈现的历史悠远感。总体来说，这是一部注重人物内心世界刻画，笔法细腻、婉转、人物性格鲜明、生动的纯虚构历史小说。如果说以上特点是形成这部小说的必备条件的话，那么，对历史洪涛中人物命运的把握则是作品最为成功之处。因为小说不仅继承了传统历史小说擅长描绘人物心灵变革的特点，又与传统历史叙事的方式有所不同，它把沉重的历史化为人物的具体行为，比如周仲安、罗岭和庄栋这几个人物，在他们身上，历史就是生活本身，王爷陈显的跋扈也充满了人间烟火气息。他们虽在历史深处，却又似乎触手可及。另外，不乏趣味的散点式的小标题，亦是加快阅读节奏的一种努力，从而巧妙规避了历史叙事常见的宏大结构。

我个人以为，寄情于人物不等同于对历史的抒怀，作家的历史观应该是把人物与时代连接起来的一根链条。这一点《燕云乱》值得赞许，小说写出了嫉妒、刚强与脆弱的罗艺，写出了一个乱世少年的心灵史，也显现出现代人在穿越历史过程中感悟人生的灵性。我觉得这是《燕云乱》历史叙事的主要价值所在，因此我有理由期待作者在这个系列的后几部作品中，能够更加突出对历史的个性表达，以充分展示新一代历史小说家的才智。

网络文学的杂糅之趣

——读萧鼎《诛仙》有感

十年来，网络文学诞生了一大批得到网民认可的作品，《诛仙》是其中最为重要的代表作品之一，也有人称《诛仙》是网络玄幻小说的开山之作。不管怎么说，它在网络文学史上的地位已经形成，对后期网络写作的影响力自然也不可低估。

《诛仙》讲述少年张小凡历尽艰辛战胜魔道的曲折经历——正道与魔道的道德对立、强烈的悬疑色彩和魔法氛围、千奇百怪的武功、似是而非的传统文化，夹杂着动人心弦的爱情故事，使它具备了一个网络文本成功的要素。

按照既定的艺术标准，无论在形式上还是内容上，都很难给《诛仙》一个准确的定义：传统道德小说？网络爱情小说？抑或魔幻现实主义？似乎都不够准确，因此产生了一个中西合璧的名称"玄幻小说"。这恰恰体现了网络文学的包容性、开放性和多样性。这还仅就网络小说《诛仙》而言——以这部小说为母本，又诞生了网络游戏和动漫作品《诛仙》——以文学的形式通过网络传播,又在网络上被改编为娱乐作品。可以这样说,《诛仙》的传播过程是网络时代文学向娱乐作品转换的范本。这个过程是从严肃到通俗、从文学性到娱乐性的改变,此现象比传统文学作品的影视改编更具时代意义与商业价值。由此可证,网络已经具备了完善的从产生到传播再到娱乐化改编的文化传播流程。

从内容和作者试图表达的思想来看,《诛仙》也具有开创性。《诛仙》里有一种朴素的自然主义世界观,它超越了人本位主义的思想,力求表达的是:在浩如烟海的"大自然"当中,人不过是一个物种而已。狐妖和兽神同样是自身物种的代表,和人一样。大家是平等的,不应该有高低贵贱之分。作者以"朴素的自然主义世界观"超越"人本主义的思想",最后则以"魔幻"来体现——我们知道,魔幻来自于对自然的敬畏,魔幻主义就是对自然主义的回归。而魔幻主义又是文学的源头之一,《诛仙》则综合运用了这些内容。"天地不仁,以万物为刍狗。"这本是老子《道德经》里的思想,《诛仙》借助西方魔幻的形式来表现这个思想,因此有学者将其定位为"新民间文学"。是什么"文学"并不重要,重要的是对民族文化传统的继承和发扬,网络文学在这一点上前景灿烂。《诛仙》所做的努力值得褒扬。

《诛仙》诞生在网络上,它在发布之初还不是一个完整的文本,而是边写边发。这对作者的功力是一大考验。这部作品从 2003 年开始出现在网络上,发表完毕后,先在台湾、2007 年在国内出版社出版纸质本。实践证明,虽然作品尤其是后半部分带有明显的虎头蛇尾、生编硬套等败笔,但作者经受住了网络和网民的考验。而它的毛病是长篇网络文学作品的通病:起笔时没有完整的构思,而是采取写一章谋一章的方法,情节及结构随意性大,而前篇成文且已发表的章节不可能更改,终至留下"百密一疏"的遗憾。

情绪的宣泄还是现实的呈现

——读慕容雪村《成都，今夜请将我遗忘》

  从同行的角度观察，《成都，今夜请将我遗忘》的写作手法，类似于张翎《邮购新娘》或者格非《人面桃花》那类叙述性的写作方式，用故事本身来托起文本的价值。对人与人间情状的冲突，没有陟罚臧否的评说。如果说这本书是网络文学，我更愿意把本书看成是传统文学在网络时代的延伸。因为它那种类似于王小波口水化俏皮机警的叙述，作为传统小说固有的逻辑性命运感生活化等等元素一样不缺。

  故事是把一个70后在成都的生活汤汤水水原汁原味地呈现出来。故事发生之时，时值改革开放二十年，社会发生着剧烈的转型，父辈的价值观已经支离破碎，新的价值观尚未成型，面对裂变，一群70后的生存困惑可想而知。正是这种情况下，那种无奈颓废消极沉沦的人生状态显得更加真实乃至震撼。使同为70后乃至80后的人们感同身受。加之莫容雪村伤感唯美的文笔，更使作品增添了攫获人心的力量。

  喜欢一部作品，读过之后，都有了解作者真身的愿望。慕容雪村本人说，他自己在现实中就像小说里的董胖子而非陈重，是个讲职业道德、处世圆滑的高层管理人员，是个披着乐观外衣的悲观主义者。作者刻意低调，但言谈中带出的所有音符背后有一种挥之不去的情绪——绝望。绝望，在《成都，今夜请将我遗忘》里无处不在地弥漫着，莫容雪村的绝望，乃至于以绝望结尾，我甚至怀疑他的童年生活并不快乐，绝望是童年的阴影在小说中的折射。

他以全然绝望的态度看待所有的一切，生活、爱情、人生，虽然偏激，但他依然坚信不移。他甚至相信，所有感情都是被利益驱动的，包括道德。把人生所有的东西在利益的刀刃上滚过，这在绝情中显得过于悲哀，但你又不得不承认，人生现实确实如此。陈重们的人生是对现实的规范和庸常的挑战，也是自恋自负的随意，因而，在这个暧昧而有活力的城市夜幕中，二十八岁那年，"我是一只身不由己的木偶，在灯光明灭的舞台上时笑时哭，当每一种伪装表情，都深深刻上我的破败的脸，我终于发现，观众席早已空无一个人，曲终了"，表述到这里，可以把它看成是小说的肚脐眼。作为当时三十不到的年轻人，莫容雪村如此说、如此写，我有理由相信，他已经在短短的人生里经历了长长的伤痛。

这让我想起古雅典的伟大悲剧家埃斯库罗斯、索福克勒斯和欧里庇得斯等人，他们认为命运是冷酷无情的，驱使着悲剧性事件不可逃避地发生，希腊悲剧中的命运，预言了人类秩序中颓败的一面。拥有悲剧意识的作家，即使不会成为优秀的作家，但也绝不是平庸的作家。

把本书的镜头拉深，一百年后看《成都，今夜请将我遗忘》，应该有它的史料意义和文本价值。这个小说以感人的悲剧故事和深刻地剖析世态出现在读者面前，小说中描绘的同学情谊，对大学生活流露出一种淡淡的哀愁，同时，又把小人物的挣扎、生活中的种种不堪描写得淋漓尽致，塑造的市民生活的环境和其他角色比较贴近我们，也构筑了使人猎奇的成分。《成都，今夜请将我遗忘》是一部较为出众的网络小说，在传统纸媒文学和网络文学勃兴的隘口上，打破了类似于《金光大道》那样一元的价值标准，它之所以受到如此关注，最大原因莫过于出现及时，在网络文学新兴时，应运而生，生逢其时。书和人一样，也有宿命，《成都，今夜请将我遗忘》一出来就受到关注热捧，这是本书的幸运，作者的幸运。

  很早就知道成都是一个生活化的城市，这里不但有我熟悉的朋友，更有我敬仰的朋友。一本书和一个城市互相映衬，从而使成都在公众的口中更趋活跃。从个人私心上说，因为这本书，我对成都更喜欢了一层。如果从炒作的层面上来说，正是因为这本书，"成都"这个城市一度成为网络社会的一个热门话题，用沈宏非的话来说，就是"成都正被我周围的人越来越多地提起"，成都，俨然已成为某种网络文化的符号。

富于人情和人性的价值选择

——读出水小葱水上飘《原始动力》

网络真是海，表现在文学上，出现了以科技为背景，结合文学的想象力，来塑造故事情节的小说样本。《原始动力》就是如此。用"网络战争"来展开故事情节，从雪风身上，我们看到掌握了现代计算机技术的一代青年人的机智锐气，故事情节腻歪刺激悬念跌出，给人予很强的阅读欲望。

看得出，作者出水小葱水上飘在雪风身上寄予了很大的个人想象。雪风作为一个低调的超级黑客，隐身于市井之中，扛着网游代理的伪装，秘密地与中外顶尖黑客作战，打着捍卫网络世界和平的旗号，成为了黑客中的传说哥！雪风聪明、帅气、还不修边幅，不趋炎附势，坚持原则底线，通过网络技术手段赢得多金，这类人物总是不缺红颜缠绕，哇瑟，这年头银子和红颜可是两大紧缺物资，看得我分外眼红。如果真碰到雪风之类人，我第一就是要举报他外挂的糗事，嫉妒啊，简直嫉妒得牙根发痒。

《原始动力》最让我感触的一点，是结尾雪风的命运。被动卷入各种事件的雪风，终于在最后时刻，化被动为主动，完美地消失，这在情节设计上有些小小的出人意料，但还是在情理之中，这样雪风在最大程度上把未来掌握在了自己的手上。中国人喜欢圆满，从雪风的结局处理上，体现了作者传统的一面。不难看出，作者在现实世界无法实现的梦想，在雪风身上达到了最臻完美的体现。作者写作本书，也是完成实现自己梦想的过程。

《原始动力》中有很多值得推敲的细节，巧合多，可以看出作者人生阅历和某些地方为写小说的准备工作做得很不充分，有些流露出来的痕迹有纯粹为小说而小说的嫌疑。譬如军营中的生活，大企业的运作，软件行业的相关细节等等。作为黑客高手的雪风很有天才，到底怎么有天才，作者只是概念化展示，缺少对丰满细节以及内心思考的具体刻画。这使雪风无形中空泛化了。他的感情生活也是充满了矛盾，缺少现实处理的常识。不过看作者访谈，得知作者的青春痘正处于旺盛的油菜花时期，作者处理情感生活勉为其难，也情有可原。

人类发展到今天，出现了计算机技术，使人类的面貌产生了质的飞跃。任何东西的出现，都是一把双刃剑，对于网络黑客，作者出水小葱水上漂有自己的思考："一个黑客，或者是一群黑客，他们在未来信息战争所能扮演一个什么样的角色？一项新技术的出现，它带给互联网的是灾难，还是再次腾飞的动力？在互联网发展到了瓶颈的时候，它的出路在哪里？不过宏观的东西还是要具体的人来实现的。"在雪风身上，我们看到了作者的答案。虽然稍嫌单薄，这个世界是复杂的，充满了偶然性，但是作者敢于运用近百万字预测计算机行业的发展方向，魄力还是令人敬佩，在一些基本价值的选择上，作者的立场也是富于人情和人性的，这增加了作品的意义和价值。

"你是方丈吗？"，这是一种唤作"方丈"的电脑BD，被感染的机器就会弹出一个对话框，BD会要求使用电脑的人回答这个问题。这也和小说开篇时雪风的开机暗语相谋合。整个故事，丝和丝、线和线、点和点、面和面之间，环环相扣，丝丝契合，临场感非常强，由此可以感觉到，作者的才气非常高。

从青年作家身上，一方面我们看到创造力的爆发，他们身上的写作潜能有无穷的增长点；一方面也囿于他们自身经验和文学实践的不足，文学积累的不够，仅仅凭借自身的才气写作，如果没有文学积累的补充，才气是会消耗完的。

看得出，作者是专业人士，对计算机黑客技术，非常精通。退一步，我们把《原始动力》当作计算机普及读物，也是饶有趣味的。作者在文学的时候，顺便还为我们普及了一回计算机知识，之于读者，这是意外之喜。每样东西都有它另外一面，这也算是《原始动力》的副产品吧。对，是副产品，不是副作用，你可千万别因为看了《原始动力》学到了网络技术，去干坏事，那是要被外婆打屁股滴！

旧瓶新酒的 IT 浮世绘

——读范含《电子生涯》

当读到范含被雷劈了以后，我曾经小小地停顿了一下，猜想范含会不会被劈到什么渔船上，被好心的打渔父女救了，然后入赘渔家，过樵夫渔父的生活。坏坏地说，用雷劈作穿越的引子，有点浆糊，创意一般般。《电子生涯》的细节也有值得推敲和商榷的地方：一场雷阵雨把范含通过时间通道劈回了 1966 年的美国，如果这个细节勉强可以用科幻来解释的话，范含因为雷劈竟然把无以计数的光盘和软件程序都劈进了脑子里，用好话说，这是信手拈来，任意为之；用损一点的话说，这就无异于痴人说梦了。

如果按我的思路范含沦为渔父，那是武侠的套路了，事实上这是一本 IT 文学。不过聪明如你，从《电子生涯》书名上就能辨出书味。确实，本书 IT 术语频率之高、之多，你最好先进修一下，然后读起来会更入味。不过像尔等懒人也有懒办法，那就是袋鼠式阅读，把那类七晕八素的东西蹭、蹭、蹭跳掉，虽然这样不流畅，缺乏阅读的连贯性，但至少避免了你的头晕脑胀。反正阅读的第一目的就是趣，当然紧随其后的是思和智，但读书前提是要读得下去。

什么样的社会环境出什么样的作品，商业环境下，作品首先要抓人，忽悠住你的眼球，然而才会网站跟你签约，书商跑来敲门。所以《电子生涯》也延续了商业环境下写作的一贯套路，

让主角很快进入状态，或者说，让读者尽快兴奋起来，见猎心喜，挖掘阅读的欲望，尽快投入到故事中去，产生对故事本身的切入感。殊不知，这是作者在向读者派发伟哥。当读到范含在FBI和CIA的双重压迫下狂抄《巴比伦塔》，成为"著名作家"时，大概都会感到心潮起伏，我想大家只有一个心愿，那就是恨不得丫的快快更新，这个时候，好的开始，已经是成功的一半，作者在键盘前，能隐隐闻得到书商的脚步声了。大本领小本领，骗得到书商上门，那是真本领。

不过，一开始抓人眼球，一不一定是好事，接下来逼得你不能辜负读者。但伟哥只能激起一时的兴奋，如果要长久，这就要检验作者的内功了。如果内功不行，只能耍花招，那就完蛋。会淹没在人民群众的口水大海之中。如果自觉江郎才尽了，晚上听到敲门声，千万别给陌生人开门，说不定笑脸背后就是剪刀。《电子生涯》介于两者之间。虽然名义上以科幻开场，但不是一般的科幻小说，只不过在IT这个领域，把时间空间程序错换了一下，把当下的IT成果置换到了1966年。虽然范含预知时代的脚步，但他还是努力顺着时间的推进慢慢前行，这样的推进方式有助于我们反思IT行业的发展，也有一定的叙述吸引力，但在行文方面，如范含跟三位调查人员的关系、跟华裔女孩蓝蓝的关系等等，某些地方虎头蛇尾，语言幽默诙谐，但也减弱了叙事的可信度，影响了文本的深度和力度。

《电子生涯》表现出网络文学很突出的才气和想象力以及新知识，由此显现出文学新的生命力和创造力，这都是传统文学所无法比拟的。作者范含是IT精英，《电子生涯》明显不同于一般的科幻小说，不是单凭想象力可

以孵出来，包含很多 2004 年软件行业的新东东。不过因为是从 1966 年写起，只能从房子般大的 PDP-11、8086、汇编开始，范含对各种软件技术的尝试显露出他对技术的狂热，这样的人在周围虽然也不乏其人，可是能够有他那样的文笔、架构能力、文史知识，则算是骨灰级人物了。

《电子生涯》的文字比较洒脱，好的文字，也是玩出来的，这点比较符合我口味。另一方面，人都吃五谷杂粮，都有类似的嗜好和欲望，能夺人眼球的文字，拳头和枕头是免不了的。只是书里的拳头替换成了 IT 技术。在这本书的风格中，围绕情色转圈恶搞的也不少，从 WINDY、易经咸卦，前几章还显示范含"阅人无数"，隐隐堪比韦小宝，可惜女主角一出，范含同志就沦落为"金枪倒"广告的配角了。不过看得出，范含同学还是比较正统，属于好男人范畴。我这样说，可没有拿范含同学的红包，老天爷作证啊。

如何与明朝对视

——读月关《回到明朝当王爷》

读《回到明朝当王爷》，有一种感觉，像是在柳荫底下听说书先生摆龙门阵，抑或西方的贵族沙龙中，贵妇人们围着炉火，落魄的小说家在给她们讲故事，一节一节，一章一章，故事似乎没有尽头，但却每一节每一章都非常吊众人胃口。

编故事编得如此缜密，每一节都能留出不大不小的包袱，让人欲罢不能，使我重温了当年钻在被子底下打手电筒阅读的那种感觉。《回到明朝当王爷》作为网络小说，其故事性、完整性和精微性，在网络中也是不多见的。作者用长达三百万字来讲述一个穿越故事，必定有某种动力，或者说是某种精神支撑着他。

如果单单讲穿越，郑少鹏穿越到明朝成了杨凌，噱头并不大。开篇读时，我注意到作者对形制、器物、礼仪的熟悉程度，那不是一般的牛逼，肯定是作了一番精心研究和准备。同时啊，小说中涉及的年表、事件、人物，明朝的社会、经济、政治、农业、地理、科技等史料作者大多经过查证，所以，作者月关写这个小说，很花了一番功夫。相比于其他天马行空的网络小说，我对月关的认真劲肃然起敬。《回到明朝当王爷》虽然贴的是穿越小说的标签，但从这点上看，作者月关还是比较严谨和传统的，有别于其他的戏说或者恶搞小说。

网络小说的特征，是传统小说和现代新兴小说的分水岭，在故事架构和叙述语言中挥洒自如随心所欲，是所有受欢迎的网络小说的共性。现在回过头看姚雪垠的《李自成》，老辈作家那种战战兢兢，在史料堆里打滚，坚持某种正统文学观，不敢越雷池半步的情状，真替他们急得头发倒竖。《回到明朝当王爷》则写得机智轻松诙谐，把史料变成了八五砖九五砖，可以随意切割和堆砌。月关不是一般的工匠，史料在他的手底，可以随意消解、瓦解、解构和戏仿，历史不再沉重，历史人物的面目，可以任意变脸。小学的时候老师问我们长大了的理想是什么，我报了个"李四光那样的科学家"，如果早知道历史可以如此解构，打死我我也一定要说长大了的理想是做月关这样的小说家。

成熟写作，是理想的产物。《回到明朝当王爷》并不因表述的天马行空而削弱了对历史的思考。正德的率性天真、杨凌因为穿越而具备的历史优势下料敌先机的机智、弥勒教主李福达的阴险狡诈、刘大棒锤的粗悍凡此等等，作者笔下人物众多，但作者有效地通过人物对话和心理描写，成功地为我们刻画出了各不相同的人物形象。还有宦官刘瑾在权力不断膨胀过程中欲望的转变。逛妓院、扮戏子、爬墙头、罚朝臣、宠宦官，这一系列精彩的情景描写，表现出年轻人共有的渴望自由和率真的天性造就了风流嬉戏荒诞不经的正德皇帝的这种行事作风。三宝太监郑和之后的大明海军已经风光不再，明朝政治经济改革的阻力背景，宁王造反的过程，有的是人性的客观造成，有的是宫廷政治斗争的必然，有的是封建儒家思想的禁锢，作者都给出了特定历史环境的因果分析。

有很多人看过之后，把《回到明朝当王爷》跟金大侠《鹿鼎记》相比较。确实两部书之间的共通点是都比较尊重历史。作者在书中夹杂着冷静客观的历史分析，又在复杂而真实的历史背景下加以诡异离奇的编排，这种在写作中体现出的个人化经验的传达，对重新架构历史的探索和实践，《回到明朝当王爷》有其成功之处，由此也可看出，作者的写作也日趋成熟。

尤其是在塑造众多美女的特征的手法上更显成功：幼娘的真诚、成绮韵的心机、马怜儿的敢作敢当、永福的矜持、永淳的热心、小天师的憨直、唐一仙的纯真、阿德妮的独立和要强，一个个呼之欲出，令人同情，让人牵挂，惹人怜爱，难得让为数众多的美女们各具特点绝不相混，美女就像棋盘上布的"眼"，在点亮读者眼球的同时，也点亮了作品本身。但是我以为，写作技巧的成熟，只是成熟作家的标志之一。作家对素材的选择处理和把握，显现了一个作家的艺术眼光和艺术能力，从成熟写作到成熟作家的华丽转身，还有很长的路要走。

中国经历了漫长的封建统治，思想表达极不自由，五四新文化运动打破八股文的垄断到今天也只不过百年，平时，我们在交往言谈中，不凡幽默睿智的人，但表现在书面上，不得不板着脸作一本正经状，网络的普及，带来了自由表达的清新空气，《回到明朝当王爷》正得益于此。

山寨《隋唐》之形，家国理想之质

——读酒徒历史小说《家园》

读《家园》，第一道感受是网络文学五彩缤纷，《家园》属于其中亮丽的一道彩虹；第二道感受，其结构故事，完全是现代版的《隋唐演义》。其中李旭从平民到贵族的过程，又有中国版《三个火枪手》的味道。看酒徒YY的结尾，说《三个火枪手》，莫如说另一个翻译名《侠隐记》来得妥切。这个结尾，完全是范蠡帮助勾践打败阖闾后功成身退大圆满结局。在国人的传统思维里，是被人普遍认可和接受的。

《家园》迥异与《隋唐》的地方，就是酒徒借古代的酒，浇现代人的块垒。我们这群六零后乃至八零后，属于生于传统长于变革的一代。当《家园》进入第三卷之后，其中那些官场与商场、兄弟与友情、爱情与亲情、沉沦与反抗、理想与现实、责任与背叛等等的冲突和矛盾逐渐凸显出来，在慢慢阅读的过程中，让人时不时地感动一把、唏嘘一把。作者酒徒在写了《明》《指南录》等以后，对故事的谋篇布局日益老练。

小说是YY，就是把你对现实世界的不满意，重新塑造一个你认为的世界。作者在开篇就说"我想，五千年浩瀚历史中，重重天威下，总有一两个男人站着吧"。这句话，带有明显的个人理想色彩。《家园》既是一部历史人物小说，又是一部小人物奋斗史。小说主人公李旭从平民到政治局委员的奋斗历程。从李旭身上，作者寄托了自己"天生我材必有用"的豪情。通过个人奋斗，展现了在天地之间施展抱负的大丈夫形象。作者把对现实思考的痛苦用写小说的方法来疗伤。

大多数网络作家都以暧昧来吸引眼球，酒徒这个《家园》这方面没有过多渲染，仅有旭子和石女，也就是被网友戏称的童子鸡被问题少女吃掉的情节。从作家在李旭这个人物化的力气来看，酒徒是一个理想化的人。李旭是英雄，但李旭没有阴谋诡计厚黑无耻的一面，从这里也略可窥出，作者正统的一面，属于正人君子，有底线，不会使阴招。估计作者酒徒刚交女朋友的时候，脸红得连女朋友小手都不敢拉一下。其实从《杜拉拉升职记》看，一个职场尚且地雷阵密布，遑论要成就改天换地的大事业了。小说还有一个一以贯之正点的地方，那就是对官军的"正"，正面描绘，在描绘战争杀戮的同时，作者强调了乱匪的残暴却不深究匪从何来，对受压迫民众缺乏一种历史的立场和情怀。

从结构上说，整个小说一气呵成，贯穿小说的气息分布均匀，一忽儿拖沓，一忽儿跳跃的地方很少，形成一套自己独有的叙述风格和话语空间。作者描写古代战争的场景比较多。对古代战争情状的形态把握得非常到位，也非常出色。稍嫌难受的是，如果穿越到那个战争场景中参与战争，感受到的血腥气太浓了。在对历史的熟悉程度上，使我想到另一本小说，《回到明朝当王爷》，从对古道官衔、社会、形制、礼仪、器物等等的熟悉和运用来看，两人都做过深入的研究，在写作运用上，各有擅长，为对此一窍不通的我们，详尽地补了一课。我想，如果哪个剧组筹拍古装戏，请两位做艺术指导或现场监制，那一定是个不错的主意。

思想性是一部作品的灵魂，或者说理想色彩是构筑一部作品厚实度得要件。没有了这个要件，就像一个美女虽然穿了曼妙的衣裳，但眼神空洞涣散迷离，整个人就失却了精神的风韵，风姿会大打折扣。酒徒在《家园》中，同样注入了某种精神元素。有对民族国家以及皇权的思考，喻含了皇权和人民的关系，个人在历史进程中的个人沉浮，民族的强盛，也有对权力的拷问和作者自己的认识和态度，很明显，作者对理想和现实的关系看得比较清楚，也寄予了一些理想化的色彩。无论是对历史上的英雄也好，还是对劳苦大众也罢，都持比较谨慎的立场。

　　《家园》这部小说，书名平淡，但平淡不等于肤浅，平淡的书名感悟出作者对稳定富庶的渴望，对和平的祈求，毕竟中国历史充斥着战祸和兵燹，个人能在这样的绞肉机中幸免于难的实属幸运。所以，作品看起来没有那么多浮躁，也不浮夸，比较踏实和实际。这是作者对待历史老成的一面。年纪轻的读者可以看个热闹，年龄偏长的读者读的过程中可能偏重内涵，所谓老少咸宜，从这点上说，《家园》已属难能可贵。

当代女性的一面镜子

——评天下归元长篇小说《扶摇皇后》

《扶摇皇后》在网上连载的时候，我就已经读了一部分，书出版以后，我也认真仔细地读了，这一部小说也是比较典型的具有网络特征的一部作品。叫穿越小说，这个里面还有一个概念，它是一个架空历史的，没有历史原型，创造了一个所谓的五洲大陆的概念。当然这个概念也有文化来源，它的文化来源可能就是我们春秋五霸，后来变成战国七雄，就是一根主线，孟扶摇的穿越，一直到最后在五洲大陆和七国的君王、王室之间，可以讲是哀怨恩仇都包含其中，七国就是一个旁支，因为孟扶摇和七国的皇室都发生了不同程度的关系，七国的皇室里面英俊的少年都和她有一定感情上的纠葛。

这部作品我觉得如果从理论上总结的话，应该有几点特点：

第一，它是一部具有传奇性的女性奋斗史，和当下的都市女青年的内在的心理情结还是有关联的，当下的女青年都有奋斗史，都希望能够释放自我能量的机会。孟扶摇从她个人的经历来讲，她青少年时代是非常贫寒的家庭，也符合了我们当代的女性成长的路数，主要是她母亲得了重病，血透，她学的是考古学，恐怕她对文物是比较了解的，然后她为了母亲治病，就走上这条道路，这个里面好多细节，我觉得从整体上来讲，可能是碎片化的价值，比如盗墓的时候，就会出现这样的情况，好东西能拿走都拿走，但是她要求她的手下，不能拿走的东西一定要保护，她还是有一些基本的所谓的道德评判，可能也符合当代人的价值判断，就是说我肯定要取我的东西。但是如果在这个前提之下，我不做其他有害于人的事情。

第二，童话色彩和女性历史很强烈。因为情感线路的发展，似乎是和男性之间，她没有更多的明确的表白，可能她也会喜欢其中某一个人，她始终是在这里摇摆。因此，女性意识我认为跟当代生活也有对接，她可能处在一个不确定的人生状态当中。因此在这一点上，她还是有她所谓的当代性，就是所谓现在的碎片化的人文价值。因为我们现在看，通过网络了解一些当代青年的生活，没有一种方式是唯一正确的，就是有好多种方式构成我们的人生。

第三，叙事的夸张和语言的情绪化，这部作品还是有其特点。虽然说穿越到，算是上古时代，她打通了基本的人文价值，包括她在处理个人感情的时候也是这样。

第四，塑造人物的不拘一格，里面的人物有十几号，个性都是很鲜明的。另外一个，这个里面的人物，我认为是矛盾的，一方面价值判断不是很明确，但是又显示出一种包容的、豁达的，现代性的东西在里面，就是这个人物可能不能给他完全的定性，她的身上的优点和缺点都通过她的行为自身流露出来。

第五，细节上的真实性与整体上的颠覆。从叙事上，与传统文学所处的道路是不一样的，通过虚拟世界，用人文自然，抒写当代人的思想理念，建立了庞大空间的构架，比如五洲大陆是她完全虚拟的场景，因此充分地给作家在表达人物的个性特征，表达男性与女性之间，男性与男性之间，处在一种危机状态的，小说始终处于危机状态。这也是网络连载小说重要的特征，一万字之内，必然要出现新的危机，每一到两章都要出现危机，这样可能会引导读者不断地看下去，这样的写法在传统文学当中是少见的，可能是作者故意的，有目的的去设置这样的悬念。

下面谈几个问题，问题我认为是网络小说，尤其是穿越小说共同存在的。

第一，也是最重要的一点，人物性格的发展与变化缺少一定的合理性，孟扶摇从穿越到五洲大陆以后，经历了一个过程以后，可能到了，应该说人到中年了，这个人物整个的性格的变化与发展，缺少足够的铺垫，全是虚化的变化。

第二，在人物关系上，也存在一种表象化，处理得比较表象，没有深刻的原因，就是说对这个人的爱与恨，包括他们之间的关系，还是处理得比较表象化，没有足够的东西来支撑它。

第三，记叙上还存在一些问题，我认为主要是两个：一个就是说建立了比较庞大的空间概念，但是缺乏时间概念。当然你可以不需要按照我们常规的文学叙事，多长时间，一年一年地过，不一定要这样。但是时间概念还是要给我们，只有在时间概念当中，我们才能看到这个人物的发展的轨迹，这个时间概念是模糊的。另外还有一个也是平面化的，七国之间的关系处理得比较平面化，没有立体化地体现，虚拟的七个国家之间争霸的关系，它一定有文化的或者是地缘的关系，可能作者在这方面缺少一定的功力，表面上是平面化的，没有让我们感觉到，比如说是战争之间的必然性、王权争霸之间的必然性。孟扶摇可以讲，她跟七国的关系都是很微妙的，因为她是一个当代人穿越过去的，她和七国的皇室之间建立了一种关系以后，又缺少一种，比如说作家本身没有给她设定这个人物在穿越之前她的前世，比如跟某一个国家有什么特殊关系，是没有的，七国的关系是平衡的，平均的，当然里面有几个特殊重要的人物，也是影响了她的成长，这几个人物可能塑造得还是比较丰满一点，相对来说，其他几个君王的塑造就有一点含糊了，不是很明确。因此也导致了整个作品具有平面化的，设计当中还是缺少回味，在这个问题上，和读者交流的空间就很少了。因此我觉得天下归元在下一部，创作之前应该多做一些案头的准备工作，哪怕说网络创作的即时性、轰动性，可能会对你的创作产生一定的影响。但是如果说你能在这个方面处得好一点，可能会有更多的粉丝在深入的问题上和你进行讨论，使作品立体化，现在立体化的程度是不够的，平面化的特征是很突出的，这是最大的问题。

宏观看故事　微观看文学

——从无意归《杀梦》解读网络类型小说

当下网络文学的主要诉求是点击率和市场效应，这一点从2003年建立VIP收费阅读模式以来，基本没有实质性的变化，移动互联网（手机阅读）产生之后则变本加厉。当然这不等于网络文学就没有文学追求，从写作者本身来讲，对文学的追求则是终极信念，我所接触的网络作家绝大多数在这方面有自己的认知。也就是说，在挣钱养家糊口的基础上，文学性依然是网络作家的写作梦想，虽然有建树者寥寥，我们却不应草率作出否定的结论。

无意归的作品属于悬念惊悚小说中的灵异类，参加本次研讨的《杀梦》是其代表作品。这类作品自从网络小说产生以来，一直源源不断，早期以短篇为主，像宁财神、瞎子、雷立刚等都因此在网络上获得大量人气。2002年，蔡骏的长篇小说《病毒》《诅咒》等在网络出现，把这个类型推向了高潮。2006年，以天下霸唱的《鬼吹灯》和南派三叔的《盗墓笔记》为标志，网络悬疑惊悚小说出现创作高峰。其实，在中国传统文学中，悬念惊悚这一概念始终存在,《聊斋志异》作为集大成者,对今天的文学写作仍然发挥重要影响,网络文学尤甚。同时,西方灵异故事的理念和表现手法也逐渐融入网络文学当中,为这一类型的发展拓宽了疆域。

从《杀梦》的意旨我们可以看到,无意归的作品融合了东西方悬念惊悚小说的多重理念,既包含鬼怪传说、灵异空间、自然异象等中国化想象,也糅合了心理探寻、梦幻重叠、逻辑推理等西方手法。如果说这还不能算是无意归作品长处的话,那么,在网络悬疑小说作者当中,他的语言能力和细节处理则当为佼佼者。首先是语言的灵动性和创新性。比如在描写惊恐的主人公如何应对别人的讲话,他写到"我飞快的眨了一下眼睛,仿佛那是鼠标在对大脑进行思维刷新",简短的20多个字,包含了很多信息在里面。在叙事过程中,《杀梦》的悬疑性、故事内在的复杂性,通过精致的细节描写得以呈现。比如凶宅里有两户人家儿女失踪,孩子的母亲精神出现问题,搬走后又回来找自己的孩子。那两段描述十分逼真,人物的神态、动作、语言活灵活现。

其次,《杀梦》的故事总体来讲是综合性的,这个综合性是指作者可能在故事写作过程当中有多种诉求,因此给读者留下了比较大的阅读空间。我认为,这可以看作是无意归在主观上,不满足于吸引读者或者在商业化上取得成绩,而是试图努力在文学上有所追求。

其三,《杀梦》的另一个特点是故事的架空,即文本具有鲜明的网络特征。故事完全是作者凭借想象力创造的一个独特的、非现实感的、灵异的空间。那个空间在我们现实生活当中是不存在的,但是它又让人感觉到,故事中人物的心理状态,在我们的现实生活当中,时不时会闪现出来。虽然我们现实当中没有整体性的和这个故事相同的地方,但是一星半点的东西,存在于我们的记忆之中。作者充分运用虚拟空间的假定性,表现了现代社会人与人之间既有相互猜疑的部分,也有相互安慰、需求的部分,人精神上的软弱与意志上的坚强相互依存。

如果把《杀梦》放在当代文学的大环境中去解读，作为类型文学它并没有偏离文学的本质。尽管采用了虚拟手法，它关注的仍然是人的精神境遇和对生存真相的探求。换句话说，只要是文学，不管是不是类型化写作，最终都必须面对一个实际问题，就是境界的问题，文学的灵魂问题。一个作者能否站在一定高度对眼中的世相进行"提纯"，对自己的经验进行"扬弃"，对受众的喜好进行"辨析"，直接关乎作品境界的高低，说苛刻一点，文学灵魂的苍白，必将导致作品生命的速朽。通过大量阅读可以得出结论，网络写作在这方面普遍存在缺失。我个人认为，除了综合能力尚欠火候之外，网络文学在主观上"迎合"读者和追赶更新速度，是丧失这一立场的直接因素。

其实，我们熟悉的大众文学，并非出自大众，而是出自专业作家之手，具有大众身份的业余作者的创作，往往不能够成为大众读物。有史以来，大众写作并不少见，但被大众广泛阅读，却是很难实现的事情。如果仔细想一下，我们就会发现，历史上大众写作的实际意义只存在于写作者自身。而今天的网络文学，为大众写作赋予了崭新的意义，它的重要价值在于实现了大众文学与大众写作这两个概念的重合。网络上的（大众）文学是大众写作的产物，并被大众广泛传播和阅读。试想，由亿万读者与百万作者共同构成的"网络文学"，是何等壮观的历史场景！无论是在中国、在世界其他国家的历史上，还是在当今高度文明、高度发达的国家，这一浩浩荡荡的现状均无法复制。

21世纪的今天，世界已经发生深刻变化，它到底改变了人身上的哪些东西？是永久性的、不可逆转的改变，还是暂时性的影响？哪些东西是这个时代作为现象投射在我们身上的？哪些东西已经融入我们的身体和灵魂？作为世界变化过程中的一种文化实验，网络文学以其真实面貌的呈现在世人面前。面对这个形式大于内容的全新世界，所有人都悄然蜕变为"未成年"，作家也不例外。在这样的境遇中，启蒙将成为伟大的使命，这个使命之所以伟大，是因为它近乎不可能完成，却有人在不断努力。这就是我们的生活现场，"精神"供需产生尖锐矛盾使得每一个创造者无所适从，却又无比兴奋。当你不能教授规则的时候，就应该允许别人去寻找新的规则。可以说，网络文学正是这样的环境下派生出来的一种脱离规则的写作。

回到主题上，我觉得《杀梦》体现了网络类型小说的基本特征：在宏观上看到的是故事，而在微观上才能看到文学。也可以简述为"大故事、小文学"。我认为，好的类型小说应该达到这样的效果：如果你把它当故事读的时候，你会发现它里面有文学性；如果你把它当文学读的时候，你发现它里面是有故事的。《杀梦》当然存在很多不足的地方，比如说，灵异被过度强化了，小说陷入了一个狭窄的通道，虚与实之间的互动不够，虚拟的场景与现实场景之间缺少应有的交叉。人物之间的紧张关系，也缺乏一定的逻辑性。这就引发了我的思考，网络类型文学何如对接虚拟与现实的关系？我觉得作者必须有这样的思考，然后进行文本试验，如果这种思考成为写作习惯，就会在创作上形成积淀，反之，长期凭自己的所谓感觉去写，很容易走入死胡同。很多专业读者为什么会有"网络小说读不下去"的感受？就是因为文本里没有积淀，没有加入本人的思考，仅仅停留在想象力华美上，这显然是不够的。类型化作家还有一个建立自己知识谱系的问题，功课要做扎实、做严谨，自然就会产生大格局、大事业，惟如此才有可能超越类型的束缚，以达到更高的艺术境界。

一盘精妙的杂烩

——读蘑菇悬疑小说《凤凰面具》

《凤凰面具》的第一感觉,就是杂烩,黑道是主菜,都市、武侠、言情算配菜,这盘菜经作者蘑菇一炒,不同凡响地巧妙而完满。《凤凰面具》在世情和玄幻之间扑朔迷离,多重手法并用,拓展了读者的想象空间。作者蘑菇知识面很杂,讲故事的才能,显然是一流的。

故事里的主人公祝童,是个混迹江湖的职业骗子,七品祝门最现代的弟子,流连花丛不染尘的花花公子,把行骗江湖当成精细的生意。遇到美丽的叶儿后,小骗子祝童的生活轨迹渐渐变化,江湖与现实之间的矛盾一直纠缠着他,在物欲横流的大上海,祝童还是模糊在江湖与现实之间,慢慢走进一桩巨大骗局的核心。叶儿和秦渺与祝童之间的纠葛最终揭晓后,祝童跳出江湖道,找到了真正属于自己的天地。整个故事悬念迭出,但故事走向偏于理想化,正像祝童在社会中的正经名字"李想"一样,作者虽然写的是黑道,但血腥诡诈厚黑等等,写得适可而止。当作者在尽力感知外物时,自始至终在流露自己的观念。

"一品金佛，二品道宗，三品蓝石，四品红火，五品清洋，六品梅苑，七品祝门，八品兰花"，构成一个玄妙的江湖。作者蘑菇营造的江湖少了凶残和冷酷，变得有人情味得多。作者的主观色彩很浓，似乎祝童无所不能，行走黑道，有出淤泥而不染的感觉，而我们都知道，在现实中是不可能的。人是按照自己的情感和观念行事的，写作同样如此。写作是作者个人对现实的认识和对理想的寄托。如果按五颗星的娱乐标准，蘑菇的祝童故事色彩性给四颗星，人性灵魂性只能给一颗星。

我读多了网络小说，一直在思考一个问题。就是网络小说，固然需要精彩的故事吸引眼球，但是，在故事之外，是否可以承载更多的人性重量。那种人性的厚度，爱情的深度，人与自然的关系，人类活动中社会性的挖掘，诸如此类深刻的批判的东西。诚然，这些东西在传统作家身上不乏其例，但在网络的新新作家身上，似乎很欠缺。当然，我这样说，有要求过高的嫌疑，因为网络诞生不过十年多一点，网络写作有其本身的特性。网络写作还在成长过程中，这批新新作家也在成长过程中，随着他们年龄的增长，社会阅历的加深加厚，我相信，我们一定会看到传统作家的优秀秉质和新新作家的文学天赋相结合的优秀成熟作品出来。但是，一个作家是否应该具备一些担当，主动承担其对人的复杂性的探索和对审美的追求这些义务。譬如《凤凰面具》，在精彩故事的基础上，还能不能探索深刻的东西，爱情的力度？名利的虚实？人性的嬗变？社会的批判？这些问题，小说如若能深入下去，我认为比单纯的故事，就更有价值和意义了。

如果以上所说是作者尚未意识到的，那么作者是否有必要在以后的写作实践中来多思考多深入，更多地从生活环境中汲取写作的养分。一个外在的环境，对什么样的人，就会产生什么样的思索，这是个体的差异性造成的。我们所思索的是一个共同的知觉世界，它会毫无保留地应用到只属于个人的个体经验之上。作者对现实理解的层次，也是作者人生观和价值观的层次。如果说是网络更新的要求不允许作者作更多的深入思考，我在想纯粹吸引眼球的浮躁写作最终会不会使网络文学停步不前。当然，网络写作只不过是社会大环境的一个侧面，在浮躁的社会里，还有这么多的写作者在坚守文学这块阵地，已经非常不容易了。

好在我们已经看到了曙光，新新作家们的这类写法，打破了传统文学的框框。《凤凰面具》这类小说，表现出荒诞中的真实，和西方寓言性质的荒诞不一样的是，这类荒诞，立足现实，能用现实的评判尺度来对待人物，更贴近读者更有亲切感。穿越的荒诞、玄幻的荒诞、黑色的荒诞，如此多线化的写作方式，只有在网络中才不会被扼杀。比较各类网络写作方式，有一个集中点，就是对传统写作有承继有否定，在承继和否定的摇摆中，隐隐出现了开拓性的文本样式。但用我心急的脾气来看，还嫌单调和单薄，创新力度不够，多样性不够，"一花独放不是春，万紫千红春满园"，网络文学，只有多样性多元性创新性并举，才会出现网络文学的春天。

天生我才没有用

——阿越《新宋》读后

读《新宋》，让我回忆起不久前刚读完的胡星斗《中国传统文化的偏头痛》，一个共同的感受，就是身为文化人的抱负。《新宋》鲜明的特色，是提出了需要改造社会的主张。主人公石越创办白水潭书院，西京杂报，建立动物园，发展航海贸易，改进印刷术、生产标准化、研制火炮手榴弹，做得不亦乐乎。目的是希望从上层建筑入手，进行不流血改革。这是一种的改良主义主张。《新宋》其实是一部文人小说，作者写的主角，乃是中国传统类型的知识分子。

许多年前因为喜欢林彪这个怪才，曾经梦想着有一天也能指挥千军万马，和他一样当元帅。后来跨入社会头破血流之后才懂得，成为历史人物要有特别的机运，不是读几本书能摆平问题的。每一个读了几本书的秀才，无一例外想着要"齐修平"。好像有句话说"人不自负枉少年"。我想，《新宋》作者阿越也不例外，不过他比我明白得早和透彻，不然会是倒过来变成我写《新宋》轮到阿越帮我写《新宋》评论了。阿越是读书郎中的聪明人。知道天生我才没有用，自己的理想在现实里难于施展，只好借助小说一展抱负。

小说开头的北宋熙宁二年，在王安石想锐意变革的时候，我们看到了三大势力的争斗：以司马光实为首的旧党，以王安石为首的新党，以石子明（石越）为首的石党。北宋的杰出之士因为变法而展开了明争暗斗。然而政治是绞肉机，在承平年代，中国政治历来是平衡术，任何改革只要革到当权者头上，涉及利益的重新分配，改革者都有翻船的风险。

阿越因为对宋史熟稔，宏观背景铺陈得很开阔，读着那种激荡人心的场面感无时不刻感染着我。当石越进入政权中央内部权利的最高峰时，党羽的培植，新旧的对峙，皇帝的猜忌等等林林总总相互交缠，高潮迭起。阿越知识面广，历史、人文，尤其对宋代社会生活方方面面颇有研究，使作品颇具知识性，而且和其他完全靠想象和虚构结构的同类作品比较，《新宋》给人以不可类比的真实感。小说很耐读。因为作者的学识素养，可以说史料丰富裁剪得当运用得游刃有余。

《新宋》作者阿越说是宋史没考好，跟自己拗气，把考场的挫折化为对《新宋》小说的具象写作当中。在对小说的刻画和描述中，在网络世界里纵横驰骋，也是才能的另一种收获。因为对宋史研究得透，《新宋》写的血肉丰满细节弓张，读来不得不佩服作者对史实的把握和运用。但是，作者文笔滞涩，有点拘泥于史实的方巾气。少了大开大合的灵动和挥洒，作者的语言素养和讲述的能力明显稍逊一筹，这就使作品语言不精炼，多叙述，少诗意，不含蓄，缺少适可而止的回味。

任何文章，都掺杂了作者的主观性意志。《新宋》也不例外。阿越一扪心思写石越，把自己对世事的理想倾注在石越身上，突出了石越进取开拓的一面，忽略了石越作为一个人，生活中儿女情长的一面。作者对石越施展才华的一面抖露的比较多，而写石越儿女情长呀、个人性情呀，等等另一方面的描述较少，在小说中，把一个人物修饰得丰满，正笔固然重要，闲笔也不可或缺。闲笔的运用，是作者情趣的流露。年轻作家们写作中的一个最大的弱点，他们过多的依赖于自己的情绪和感触去进行创作。

　　写文章，不比袁隆平弄那个水稻简单。写出思想性、趣味性乃至有人性深度的小说，绝对可以和老袁平起平坐。孔夫子的仁义道德有个副作用，就是使得中国文人长期以来心灵遭受的压迫或麻木，自觉不自觉地经常板着个脸孔作一本正经状。什么时候能不再苦逼着脸一展笑脸，放松心灵，作品的质地自然会鹞身一变。任何作品，都有作者自己的气质和性情投射其间。读过端木赐香的《中国传统文化的陷阱》，那种无处不在的诙谐幽默趣味和睿智，就是闲笔运用得当的典范。文才和文采双栖双飞，这样的笔力，再加上一定的思想深度，绝对可以使文章或小说锦上添花。不懂得运用闲笔，客观上使自己的写作更加单一，更多展现的是一种对生活或者生命一厢情愿的直觉，在浅层次阶段原地踏步，从而影响了小说的力度和深度。

【第四辑】
网络文本解读（二）

揭示人性深处的光明

——读纳兰容若《太虚幻境》

"太虚幻境",这个化于《红楼梦》的题目,已然昭示给读者,这若不是一个梦境,便是一场游戏。要想驾驭此类叙事文本,作者必须具备很深的文字功夫,以及渊博的古典文学知识。显然,在这一点上读者没有失望:文中随处可见"红楼"句型,多尔衮与庄妃的历史也很入味,而对历史朝代更迭混乱的描述,主人公主角容若"周星驰"式的自我介绍,则体现了作者自己的叙事风格。

我以为,虚和幻是这部小说的根本,游戏只不过是一种表现手法罢了。作者的真实目的是"借一个游戏为载体,写心中的故事,用游戏中的人物,来代替大千世界中真人"。也就是说,书写人性,寻找人性中的至善、至纯是作者内心的追求。

从表面看,这是一个老得不能再老的武侠传奇故事:现世普通而快乐、善良的主人公借助游戏穿越到另一个时空,而且成为一国之君。但这个叫容若的主人公似乎不大称职,晕血惧高表明他身体不够强壮,关键是他胸无大志,只图安逸。与那些追求霸业,追求天道的国君相比,他更喜欢平凡的幸福和普通的快乐,并把这些幸福和快乐拿来与身边的人分享。

问题是,容若随遇而安,却也好逸恶劳,希望能把幸福带给身边的人,却又没有什么救世济人的宏愿大志。这样的人如果在红尘俗世中,很难想象会有所作为。太虚世界虽然也很复杂,却给了他坚守原则以善意的回报。

他平等对待子民们,真心的去爱他们,关心他们,真心的与身边的人交流感情,努力地让真情和人性的光明,在与黑暗的权力斗争中取得胜利。所以游戏中的容若一次次的宽容加害于己的敌人,一次次的宁可授人以柄也不愿伤害别人。作者也写人性的黑暗、权谋的冷酷,也写杀戮的无情、争斗的惨厉,但最入骨的,却仍然是对人性深处光明的期许。当然,容若所向往的"富贵闲人"的生活状态,是理想化的乌有之乡,是作者的精神寄托。

容若离开皇城,走遍天涯,看大楚的国土,见到其他国度的风云人物。然而面对不同危险,各种阴谋,他仍然坚持自己的原则。在不断的打击下,这个"平凡"的人终于慢慢成长,逐渐成熟起来。我发现,故事在这样的氛围中开始抵达现实世界,人性的复杂成分得到充分展示:真心爱着司马芸娘的萧遥,最后毫不留情地害死了爱人;叱咤风云的明若离,真实的身份不过是官方的一个卒子;身为一代宗师的柳清扬,面对至高的权力,也只能屈膝。在更广的范围里同样如此,府衙内堂聚会,大变屡生,而人们所能做的选择,大多只有随波逐流,暂时保全自己,没有什么原则可言,更不能妄谈什么为国为民。很多时候,国家的劫难、无数人的生死,可能还不如自己一颗被虫蛀得有些痛的牙,更引人注意。

说到此我们会发现,作者一直在和自己笔下的世界抗争。就算是看穿人性的软弱,却仍不放弃,就算是明白人生的无奈,也还是去争取。有人屈服于命运的冷酷,就有人会想去挑战命运。有人通不过爱情的试炼,尽管他本来是好人;也一样有人会因为忽然而动的心,去面对未知的漫漫人生，尽管他也许本来是坏人。

　　庄周梦醒迷蝴蝶，搞不清是庄周梦中变成了蝴蝶，还是蝴蝶梦中变成了庄周。容若何尝不是，是容若进入了游戏中的人生，还是容若的人生本就是一场游戏，谁又能说得清楚呢？抱着一颗平常心，一颗善良心，返璞归真的去面对难以猜测的人生之路，或许是"太虚幻境"追求的一种境界。这也是古老的中华文明倡导的一种生命状态。

一条必由的黑暗之路

——檀郎长篇小说《蛊惑人心》读后

文学如何表现生活，即作家如何在作品中处理艺术与生活的关系，一直是当代中国文学颇有争议的话题。建国60年来，现实主义一直占据主导地位，尤其是小说创作，其他手法始终站不稳脚跟。但多年来的现实主义作品也存在不少问题，最致命的是表面化、庸俗化。在我看来，一部作品如果仅仅是表现了生活，根本就没有存在的必要，因为我们都在"生活"里待着，如果你说的我们的知道，干吗还要劳你费神？我经常看到网友评论某部小说"脑残"，但凡是从这个角度提出批评的，我便会心一笑，自语道：这个说得对，不能超越现实，还叫什么文学？

《蛊惑人心》是一部现实主义小说，让我感触最深的是，它毫不留情地把现实的伤口撕开，把越过道德底线的人生暴露出来，却又使生活的艰辛与苦涩，在略带幽默的笔触获得提升。这是一种思想行为，是对生活有独到理解和认识的结果。

小说在故事层面可谓殚精竭虑，它讲述了一个叫林华的文学青年，在穷困潦倒中如何借助机缘巧合一步一步从阴暗中走向人生的辉煌,但那却是一条必由的黑暗之路,是一次背叛自己的绝望之旅。由落难书生到商界枭雄的变脸,接连不断的艳遇,最终还是以张蔓、依依的死,苏之宜的离开了为终结,几乎连自己都不认识自己。这不免使我想到,人为什么总是犯几乎同样的错误呢?哈达的馈赠,是作者的一种想象,就好比天上落下了馅饼。其实,我们身边的人,包括我自己总会碰到几次难得的人生机遇,如果没有了类似或大或小的机遇,人生就真的太苍白太糟糕了。问题是,我们往往不懂得珍惜这样的机遇。你不能否认自己身上就有林华的影子存在,当然,林华也不是一无是处,在现代社会,他这样的人并不算恶心。可以说,他的可恨和可爱之处都在他还比较真实,他能够逢凶化吉,也说明作者默认了世态对他的眷顾。

  细节描写是本文最大的亮点,常有妙笔出现,令人忍俊不禁。语言同样出色,我甚至认为,檀郎是个具有语言天赋的作家。他总是在恰到好处的地方释放一股能量出来,让读者感受到作者的意图,由此获得叙事的力度。同时,对各种社会矛盾的揭露,也显示出作者具有敏锐的社会观察和分析能力,这一点丝毫不亚于传统作家。在世态描述特别是在女性心理描述上,作者也是颇费心思的,苏美人在情与物之间的徘徊;方宁的忍气吞声承受屈辱;秦MM和张魔女对林华的迷恋;还有依依和小蓉的飞蛾扑火……让我们看到了女性世界的幽幽暗暗。

  大概是网文的缘故,作者是放开了手脚写的,因此或多或少有了情色的成分,其实我们的生活中这样的人大有人在,离奇的现实更令人瞠目结舌。我的意思是说,林华一个接一个的艳遇,实际上是社会对于这个人物的反作用力,他偶尔暴露的丑恶嘴脸,我们也是见怪不怪了。尽管如此,林华的内心还是虚空的,像他那样表面上呼风唤雨的现代人,同样要面对生命的无聊与无奈。他无视操守,也就放弃了品尝纯洁感情的权利,真正的爱情对他就成了一种奢望。

《蛊惑人心》也存在比较严重的问题。我感觉作者在小说的基调上还是过多的考虑了市场因素，笔法显得老练而不沉稳，油滑而不透彻，这样的结果就在根本上降低了小说的品位。生存智慧与小说智慧在这里产生了小小的摩擦。

文学的尺度与游戏的精神

——天使的 12 音阶长篇小说《游戏狂想曲》读后

《游戏狂想曲》是一部网络游戏小说，网络上说它是超级无敌坑，据说虽然四年来更新有限，但却一直被大家广泛关注，作者稍有露头，便被粉丝们热烈的追捧给哄抬到网站首页，遇到一些评选活动，也是每次都会被推荐出来，人气实在是了得。《游戏狂想曲》从一块神奇的芯片写起，用"游戏头盔"的介质来沟通游戏和现实两个世界，游戏中的伙伴也正是现实中的姐姐，游戏当中出现的情节也与现实密切相关，而写到的现实中的人物和故事却不仅仅是一个玩家玩游戏的单调背景。主人公的形象，不仅仅是一个可望不可即的技术上的超级玩家，而是一个有着普通人悲欢离合的正常人，让读者觉得是一个身边的人在分享他玩网络游戏的心得和故事，虽然也有一些离奇经历和超幸运的意外收获，却能符合现实逻辑。尤其是作者略加调侃但务实为主的写作手法，令人物有血有肉有性格，让人记忆深刻，往传统小说靠近了一大步。也许是因为这部小说从虚幻单调的游戏意淫当中走了出来，增加了些许香火味，和传统文学的情节、人物描写等技术手段，所以被尊为网游小说的入门教材。

说到底，网游小说还是游戏的衍生品和下游产品，目的是以文学的方式开启游戏市场和培育潜在的游戏爱好者，其出现，在一定程度上可以说是市场利益的产物，虽然这种小说的想象力值得肯定，但它和网络游戏一样，追求的也是一种浅层的游戏快感，里面有多少文学上的因素是值得怀疑的。或者说，网游小说的文学尺度本来就比较宽松。

我觉得，网游小说要想获得长久的生命力，就必须改变和超越只对网游做简单改写与重复的状况，让小说赋予原本只具有躯壳的人物以性格、思想与灵魂，并使其在故事的展开中，得到成长和丰富。当年，号称是中国首部网络游戏小说《奇迹：幕天席地》的作者钱珏就认为，自己的小说中，游戏的内容只保留了大的框架背景，小说的核心和血肉都是按照小说的规律进行独立的再创造的，小说和游戏可以相互独立，没玩过游戏的人也能看小说。这就使网游小说摆脱了衍生品和下游产品的状况，而具有独立存在的价值。

其实，有很多玩家在网络游戏当中已经不仅仅单纯追求装备、等级，而是通过这样的网络生活结识更多的朋友，营造一个不同的朋友圈子等，可以设想，只要技术达到水平了，未来的网络游戏中为什么不可以有现实中的东西？不可以有无数动人的故事？相应的，网游小说也应该结合作者自己各方面人生心得、人生体验，与游戏心得，还有人性化、文学化的想法与构思，小说嘛，毕竟还是跟游戏不一样，讲究的是情节，靠的是文笔。

《游戏狂想曲》更新缓慢，据作者自己交代，似乎是玩上更进步更新的网络游戏之后，对自己的小说当中原本设定的游戏的技术水平感到太过低级，因而失去信心。其实，电脑技术更新换代的速度超乎人的想象，网络游戏弃旧迎新的频率也是相当的高，再忠实的玩家，也不可能一款游戏玩一辈子，每款游戏、游戏小说的追随者无疑都具有跟风聚众的特征，所以，过于贴近、依托于网络游戏的小说难免是速朽的，要想有所突破，必须努力往文学的方向进取。

光荣与梦想的重塑

——解析晓龙君长篇小说《挺进大洋》

顾名思义,《挺进大洋:王牌飞行员》是一本军事小说,也可称为网络类型小说。虽然也经常泡泡铁血之类的军事论坛,感受一下那里澎湃的激情,刚毅的人格,震撼的图片,却很少打开这类小说,仔细想想其实倒也没有排斥过,只是没机缘,没点开过。因工作需要看到这一本《挺进大洋》的时候,已经是它从网络走向传统出版物两年多之后的事情了,看了几页,我就开始怀疑自己对类型化小说的偏见影响了自己阅读的范围,以至与这样的经典文本相见恨晚,因为,主人公白云飞刚一出场,我就知道,这是我喜欢的,是我那杯茶!这种能力超群、个性突出的个人英雄,在这个物欲横流的时代无比坚决、不惜代价地追逐梦想的态度,向来是我极为欣赏的,有点美剧大片中的孤胆英雄的感觉(这方面的对比或许美剧迷们会更专业)。

据说这部作品自 2001 年开始在舰船知识等网站发表,马上引起巨大反响,短短一周,惊人的点击量居然点爆了计数器,创下点击与回复的历史双高记录。我一向不排斥所谓的流行，随波逐流固非我愿，但我相信，真的能流行起来的东西，必定有其能够于众多平庸之中脱颖而出的独到之处。

纯军事题材的小说，不管这方面的铁杆读者的绝对数量如何，总归还是一个小众阅读（按比例，不按绝对数量），而这本《挺进大洋》所吸引的，显然不仅仅是军事题材爱好者，更多的，或者说更本质的，它是在讲梦想、讲信仰、讲人生态度、讲人的成长。在这个意义上，它显然与传统文学殊途同归，不管是以军事为线索还是以网络为平台，都不影响它作为文学作品的本质特征。

战争与和平、梦想与现实、真实事件与虚构故事是整个文本的根，构建了故事框架，编织了人物关系。这是人类社会的永恒主题，尤其在这功利主义甚嚣尘上的和平年代，"我和你都是飞行员，飞行员和别人不一样，飞行员都是有飞翔梦想的人，我们有着共同而光荣的事业"，这样掷地有声的宣言虽然简单，却很耐品味。在这个人物质至上的年代，白云飞、高鹏这样技术过硬又坚定执著的人物，难道不是读者们内心深处的追求？在文学作品中感受人物，看着他们完成普通人难以实现的目标，不也是人生的一种补偿么？

我不知道别的军事题材小说是不是都很强调民族责任心，《挺进大洋》在这方面做得不错。这部小说写得很真实，不仅没有空喊口号，反而在细节上描述了不少军人内心的纠结。其实，军人也是人，也有人自私的一面。因此，他们也权衡亲情爱情，也会有胆怯迟疑的心态，但国家民族的大义最终还是战胜了小我。他们在艰难中勇敢地走向战场，更显示出人性的光辉。

说到真英雄，还得回到开头。小说塑造的白云飞这个孤胆英雄，个性极为突出，因为其言行完全由个性所决定，所以仿佛拥有了独立的生命，脱离了作者的掌控，作者仅仅是顺其自然，顺着人物性格的发展轨迹，不由自主地叙述故事，不得不承认，作者对人物的刻画达到了相当的水平。

当然，小说也还是有一些不成熟的地方，比如一些爱情情节的描写，语言就明显比较生涩，小情节也设置得有些幼稚，缺乏创新意识，可以说明，这方面确实不是作者的长项。好在，不是主要内容，瑕不掩瑜。

从心所欲不逾矩

——魔力的真髓《真髓传》读后

这不单单是一本虚构的武侠小说,还是一部"历史武侠小说",小说中除了通俗的"武侠"元素外,三国的历史像一幅恢弘的画卷真实而又不乏想象地展现在我们面前。如果说武侠是作者想象的云彩,那么史实就是一片真实的天空。三国时代精确的纪年,曹操、孙策、刘备、关羽等众多历史人物,还有大野泽、兖州、荆州等地名具是历史实有。可以看出,对历史和地理知识的熟练把握,使得作者在创作这部小说时,游刃有余,既从史实出发又任想象纵横捭阖,可谓从心所欲不逾矩。史实基础上的演绎,这一点上很显然与金庸、梁羽生等老一辈武侠小说家一脉相承。

作者虚构了一个历史人物——真髓,他具有坚韧的性格,强烈的求生意志,聪明的头脑,还有善良的本性。这位司隶河南尹地人士,生于汉末乱世,父母在战乱的辗转死去,年仅十一岁就开始闯荡江湖,浪迹天涯,独自在波谲云诡的大时代中挣扎求生。

汉末自从黄巾军起义之后,汉天子的统治能力已名存实亡,各地豪强蜂拥而起,你争我夺,硝烟不断。然而,天下"兴,百姓苦,亡,百姓苦",乱世之中底层平民百姓是最遭蹂躏的,可能被征兵,可能被征粮,还可能被乱兵杀死,被疾病缠死,甚至是被饥饿折磨致死,所谓"千里无鸡鸣,白骨露于野"。中原地区尤其是洛阳及其周边的百姓,更是苦不堪言。这就是《真髓传》的时代背景。

  作者让主人公成为一个河南籍孤儿显然是精心设计的,更主要的,他还是一个求生意志极强又不乏智慧与进取意识的少年。故而,时代风云与个人命运,给了真髓成为乱世英雄的可能。也许是真髓注定会有所作为,甫一出道,就遇到了他一生中最重要的人物——叱咤风云、骁勇善战的吕布。这样的厉害角色,谁成为他的对手,都是谁的不幸。而这个不幸,就落到了我们的主人公真髓的身上。一个是勇猛善战的骁将,一个是挣扎求生的孩子,未交锋结局就已注定。可是,就在吕布挥戟杀来的刹那,真髓竟然"忽然张开嘴,用尽力气一口向戟尖咬过去"。吕布的戟尖没有刺穿真髓的咽喉,真髓的牙齿也没有咬住戟尖,但真髓却活了,因为他的豪胆,更因为他面临绝境时的不放弃。吕布决定培养他。

  真髓是出色的,然而吕布并非明主,受到陈宫等人的阴谋排挤,真髓中计远征河南。他力平山贼、在贾诩的提醒下计定中牟,后迁回奇袭败张济,刀锋直指长安。然而此时吕布丢失兖州败退中牟,召回真髓。吕布忌真髓"兵强马壮"、"功高震主"而产生杀机。争斗中吕布身死,这时候弱小的中牟有马超、曹操等强敌环伺,危在旦夕。主人公真髓展露锋芒,战马超、击败铁羌盟联军;复又与曹操为盟、和马超联姻,软硬兼施在各方势力中逐渐站稳脚跟。

  此时天子已驾崩,群雄四起,刘备、关羽、张飞、孙策等诸路豪杰粉墨登场……故事只写到这,不难想象一个新版的三国乱世正在成型。

  《真髓传》以着每一个人物特点吸引着读者,而精彩绝妙的情节冲突更是让人读来爱不释手,欲罢不能。跟随着真髓的目光,我们可以看到小说中的每一个人物在一个个具体事件中逐渐丰满，立体而形象。如孤傲勇猛如狼的吕布，远见卓识的曹操，彪悍凶狠的马超……至于我们的主人公真髓，在与一连串的对手典韦、夏侯渊等过招之后，在阅读了曹操的笔记之后，他所表现出来的是在家国面前的慷慨赴难、在爱情面前的忠贞、在朋友面前的情义使得他的性格、他的形象也逐渐立体起来、高大起来，实现了从小人物到英雄的华丽转身。虽然在不情愿中杀戮，但真髓也在不断的战斗和学习中不断成长，谋略与胆识，战果与爱情都有收获。这个时代风云际会中产生的一代豪杰，同样也有普通人的情感。

  作者非常擅长把人物置于绝境，就在读者为小说中人物提心吊胆时，情节很快就种峰回路转路转，例如真髓在面对吕布的挥戟杀来时，真髓在与典韦生死悬于一线时，与铁羌盟沙场厮杀时，真髓都能以自己的勇猛，以自己的运气化解危机，看似巧合，但又非常符合人物的性格。高手的生死对决，战场的斗智斗勇，战后的血流成河，既是作者的想象，也符合历史的逻辑。可以这样说，历史的三国，作者的三国，融在一起成为了真髓的三国。

立意新颖，枝蔓丛生

——读逐没《天生神匠》有感

《天生神匠》有 299 章之多，花了几天时间看完才发现，小说竟然根本没有结束的迹象！理智地说，小说当中好几条平行的线索都还在有条不紊的推进着，难以想象结尾的时候主人公会成为什么人物！神？创世者？我不敢妄下结论。

这几年网上试图重新整理、解读中国神秘文化的小说，突然多了起来，或许真的是进入水瓶时代的人们，开始更多关注内心，灵魂，开始更深入探讨一些宇宙本源的力量。不谋而合的是，这类小说的作者往往都是很有自信，甚至有的人会自称是具有特殊使命的来客，所以写起小说来，内容极为丰富，或者可以说在玩混搭。他们总是显得十分博学，笔触涉及方方面面，用一个自己悟到的道理做线索，或者终极真理，配合推理悬疑的写作风格，对很多神秘事件或传说做出自己的解读。往往一写起来就是长篇巨制，一部接着一部，不断有新的情节新的人物介入进来，不断涉及新的领域。也是啊，在一个完全重新建立的世界里，当然是什么都可以写。一些新的理念，一些偏门的小知识，使这类作品获得了读者的青睐。但是，过长的篇幅也使写作的节奏，以及故事的精彩程度受到了损害。

《天生神匠》就出现了这个问题，本来在开始的部分，主人公由一个朴素的山村大学生的形象出场，又怀抱惊人的手艺，由此引出一个传奇匠人的独特体系，主人公在校园生活的机遇和与盗窃团伙的斗争当中，逐渐领悟很多道理，这个过程很勾动读者的兴趣，既有神奇武器又有传奇经历，既有社会小说的警匪斗的情节，又有甜美清纯的校园爱情和姐弟恋，另外还夹杂有神秘的历史遗产，并且在很多地方能够看出作者独到的思考和理念，同时也能够引发读者自己的深入思考……如此种种，看起来已经足以构成一部非常精彩的作品，并且也足以将作者对于东西方科技发展的不同方向、不同理念的思考体现出来了，可作者偏偏喋喋不休地一直写了下去，或许有些一直追着看的读者会觉得很过瘾吧？但新读者就会觉得有些情节过于冗长，感觉是在为了拉篇幅而拉篇幅。举一个例子吧，比如说机器人比赛，确实将原来的一些理念运用到这个全新的领域，并且确实很适合，但也没必要从初赛开始把每场比赛都不断介绍出来吧？而且里面有很多配角的机器人也占用了很大篇幅，让人看的时候真是整段整段跳过去。另外主人公遇到的每一个人物，几乎都没有配角，个个都能拉出巨大的篇幅，展开一个又一个全新的线索，不但涉及帮派斗争，政治斗争，还牵涉到宗教问题，还有同盟会的财产，居然还有少林寺的十八铜人等等，小说开头时一个个若隐若现的小配角，全都在你毫无准备的时候跳出来展开出一个中篇的规模。尤其是，主人公遇到了层出不穷的美女！也无怪乎他在宿舍当中的那些同学们会嫉妒他，他不停的艳遇，每个女孩子都那么美那么优秀，虽然个个都带来一些新的情节吧，他却又是在各种危险当中总能够化险为夷，总能够利用那些危险和那些敌人，误打误撞地突破到一个新的层次，天哪，他最后的结局不是神，就是毁灭！

我对这种写作模式感到怀疑，小说毕竟是一种文学形式，能启发读者自己去思考，不是很好么？一定要作者自己把什么都写完么？人就是人，不要去想神的事情，领悟了这个道理，点到为止就好了。我想说的是，在文学的天地里架构一个新的世界，需要足够的勇气和才情，同样需要节制。《天生神匠》的立意和出发点都很好，文笔也相当不错，很流畅很吸引人，能够担当一个宏阔的自成体系的世界，确实令人佩服，但小说就是小说，主次分明，详略得当，这些传统特点，还是必要的，情节需要高潮，但高潮太多，读者也就太累了。

八百年的沧海桑田

——墨武长篇小说《武林高手在校园》读后

拉拉杂杂也看过不少穿越小说，早前刚刚流行的时候，大多穿越者是一个现代的女孩子，通过各种原因各种渠道，来到各个不同的古代，基本上都是变成一个美女，凭着从现代带来的知识或者智慧，好一个如鱼得水，主体还是言情居多吧，感觉就是一些小女孩子们在天真可爱的做着些白日梦。但现在穿越的新起之秀似乎也不乏男性主人公了，情节也越来越复杂，往往不再是单一的言情剧。看到《武林高手在校园》的时候，对这个名字很轻视，阅读以后才发现，差点错过精彩。

墨武这个作者很特别，感觉不像是那些随意在网上挥洒些小聪明的小孩子，除去表面的语言诙谐幽默，情节引人入胜，文字看得出一些金庸和古龙的影子，但是融合得不错，令人欣喜的是，文本当中竟然会有对社会现状的批判，比如医疗的昂贵，比如民工的艰辛。更难能可贵的是，他并不是义愤填膺急三火四地去写这些，而是淡定超脱的去写，有点劫后余生的超然，这么说不一定准确，却真的是我内心直觉到的味道。更喜欢文本里面出现的武术，中医，古琴，等等古意盎然的成分，作者若非浸淫其间甚久，绝不可能写得这么头头是道。所以真的觉得，这个作者应该有过些许复杂的人生经历吧。在这个大多数人喜欢把五百字的内容拉杂到五千字去的年代，遇到含金量这么高的作品，确实不容易。

萧别离这个人物无疑是这个文本当中最大的亮点。他关心社会饥苦，为人侠义，使人心中陡生正气，对读者是一个很好的引导。

虽然他是主角，但除了第一卷他刚刚穿越到现代社会的时候的心理描写，以他为视角的时候并不太多。他显得很沉默，但沉默当中却饱含着深深的无奈。值得一提的是，第一卷虽然看起来进展缓慢，作者也留言说第一卷主人公未曾发力，请大家关注后边的情节，但我觉得，这一卷给了主人公性格和行为方式做了一个非常重要的铺垫，不可或缺。正是穿越而来之后那层层的疑惑和无奈，才造就了他新的性格，这个人，当然不是林逸飞，但他也不完全是八百年前的萧别离。他掩盖了自己原有的锋芒，用了别人的身体，过着全新的生活。他的行为和心理，都是在穿越到现代这个特定的背景下出现的，所以他来到之初的迷惑、镇静、思考，确实非常重要。

很多穿越小说过于追求情节的跌宕起伏，不甚关注人物内心，其实，如果你真的穿越了时代，怎么可能仅仅感慨一下小说中的情节发生在自己身上了，然后就能做起另外一个人呢？你所来之处，不知道有多少牵挂，你所到之处，又不知道有多少迷惑，这些，不都是穿越小说们一直以来最应该面对却一直被忽视的么？如此下去，穿越小说到底还能走多远呢？

萧别离很沉默，也很聪明，看起来似乎很快地融入时代，还接受了百里冰的追求，似乎已经忘却了八百年前的人和事，可是百里冰那句话，相信大家都会有感触并觉得悲哀："……甚至可以，将对银瓶姐姐的思念痛苦，深深的埋在骨子里……"萧别离无疑是一个理智的性情中人。伤春悲秋于事无补。很喜欢萧别离这种性格，很有节制。他是个好人，不过他绝不是个迂腐的好人，为了某些特殊的目的，他也可以做得不择手段，他也会有选择地帮助别人，而不做什么都管什么都包办的滥好人，也不会为一些无谓的事情滥出头。

八百年的沧海桑田，再看到的虽然还是这个世界，却又是那样熟悉和陌生，每每想追寻时心中却早已迷惘，看到自己曾经拼命守护的东西（国家、民族），八百年后居然变成了这个样子，他应该很心痛吧！

情节应为代入感服务

——上官楚楚长篇小说《烟雨谣》印象

《烟雨谣》原名《狂情暴君》，好像还有个名字，没有记住。小说讲述一个超级强大的人格分裂的女主角，以几重不同身份，与四位各具特色的男人之间纷繁复杂的故事。

本书很有特色，令人很是讶异。似乎现在的网络小说进步确实非常神速，随便点开一个看看，都是融合了很多优秀的畅销元素的。比如这本，言情，武侠，悬疑，推理，穿越，不一而足，糅合的也还算比较自然。

作者用一个比较投机却行之有效的方式来处理女主人公——她竟然有多重人格！其实在现实中，患有人格分裂症的人并不在少数，而没有经过医院确诊的只是或多或少有这种倾向的人，恐怕更多，只是我们不那么容易遇到，遇到了也不那么容易发现而已。作者用这样的前提，使得女主人公所经历的事情、感情，自然可以无比丰富绚丽了。女主身后的几位师傅高人们似乎都是穿越而至的，所以知识和能力的超绝，也能够说得过去。在这个背景下，很多不容易搞妥帖的离奇情节也就都可以说得通了，作者果然是花费不少心神的，这种用心和勤奋，值得一赞。

文中的人物性格、经历十分复杂，每一个男人，以及男人身边的每一个女人背后，竟无一例外地藏着秘密。不论是霏烟，慕风，还是勿离，这个故事里的每个主角或是配角都是身份重重，他们或者有着复杂的身世，或者遮掩不可告人的秘密，或者隐忍残酷的仇恨，或者……他们似乎随时都戴着一层又一层的面具，面具之下仍非真心。即使有一颗真心，也是想爱不敢爱，爱了便否认，说爱又伤害。

故事情节悬疑曲折，好多谜团，一个未解，下一个又出来。一起又一起神秘事件的发生，一次又一次复杂感情的纠葛，如此伤神，他们坚强外表下那颗脆弱敏感的心根本就抵挡不住这些连考验都算不上的冲击。小说伏笔很多，几乎每个人物都留有转变的后路，或者突变的理由，或许慕风的背后会有个惊天秘密，又或者慕风的作风有障眼之法，但是小说看得很累，虽然也有涉及国家利益的大问题，但小说推进的动力主要还是——爱情，你爱我，我爱你，他爱我，你爱她，纠结一团。

或许人都是贪心的，有时候会觉得，一本小说有一个精彩的故事也就够了，但有时候，发现作者这么聪明这么用心之后，却又觉得惋惜，又会有更高一层的期待。这么多心力，不知道是否可以写得出更有意义的文本呢？总觉得这样复杂的感情纠葛，太过机巧，这么多人为了一个情字，死去活来的折腾，再加上一些耸人听闻的惊险经历，生活真是太沉重了。好多情节不可谓不精彩，甚至刺激，读起来也确实揪人心，但是感动二字似乎不是很谈得上，人物的感情太过外在，读者不能被其吸引投入进去，永远是很冷静旁观的心态，简单说，不能引起读者的共鸣。这可能是因为作者的人生体验不是太深刻，虽然很聪敏很用心，但人物的感情大多还是通过大开大合的情节来推进，少有尖锐的力量，更多是一种惊讶，惊讶于作者的巧妙布置，惊讶于人物的不合情理，于是被牵扯着去看后来呢后来呢，但看到后边也又忘了前边的情节。停下鼠标，心上没有留下深痕。赞叹作者叙事的执着，但希望不要钻进一味设置离奇情节的牛角尖。

另类视角中的国家利益

——简评无语中长篇小说《曲线救国》

《曲线救国》在网上其实还有一个标题,叫做《二鬼子汉奸李富贵》,似乎作者更倾向于后者。兵法中奇兵正用、正兵奇用常有不可思议的收获。就像金庸先生《鹿鼎记》,那韦爵爷属于从一开始就糊里糊涂入戏的,却被冠以经略天下的"鹿鼎"大计,这位李富贵一进去就是明明白白的,反而是不是用后边那个炮楼翻译官似的名字更合兵法呢?

《曲线救国》是一部历史题材小说,以腐朽的清王朝为背景。大多数架空小说的写法是把自己带入主人公,此文略有不同。主人公李富贵带有作者的影子,而假使按照作者对于经济军事历史掌握的程度来写,即对太平天国、洋务运动了如指掌,连杨秀清喝哪种茶叶都清楚,那么他玩架空历史也未免太轻松了些。作者的机敏之处在于他将主人公弄成一个半懂不懂的学生,如此,他不知道太平军北伐过不过淮阴就很正常了,悬念也就出来了。

时光机器将这个半懂不懂的学生带到清末的张家庄,经历了做苦工、卖艺讨饭、挨揍，直到遇见彼得，成为基督教徒李富贵。这既是主人公命运的转折，也是叙事人称的转折。接下来李富贵卖赝品古董给彼得、帮码头工人要工钱、发展教徒、与路德打赌石英表的准确性、办学校、成为买办、开银行、成立集团公司，这些姑且可以称作他的发家史。我得说，李富贵的发家史虽具有一定的趣味性，但作者应有的智慧没有得到完美的发挥，只是利用了现时代的一些常识，比如同路德打赌石英表是不是能够准确地跑上三天等。同时，这些章节也投射出作者的一些成长经历，比如办学校，李富贵规定，学生只可讲英文，说中文就要挨打。作者自己加了一句"看来李富贵显然是在这种教育下长大的，不然他怎会相处这些奇怪的法子。"关于做生意，李富贵认为外国人很在行，而中国官员则对此一无所知、不懂装懂。作者对此解释道："我虽然在书中把那些满足统治阶层写得非常无能、愚蠢，但我没有去侮辱他们的意思，因为你从理解的角度上看，作为一个腐朽的封建王朝他们的所作所为还算是正常，既不是表现出色，也不算特别无能（对一个腐朽的封建王朝来说）。"

在这之后，李富贵投笔从戎，在他的努力下终于接到总办江苏团练的委任，去苏北招募军队，找洋人买武器，重视学校和军队建设，要求同盟减租减息，与太平军作战。直到倒卖文物，成为第二次转折。此时，叙事人称又发生了变化。"我"再次出现而引起的某种混乱，是由于出卖国家利益的主角由于心理压力巨大而导致的人格分裂。在这以后，我们会看到两个主角，一个是有些理想化，主张凡事需要坚持原则的学生，另一个是老谋深算，无时无刻不在计算利益得失的李富贵，在以后的日子里，他们之间交织着争执、斗争与合作。

让人欣慰的是，从这部小说里，我们见证了作者的成长，写作手法越来越纯熟。李富贵这个人物从一个学生的影子，渐渐眉眼清晰、体态丰腴，直到有了自己鲜活的生命，成为作者似乎都无法驾驭的魔鬼。这正是我推荐这部作品的理由。

请相信每一个让你温暖的故事

——读娓娓安《奉子成婚》

或许现实不够完美，或许内心深处总有向往，总之，网络提供给我们的一些并不高明的爱情故事，仍然获得了激烈的响应。作为人类的永恒主题，爱情小说似乎永远不乏读者。其实读者对爱情小说有一个基本要求，不管你多么"脱离现实"，只要提供一个好故事，一些美好的情感，就会赢得读者的喜欢。当然，优秀的爱情小说，爱情只是一种叙事方式，作家是通过对男女情感的描述，展现人类更加广阔的精神世界。

《奉子成婚》讲述了这样一个爱情故事：一个意外到来的小生命，十八岁女孩子的全情付出，黑社会的积年恩怨，滥交的后遗症，商场的诡谲较量，相爱容易相处难的遗憾，亲情的宽容、压力与承担，责任的背负与担当，决绝的死亡，疯狂的复仇，法律的漏洞，黄雀在后的狡猾，命运的轮回……

这个故事包含了很多流行元素与传统文学母题，架构并非多么高明，且不说太多的无处不在令人惊诧的巧合，男主人公倪轩辕人见人爱花见花开的魅力和超好男人的做派，女主人公季羽凡无限激情的付出、夏晓芊以死相争的极端个性、纪悦十数年的纠结等待付出矛盾，令人感到多么传奇多么不真实，单单说一个极具韩剧特色的称呼——"大叔"，就会令挑剔的读者却步。

然而，凡事都在"然而""但是"这样的转折词之后体现了世界的矛盾统一。然而，何必对一个网络上的故事苛求完美呢？如果放下与作者较量智力的那种好奇心，松懈掉你时刻准备博弈的聪明头脑，欣赏他（她）虽不完善但也精心设置得揪人欲罢不能的情节架构，欣赏他（她）塑造出来的虽过于典型化却个性鲜明且言之成理的一个个人物，感动于那些辛酸的浪漫、沉重的亲情、动人的义气，又有什么不好么？

倪轩辕对待爱情的软弱令他饱受折磨，但他对亲人的担当、对爱人的体贴、对朋友的支持、对事业的奋进、对道德底线的坚守，难道不令人心疼、不值得借鉴？季羽凡不顾一切的热爱和付出，固然令人感慨，但其后所经历的那些成长的痛，再多人帮也没用，这个小女孩的坚持，难道不令人赞叹？夏晓芊的所作所为固然伤害了很多人，但那最终的决绝而去难道不令人心殇？而其中武莉兄妹俩，近乎传奇的经历和性格，是多么率真可爱，倪轩辕的兄弟感情也多么令人羡慕。

感动着他们的真诚、善良、担当、成长，警惕着他们的不足、遗憾，哭哭笑笑之后，一个不完美的团圆结局，关闭文档，转回头去看看自己的生活自己的爱，更加地珍惜，更用心的爱，好不好？我是相信这句话的：有时候爱情让我们失望，但这不是我们放弃它的理由。

所以说，请相信每一个带来温暖的故事，相信它们是真的存在，让它们留在心底，令你对世界的感受更加柔软。这也是文学给我们的最好的馈赠。

没有行动的爱情故事

——读 LOLO《遇见另外一个》

许茹芸有一首歌叫《遇见另外一个》,我听过,但我现在说的是小说《遇见另外一个》,一部爱情小说。小说开头部分的"秀才""童试""电脑,绘画"等古代用语与现代词汇就让我摸不着头脑,想放弃,却留恋着这个书名,于是,耐着性子又往下读,慢慢的才明白,这是一部穿越小说。这让我想起很久前读过的席绢的小说《穿越时空的爱恋》,同样是穿越小说,席绢在小说开头就明确告诉读者,这是穿越的故事,也就避免了读者在阅读中的混乱,同时,读者也就能够理解小说中人物不合乎古代规矩的言行,而不会产生"不真实"的感觉。

《遇见另外一个》描写了一个现代女子,不知何故穿越到了古代,在古代,她叫殷可,女扮男装而进入军队的杂艺连,而后不知何故女主角迷恋上了负责戏服整理的木丁,尽管木丁对她不理不睬,冷淡疏远,但我们的女主角却并没有知难而退,而是主动分担木丁的工作,目光和脚步始终追随着其后。

这是前世的未了姻缘，还是今生的爱恋？作者没有说，甚至连一点点的暗示都没有。本以为可爱的女主角和木丁之间会产生那么一点点的火花，但却没有。这时，殷可却因为给将军鲁巍送文牒时打了一个喷嚏而被在脸部刺了一个"宫"字。这个将军鲁巍竟然就是木丁！似乎是言情小说惯用的套路：男主角拥有傲人的权势，同时又英俊、冷酷。但再冷酷，都是以拥有善良的品质为前提的，他们所谓的冷酷，或者说残酷，是针对敌人、敌对一方的，而不是针对、更不是施加在没有任何威胁与杀伤力的人身上，在他们的冷酷背后，是对弱小、对善良的肯定和维护。可是，木丁，或者说我们的将军鲁巍在知道殷可对他如此依恋的情况下，在殷可没犯不可饶恕的错误的情况下，在知道她是女儿身（鲁巍后来的独白中有交代）的情况下，还对殷可施以刺字的刑罚，这样的行为也许谈不上大恶，但绝对谈不上大善、大爱！虽然鲁巍怀疑殷可是奸细，但仅仅凭怀疑，就对一个一向对自己关爱有加的女孩子施以这样的刑罚，终归是说不过去的。

这是我想说的问题，爱情原本是这部小说的主题，但在整个故事里，爱情这条线一直没有发展起来，大段大段的内心独白并不精彩，小说的情节也很平淡。大概作者也意识到了所有的情节都无法让读者感受到两人相爱的痕迹，于是，在差不多写到九万字的时候，以鲁巍独白的形式告诉了自己是如何爱上了殷可，而此时的殷可至少在描写的文字上，还没有爱上鲁巍。很显然，作者在小说结构上失衡了，本该做的铺垫也没有好好去做，人物的行为举止也有一些地方背离了性格，难以令人信服。

客观的说，这部小说没有能够吸引我，如果说读这个小说还有收获的话，那就是鲁巍独白的最后一句话：我所想要的，并不是官运亨通，美眷当前，我想要的，只是一生一世相伴，一碟一碗徐添。这句话虽然朴素，倒也真挚感人。如果鲁巍用行动验证了这句话，那就好了。

虚拟世界里的亲情、爱情

——读星无言《潇洒如风》

《潇洒如风》凭题目就亮明了网络文学的身份，即便它印在纸上，也只不过是在借助传统文学的躯壳，行走着网络文学的道路。如果不固定在一个文章的题目上，"潇洒如风"四个字会构成一个最简易的文本，这个文本架构起一个轻灵、飘逸和随性的意境，营造着一个充满禅意的人文境界。当作一篇作品的题目，它所揭示的是文章的风格——而这种风格正是网络文学所独有的。传统文学并不是不可以以轻盈抒写，魏晋短笺，金元小令，明清小品，意境悠远，不可谓不轻松，但它们绝没有网络文学的随遇而安。

从题材上看，《潇洒如风》是网络文学作品最为常见的情感类题材，似乎这类题材已经被众多的网络写手所穷尽，作者在文中变了下方式，在一个女性为尊的世界里置换了现实世界中的男女身份，叙述了一段段情感故事。传统文化中表达感情以含蓄为美，这对华语写作具有至关重要的影响，加上网络写作的身份隐匿性，更使得互联网上华语文学创作具有广阔的空间。情感类作品的写作虽然有规律可循，但文学不是科学，一方面相对于每个写手个体来讲，每一份感情体验都是唯一的，另外一方面则在于表达方式的不同，因此无论对于传统文学还是网络文学，都不可能穷尽感情题材的写作。本部作品在情感主线上并无多少新鲜感，相信作者星无语是位年轻人，他（她）笔下的爱情清新、敏感、细腻，甚至带有些许的懵懂与青涩。但是，在表现手法上，作者却选择了特殊的方法：小说中营造了一重虚构的与通常小说里"男权世界"不同的"女权世界"，在这个世界中，秩序发生了翻转，女人是世界的主宰，男人是弱者，是服从者，是被保护者。皇帝是女的，皇位的继承人也是女的，女人主使着家国大事，女人甚至要去青楼享受男人的温柔。在网络界域中"虚拟"某种"现实"，这正是网络文学所扎根的"生活"所在。

　　穿越前在现实世界中，主人公名字叫做"司徒如风"，毫无疑问这个姓氏得自于男人。而在虚拟的世界中，她则叫做"且如风"，是皇帝家的女儿，也是某种意义上的主宰者。故事主要叙述她在虚拟世界里的亲情、爱情。作者的对这个人物的塑造，怀有深刻的现实生活意义：即现实生活在网络中的镜像反映——规则秩序的互换性。小说里的这种生活只有在虚拟中才会真实再现，只有网络文学才能对此有更准确的表达，这是传统文学所无法做到的。曾经问一个爱上网的教师，怎样看待网络文学？他的回答很干脆：灵性有余而严肃不足。看似简单的一句话，却击中了网络文学的要害。评论家马季在《读屏时代的写作——网络文学十年史》中指出："网络文学对于文学来说不仅意味着文学传播形式的网络化，还意味着文学语言的网络化，它将使古老的文学样式在老化之后迎来新生。"（中国工人出版社，2008年1月版，第96页）语言是思维的体现，语言的网络化，表示的是思维方式的网络化。思维方式的网络化才是网络文学向深度和广度发展的根本方法，这是目前网络文学创作所普遍欠缺的。从这个角度考量，《潇洒如风》也就带有明显的不足，拖沓的文本和复杂的角色关系与网络的善变、迅捷不相合，会给读者制造阅读困难；个别情节散乱唐突，人物行为与性格不符合性格，这也是作者网络思维方式尚不成熟的表现。

俗世红尘中的生命感悟

——读徐公子胜治《神游》

读《神游》之前,我以为这是一部远离现实生活的虚构作品,但开篇让我进入的竟然是日常生活的场景,那个芜城似乎就是我生活过的城市,叙述者石野仿佛就是我童年时代的某个小伙伴。世俗层面的故事就发生那座城市的一所学校——芜城中学,一个叫风君子的学生看起来与常人无异,他和同学们一起上课、一道郊游,但他的精神却通向"大道"。《神游》被读者归类在玄幻修真小说里,但出人意料的是,它没有故作玄虚地把文本建立在虚无世界里,而是把"神游"融在人的日常生活中。对照它一读,就会发现,其实我们每个人的内心都是有灵性的,只是因为红尘滚滚而被遮蔽了,看不到真正的璀璨星空。《神游》不回避它,而是在其中行走,一扇扇洞开窗户。在这个意义上,这部作品很像一本来自于民间的话本传奇小说。它通过我们都经历过的生活细节,透过层层迷雾,接近事物的核心,在人之常情中强调自我开悟,在俗世红尘中体会生命的真义。

作者显然有深厚的道家文化底蕴,也懂得小说要靠故事的推演去揭示生活、表达思想，因此它的"炼心"与"治身"是化在细节里的，每一笔都没有脱离生活而去玄谈。那些涉及世界万物的大道理，就寓在一滴露珠和一叶小草上，要通过修行去发现其中的真理。那么，修是什么？也就是克服人的惯性，重建自我，在平常生活中得道。在我看来，现代社会的所谓"心灵鸡汤"也是在讲同样的道理，只不过更注重"我与现实"的关系，而不是"我与世界"的关系，因为它要实用，要立即就懂，马上能用。修为则是终极关怀，必然需要一个漫长的过程，要经过许多历练，否则不能达到境界。

有人认为《神游》属于现代都市仙侠小说，我却认为，这部小说也可以归入文化小说的行列里。为什么这样说呢？因为，小说里经常出现对人生观、社会观、政治观、世界观的直接思考，东方玄学的奇思妙想更是随处可见，因此它不以悬疑的故事取胜，而以独到的文化思想见长。"平凡的人平凡久了，往往会被暗示生而平庸却又有人不甘于平庸，于是会有人消沉、有人世故、有人功利、有人堕落、有人浮躁。但是不要忘了这世上的任何人都可以有怀抱天下的襟袍，哪怕是生而不等。"小说中出现这样的叙述，我想足以印证我的观点了。当然，也还有很多神思的东西，无法直接解释，需要用心去领会。

我认为，这部小说存在的问题主要有两方面，一是结构的平缓，二是语言缺乏质感。二者导致文本缺少应有的起伏和宏大的力量感，而这本该是这部作品应该具备的。核心有了，作者如果能帮它穿上一件色彩更丰富的衣裳，它便形神合一，把读者带入更高的境界。

难以抹去的记忆性创伤

——刺血《狼群》读后

  自1970年代末到1980年代初对越自卫反击战以来，我国并未涉及过重要战事，而以往军事文学的核心基本依赖真刀实枪的战事进行虚构，和平年代久了，这一领域的创作就显得比较寂寞。然而，战争与和平是相对的，在和平的霓虹灯下，战争的阴影无处不在，军事文学仍然具有潜力和活力。正因此，时代呼唤新的军事文学出现。新世纪以来，网络军事文学——确切的讲应该是网络军事幻想文学创作，进入了活跃期，产生了一批优秀作品，填补了我国新时期军事文学创作的缺失。可以这样说，军事幻想文学在网络的发展，给新一代热爱军事题材写作的朋友提供了发挥才能的广阔空间，《狼群》便是其中的代表作品之一。

  在网上，军事小说数量并不算少，但《狼群》是较早以雇佣军为题材反映现代战争的一部作品，并且对网络军事幻想文学的创作产生了一定的影响。

  《狼群》的故事随着一本日记的翻开而娓娓道来。小说主人公、大学生刑天，在中缅边境旅游时遭遇人质劫持事件，意外走上雇佣兵生涯。刑天是个具有军人天赋的人，他的冷静和处理突发事件的能力，为常人所不及。但即便如此，他也经历了由开始对陌生环境的恐惧、闻到尸臭时的呕吐，到接受狙杀昔日好友的任务，再到被同胞惊惧离弃的"食尸鬼"的历程。由此可见，小说给了人物成长一个很合理的发展空间。一只狼什么都做不了，但一群狼可以撕裂一切，他们没有确切的姓名，只有绰号，他们之间既有相互猜忌，也必须相依为命。刑天的狙击手师父"快慢机"以"战场就是佣兵的训练场！"对他的言传身教；刑天的女友 REDBACK 在破了他的处男身后，却直言说，不是因为爱他，而是因为他的作风凶悍，愿意和他"一起厮杀，一起享乐"……这些书写，非常符合佣兵生活的逻辑，因为那样的环境只能产生那样的人迹关系。跨越多国的厮杀——既有城市暗杀，也有雨林搏击——终于使刑天在佣兵道路上越走越远。但是，在刑天冷酷的脑海里偶尔也闪过祖国的形象和亲人的面庞，作者似乎觉得这是不能少的一笔，但似乎又有些笔头乏力。后面我还要提到——我认为这是个关键的问题。

在极端环境下，考验人的意志与胆识，激发人的潜能，是包括普通战争题材作品在内的所有涉及灾难的文学作品的基本要素，但以雇佣军为题材的小说又有其特殊性，它最主要的特点在于：一、跨国作战，有时候甚至是跨越几个国家，因此增加了写作难度；二、雇佣兵往往担任最艰险的作战任务，经常面临最极端的困境，内心世界的复杂程度难以想象。这是其一。其二，雇佣兵是失魂、失根的战士，他们受人雇佣，是炮灰中的炮灰，是拿生命赌博的战士，缺少灵魂支撑，没有为祖国而战的荣誉感和人生的归属感。《狼群》在第一方面的表现相当充分，但在第二方面开掘得不够深刻，只是写到他的哥哥，一个从小训练他的中国特种兵揍揍他的那一小段，有了点味道，那种失魂、失根的感觉，那个最能展示艺术魅力的地方没有被完全打开，这不能不说小说的一个遗憾。另外，小说也存在一些细节上的微瑕，比如环境描述和人物对话都显得比较随意，个性化特征不明显，做工不细。这一点对于已经具备丰富军事知识的作者刺血来说，恐怕是个很难彻底解决的问题。因为军事知识可以通过间接途径获得，而环境和人物的逼真度却难以揣摩。

《狼群》在人性开掘上，有自己的独到之处。小说写到刑天凭借佣兵身份赚够了足以挥霍一生的金钱，决定金盆洗手时，忽然发现，自己已经深陷于纵横杀戮的生活，不能自拔。终于，在一次失手险些杀掉自己的母亲后，刑天在伦理的巨大压力下，决定重返狼群。这样处理情节的发展，一方面巧妙的为展开下面的故事做了铺垫，一方面也揭示了佣兵生涯的残酷：刑天已经被战争异化了，他从一个优秀的年轻人，变成了一个杀人机器，失去了正常人应该拥有的天理人伦。如此的悲哀，无疑是对人性深处的追问。人何以成为人？雇佣兵刑天已经回不去了。打个不恰当的比方，在我们的现实生活中，当一个贪官贪到一个亿的时候，钱，对他已经没有任何意义了，但他为什么还要继续贪下去，而且毫无理由的麻木的更加疯狂的贪下去呢？这就是人性的悲哀。因为，人，总是习惯于自己最有力量的时刻。对于刑天来说，这大概就是心理学上所说的记忆性创伤吧。

传统军魂的时代演绎

——流浪的军刀长篇小说《愤怒的子弹》读后

网络军事文学创作近年来十分活跃,因为军事题材一直是网络阅读的一个热点。在我国社会经济得到长足发展,国力逐渐增强以后,国防战略自然会产生相应的变化,这就给军事文学创作带来了新的写作动力和想象空间。正所谓富国强兵。从现有的网络军事作品看,一部分是从现实出发的虚构作品,一部分属于军事架空小说。但无论哪种手法,基本上都是围绕国家战略这个核心叙事,或以战争中的个人视角为出发点,去诠释国家战略,《愤怒的子弹》也不例外。

这部小说是以特种兵部队的真实生活为基础而进行创作的。一个普通士兵,叙述他眼中的军旅生活,寻常的训练,真实的战斗,都渗入了与以往同类题材不同的时代因素,从而趣味横生,引人入胜。小说的主题鲜明突出,通篇洋溢着对铁血军魂的歌颂,昂扬的爱国主义精神贯彻始终。而特种兵部队的实战生涯,更是前人很少触及的题材;当代军队内部的一些阴暗角落,也是读者感兴趣的内容。

作者显然对特种兵生活十分熟悉，有深切的体验和人生感受，因此笔力雄健，感染力很强。这一点与历史上同类题材高度一致。小说对亲情、友情的诉说，语言煽情而强悍，硬派笔法写柔情，感人至深，别具一格。

　　在可读性方面，《愤怒的子弹》也有其长处，小说情节曲折，扣人心弦。形形色色的秘密任务，兼具武侠、侦破小说的某些因素；军队和地方的摩擦、波折，往往使人物陷入情与理、军法与人情的尖锐矛盾之中，凸显了作者的匠心，增加了小说的娱乐价值。

　　《愤怒的子弹》艺术上的缺陷比较明显。在叙事跨度上，本书从主人公入伍写到退伍，面面俱到，有流水账的感觉，缺乏设计和布局。如果不是语言生动，大规模的铺陈很可能导致读者的阅读疲劳。同时，部分直抒胸臆的语言难免有口号化的痕迹。最主要的问题是，小说中的人物个性不够鲜明，基本沿袭的是传统革命军事题材中塑造英雄人物形象的手法，共性突出而个性模糊。总而言之，这部小说的生命力来自于对真实生活的感受，质感非常强烈，其精神实质是传统军魂的时代演绎；作者具备了一定的叙事能力，而塑造人物形象的功力有待提高。

完美爱情的狂想曲

——寐语者《帝王业》读后

这是一部具有鲜明网络特征的作品，白日梦的意味几乎笼罩了通篇。作为一部以第一人称视角写成的帝王生涯的自述，本书可以做以下归纳：

第一，鲜明的人物形象。主人公王儇，从一个多情柔弱的锦绣丛中的女子，一步步在复杂的家国政治斗争中，在亲情的撕裂和重重背叛中，变成铁石心肠手段强硬的女人，这是一个渐变的过程；主人公萧綦，从开始的开疆拓土，踏平胡虏，铁血战神的形象，一步步展示他的冷静、睿智，果敢，豪迈，雄才大略，更兼忠贞柔情，几乎接近完人。这是个形象日渐丰满的过程。次要人物，子澹、贺兰箴、宋怀恩、王夙刻画的皆是有血有肉，立体多面。

第二，复杂曲折的情节。宫廷、战场、朝堂，无处不在的权势争斗，错综复杂，伏脉千里；父女、兄妹、姑侄、主仆，无处不在的背叛和利用，把帝王家族可怜绝望、你死我活的挣扎，描写得淋漓尽致。每一个人都可怜，没一个人可信，甚至主人公夫妇间都要无休止的彼此猜疑。个人的命运不过是棋子。帝王业的代价，一览无余。

第三，动人的抒情笔调和真挚的感情描写。由于用第一人称，小说很好地利用这个直接的手段，大量的心理描写和直抒胸臆的精炼准确的语言，感伤的情调，使小说洋溢着浓厚的抒情色彩，从而更容易牵引读者的感情。

但是，这部作品的缺陷也比较明显。

首先，主题极端化。全书写的不过两位英雄，一段婚姻，作者究竟意图表示什么主题呢？如果说是帝王家的无情，帝王业的代价，那么，如此相知相爱两心无间并坚决贯彻一夫一妻制的帝王夫妇，可以说是百分百不真实的，脱离了读者心目中的历史真实，只能是迎合部分读者的完美爱情狂想。何况作者还把这样的偶然性个案，当作主人公手足相残众叛亲离后的精神安慰和最后的情感寄托，也就是当作幸福标本来歌颂，这显然是脱离了人性的真相。从这个角度说，作品只是表现了极端化的英雄美人的理想，或者说幻想。

其次，题材不够新颖。官场、战场、情场的矛盾，宫闱朝堂的斗争，都嫌陈旧。在文学的想象世界对凭空构思出来的帝王将相、江山美人的瞩目和美化，客观上展现了作者对大众口味的迎合。可能这也是网文容易进入的误区。

第三，结构上，诸如三角恋、大团圆的设计，应该说作为文学作品没什么新意。开头对童年宫廷生活的回忆，结尾的子澹退隐山林，以及文中的很多地方，貌似都有对《我的帝王生涯》的模仿痕迹。

可以这样说，作为故事，作者讲得很好；作为小说，未免表现出了媚俗和模仿的倾向。

具有现实意义的新神话小说

——树下野狐《搜神记》读后

有人称《搜神记》是奇幻小说,也有人说它是传奇武侠小说,而作者树下野狐却自称他写的是神侠历史小说。可见,网络文学对作品的命名是比较宽泛的。那么,它和魏晋南北朝志怪小说代表作——干宝的《搜神记》又是什么关系呢?可以确定的是,作者只是借古书名,既不是仿作,也不是戏说和颠覆,而是意在传承中国传统文化,写出具有时代意义的新的神话。这样的努力当然是值得尊重的,其难度也可想而知。这使我想起了传统出版业前两年刮起的"重述神话"之风,更有苏童提出"神话是飞翔的现实"这个颇具新意的观点。一时间,出现"新神话主义"创作在传统媒体与网络上两翼齐飞的局面。

树下野狐的《搜神记》以华夏上古作为大背景,讲述发生在炎帝、黄帝所在的洪荒时代的故事。作品以传统的五行相生相克原理作为叙事伦理,为作品奠定了一个基调。首先,该书将古典中"拿来"的神话人物、上古典故与新的人物、故事有机结合,塑造了蚩尤、姑射仙子、神农氏、西王母、夸父、刑天，以及拓拔野、雨师妾、姬远玄和白水香等一批鲜活的人物。其次，作品的意境十分优美，尤其是原创的古典诗词，很好的丰富了人物形象，透露出作者很深的古典文学功底。另外，值得一提的是作者瑰丽的想象力和综合表现能力，使作品在艺术审美上达到了一定的层次。比如，在描写拓拔野见到姑射仙子时，作者这样写道："那白衣女子低首垂眉，素手如雪，一管玛瑙洞箫斜倚于唇。月色淡雅，竹影斑驳，宛如梦幻。白衣女子放下洞箫，抬起头来。拓拔野啊的一声，手中竹笛当啷掉地。月光斜斜照在她的脸上，分不清究竟是月色照亮了她，还是她照亮了明月。那张脸容如她箫声一般淡远寂寞，仿佛旷野烟树，空谷幽兰。"可以说作者借助古典神话的神奇魅力，覆手之间创造了新的文化意蕴。

文明时代的神话是很难叙写的，因为现代科技把许多神秘给揭穿了，比如人类已经上了月球，再写月宫，就会受到很多制约。《搜神记》在这方面做了一些回避，转而写人物的内心世界，他们争霸天下、扫荡乾坤，有壮阔的胸怀，也有细腻的情感。小说中的爱情描写雅俗共赏，既具有神界的空灵，也充满了人间的戏剧性，痴情、狂野、执着、背叛、落寞、潇洒，无所不包，这是它吸引读者的一个重要原因。比如晏紫苏与蚩尤的恋情演绎的就是"爱上了敌人"，女人似乎愿意为爱付出一切，《色戒》里的王佳芝，《惊惧黑书》里的蕾切尔，都是这样的人物。但是，"她所要的只是他的对她轻轻的一笑而已。"就让人不免感到有金庸作品的痕迹。

再看神农与空桑仙子的爱情，神帝爱上的是一个烈性的女子，宁愿被流放也不愿放弃爱情。这就让神帝陷入了精神危机，世俗不容于他们，他还担负着更加重要的使命，于是，他只能有负于她。对着清风明月喝下苦酒的神帝，宛如为人类事业献身的革命者。不过，空桑仙子却因此永远得到了神帝的心，这样的爱情真是高贵得让人羞愧。

赤松子与南阳仙子本是兄妹，他们相爱在现代来看是乱伦。但在上古及至夏商时代，是很正常的现象。周公以后，统治者为了方便统治，用道德钳制人民思想行为，才开始有乱伦之说。在小说中南阳仙子因此受到几世惩罚，似乎值得商榷。

《搜神记》倡导的英雄主义，是中国传统文化中的侠义精神，同时结合时代特征，体现在人对自由精神的追求上，加之神话奇幻的虚无缥缈，就使得作品能够借古说今而不留痕迹，能够寓情于理而神形兼备。"新神话主义"究竟往何方向发展，至今仍不明确，《搜神记》在文本上的探索因此更具有现实意义。

对历史的重新叙述

——叶青松《首任军长》读后

《首任军长》不是《鬼吹灯》,也不是《明朝那些事儿》,但它却拥有与之相同的网络传播的内驱力——能够满足网民们的猎奇心理。如果说在网络上人气极旺的《鬼吹灯》之"奇"是具有"奇特"、"奇怪"特征的奇闻怪谈,那么《首任军长》之"奇"则充满"传奇"和"奇伟"性。对"奇"的解释一字之差,就造就了两类不同的作品。一类是子虚乌有的奇闻怪事,借用语言表达的神秘性,被无限想象,完全以人类心理和感官为刺激对象;一类则是如历史小说,事出有因,被作者调整叙述顺序、加强语气、增加细节,增强故事的传奇性以营造神秘感,以此赢得更多的读者和点击率,对此我称之为"快乐史学"。《首任军长》即是后者的代表。

历史向来是严肃的,而以网络为代表的现代传媒本质上却是反传统的,这就为历史知识的传播甚至是历史文本的写作制造了困难。《首任军长》立足于严肃的历史,人物、年代、事件、地点客观存在,并确凿无疑。由于时间和空间的距离感,军事历史题材是传统读者热衷的门类,网上阅读与传统阅读实质相同，只不过方法不同。因此，在选材上，《首任军长》已经具备了拥有较多人气的条件。《首任军长》的"前序"及"跋"中都在强调，作者写这部作品，属于"私家修史"的范畴，对这样重大的革命历史题材也未带有"政治任务"，而是完全的"自由研究"。这让人想起克罗齐的一句话来："任何历史都是当代史"，为适应"文化快餐"时代的阅读，军长们的人生史被作者以"春秋之笔"重新缮写，以满足读者"猎奇"的需要，是毫无疑问的。读这样的作品，读者所得到的，一方面是对历史的了解，以及人在特定历史条件下的选择所表现的风格与思想，这是严肃史学的功效；而另一方面，则是在作者特殊叙述方式下旅行的神秘感受，这是"快乐史学"的作用。

作为被重新叙述的历史，《首任军长》突破意识形态干预下的"高大全"的形象，赋予传主更多的普通性，使他们更具有平民的亲和性，是值得肯定的。将原有的代表政治力量的英雄形象重新阐释为人性力量的代表，这是以人为本和群众创造历史的最有力证明。在这个角度上，《首任军长》做到了。作者笔下的革命英雄，不再只是教科书上枯燥的叙述，也不再只是勋章的冷冷光辉，他们会粗野的骂人，也有风流的恋爱，他们有血也有肉。但是，作者和做序者一再强调，作者的研究如何严谨，如何讲究科学性，比如更正了先前既定的错误，或者加注详细的注释等。这是处理历史题材必需的功课，似不必过分夸大。但是，他们都忽略了一点：假如给《首任军长》一个准确的分类，请问它是文学，还是历史？假如它是文学，尽管它很严肃，它也将失去历史的功用；假如它是历史，虽然它很严谨，但它将仍然会被背负"戏说"的恶名。我想象不出一个合适的答案来。这就是网络传媒时代此类作品的命运——娱乐性将会作为超越思想性和知识性的特质而摆在第一位。

从唐宋传奇到明清小说，从宋元杂剧到当代影视，传奇性是中国传统叙事作品本质特征之一。网络时代信息多样性形成的阅读疲劳愈加严重，同时阅读时间与容量的反比关系更加明显，阅读者在追求更大的阅读效率。在这种情况下，文学作品强调传奇性和娱乐性，似乎是历史的必然，但这将使文学的思想性和艺术性面临严峻的挑战。

在造化之中熔炼万物

——又是十三《乱世铜炉》读后

《乱世铜炉》与我读过的其他一些网络小说很不一样，具体说来，它使用了一种严肃的书面语体叙事。通常情况，网络适宜"快餐阅读"，通俗易懂、浅显顺畅是必备条件，近年来热议的"小白文"更是将网络阅读的简单化推向了极致。《乱世铜炉》却反其道而行之，行文风格更像是中国传统小说的路数，这就使得作品增加了文化内涵。比如，它交代"时闻盂"这个角色的出身时，用了这样一段话："那瘦小汉子时闻盂，因巧合下，眼中染了阴日阴时的牛泪水，可见异物，却再也返不回从前。万般无奈之下，只得索性做了神汉，又刻意寻了道人求授通语之法，专为周乡村民沟通阴阳，名声日隆，也挣得不少钱财，家道渐渐好了起来。"其文白夹杂的方法营造了别有一番风味的意境。这样的例子还有很多。作为意义之前的外在表象，语言的严谨使得作品的可读性和严肃性大为增加，这恐怕是《乱世铜炉》区别于其他网络作品的重要特点。

《乱世铜炉》另一个严肃的方面，是作品具有宏大的象征意义。作者在写作过程中，赋予天地万物和世道轮回以生动的意象，将世间一切视作寓居在铜炉中的物像，万物之苦都是在造化之中熔炼。这与传统中的"宿命论"不同，这种熔炼是一种自我历练与境界的提升，其蕴含的精神意义具有极高的价值。试想，一座"铜炉"怎么能乱世呢？只有一种可能，作者将其当成了一个生命体来对待。而这一观念正是中国传统文化的重要脉象，附物于人的精神，物我合一，天人合一，融天地于方寸之间。如何运用传统文化于今日，如何开创新的精神领域，网络写作无拘无束，具有天然的优势。客观的说，对于网络文学，期望某一部作品"雷霆万钧"只是一种理想，但期待一批作品"惊世骇俗"有可能更加现实，《乱世铜炉》无疑是后者，它的努力充分展示了网络特质，表达了一个网络作家对世界的求索意识。

从作品的产生方式来看，《乱世铜炉》具有网络即时性特点，即它是一部边写边发的作品。这使得作品的情节具有较大的随意性——这是缺点也是优点，正因为无所定势，作品的情节才曲折耐读。此外，这部作品也成为网络文学中读者与作者共同进行创作的典型尝试。作者在创作过程中充分吸收了网民的意见，并就某些问题与网民们展开交流。"人们写一篇文章，可以随时随地地根据不同的心境添加，文章成为永远都不可能完成的一个文本。同时网络上存储的文本，可以被不同的人从不同的角度、不同的视界、不同的空间家里一届，并可以不断提出反问、批评、修正。"(《网络文学教授论丛〈总序〉》，王岳川）这种作者与网民的互动，令《乱世铜炉》成为不能完结的作品，其对现实生活的象征意义也不被终结。

以实用颠覆侠义，以浑浊取代单纯

——读洛水玄幻小说《知北游》

《知北游》本是《庄子》的"外篇"，说某人向着不可知的地方游历，一方面讲人对未知世界探索的积极意义，另一方面又暗喻"道"是不可知的。作者洛水借用它做自己小说的书名，当然有其用意。这部小说根本的立意是说，江湖世界实际上就是寻道和弃道两股力量的争夺、演化。因此，我以为《知北游》可分为两种阅读路径，一是把它当作奇幻武侠小说，二是把它当作玄幻修真小说。

所有熟悉武侠小说的读者和作者都明白，传统武侠小说在金庸和古龙手上玩到了极致，继续走他们的路子等于自讨苦吃。怎么才能跳出来，走出一条新路？从这个角度来讲，玄幻武侠是应运而生的文学样式，作为一种新的尝试，它既符合大众阅读需求，也是文学继承和发展的必然结果。我认为，网络在此类问题上的锐意进取，比传统媒体更具开放性和创新意识。而所谓修真小说，则更多汲取了传统文化经典的精华，并用其剖析新的文化密码。这样艰巨的任务，《知北游》到底完成得怎么样？应该说它只是迈出了一步，距离构建全新的叙事话语还有很远的路程。

在小说中，预言大师伽叶第一次看见小说主人公林飞时，对他说，你的阳寿只有十六年。现代医学科学恐怕很难做这样跨度的生命预测，但对宿命论者来说，时间是静止的，可以触摸的，答案早就存在。林飞决定改变自己的命运，这个十六岁的少年从此开始走上了挣扎和反抗的道路，可惜他身上不断释放出的是"恶"的能量。林飞冷漠自私，狂妄自大，嗜杀成性，任何人都是他利用的对象，只要稍有疑惑，他就会借火箭上升的强大妖力大开杀戒。但是，这个打遍北境无敌手的魔主，北境文明的终结者，却一直被龙碟"远程监控"。细观这种极端的笔法，以实用颠覆侠义，以浑浊取代单纯，不能不说是作者对世相有着自己的深刻洞见。应该说，人性的阴暗面在这部小说中得到了有力的揭示，虽然黑暗遍野，但也有对理想社会的期盼。自在天或许是大唐的象征，但这个北境以外的空间能否成为生命的救赎之所？小说从宇宙平衡规律出发，给读者留下了不少疑问，既有对异度空间的追索，也有对永恒世界的探询，尽管其中有的是以无厘头的搞笑形式出现的。小说的文笔和意境均达到了一定的水准，在修辞上也是别具一格，体现了网络写作的充分自由。

《知北游》的主要缺陷是叙事的杂乱，有的属于试图创新但运用不当，也有的纯粹是画蛇添足，而以低俗的视角去表现修真之境界，也是值得商榷的做法，至少是驾驭整个叙事体系不力的表现。三个美女高手与林飞的关系令人生疑，林飞究竟凭什么打开了甘仙子的心扉？那些出身名门的清纯美艳女子被妖怪轮奸致死，是不是只是某种点缀？另外，超级局布造成的结构松散，前后矛盾之处不一而足。

破冰之年　告别"隐身"

——2010年网络文学综述

2010年，网络文学进入平稳发展期，呈现理性化、多元化与精细化趋势，总体创作水准有所提高。早期网络写作的叛逆姿态有所回转，点击率等网络化特征不再是"标志"性话语；网络作家告别"隐身"写作历史，频繁露面参加各种形式的文学活动；类型化写作深入发展，作品形式互有借鉴。作者队伍结构更趋多元，女性创作进一步繁荣。商业网站与非商业网站之间的差别继续扩大，前者在作品类型的划分上越来越细致，网络特点比较明显，传统作家几乎无人加入；后者在作品形式上丰富多彩，参与人群更加广阔，年龄跨度拉大，不同水准、不同写作方式的作者组成了庞大的自由写作群体。

这一年，网络文学的发展得到多方关注，中国作协首次举办"网络文学研讨会"。鲁迅文学奖首次向网络文学敞开大门，中篇小说《网逝》入围具有破冰意义。国家新闻出版总署将网络文学纳入中国出版政府奖评选范围，网络出版物的国家级奖项即将产生。三家网站的三部网络长篇小说获得中国作协重点作品扶持。网络文学的专门奖项——"网络类型文学奖"正在积极筹备之中。出版机构对网络文学作品的认识逐步加深，出版理性化，但总量不减。文学网站开始注重编辑素质的培育和提升；网络文学成长途径更加开阔：新华网成立副刊频道，榕树下重点培育网络文学评论作者……无论是外部环境还是内部环境，都有助推网络文学向主流汇合和靠拢。如上所述，在保持其自身特性的同时，网络文学的理性发展则成为必然。

尽管网络文学版权保护至今尚未找到有效途径，网络文学产业化探索的脚步却从没有停止。今年，包括在线付费阅读、手机付费阅读、手持阅读器销售、下线出版、影视改编、动漫、游戏改编等产业化发展取得重大进展，整个行业的产业总量已近百亿元人民币，其中手机阅读飞速增长是最大的亮点。可以说，网络文学已经告别单一的"在线付费阅读"模式，进入盈利多渠道阶段。

一、"网络文学研讨会"正视网络文学创作

号称全民写作的网络文学现场，一方面创作丰沛，藏龙卧虎，另一方面泥沙俱下，良莠不齐。这个状况并非一日所形成，本在预料当中，属于正常现象。问题在于，我们如何正视这一现实，是否有能力对此作出全面、客观、公允的评价？就现状而言，网络写作处在一种自发状态，理论研究严重滞后于创作，这就使得创作生态缺乏反思与自我修补功能。由于堆积的问题得不到释放，人们对于网络文学的普遍焦虑，以及误读仍在持续蔓延。问题的产生有一个过程，解决问题自然需要步骤，相对标准的建立，已成为推动网络文学发展的当务之急。

在文学现场，网络文学的理论批评一直处在雷声大雨点小的状态当中，即便有所论及，也存在不同程度的表述"无力"，究其根本，还是对网络文

学本身缺乏深刻和全面的把握，话语系统的弥散，造成了批评与创作的脱节。正如杨利景先生在《网络文学批评的发展瓶颈》一文中阐述的那样：理论资源的匮乏，导致目前的大多数网络文学批评只能是无源之水、无本之木，难以向纵深发展，自然也就难以有效而精准地对网络文学创作提出有力的批评。

中国作协显然注意到了这个问题，5月20日，他们与广东省作协在京联合召开"网络文学研讨会"，传统作家、评论家、网络作家、文学网站编辑，共60余人应邀出席会议。作为文学大家庭中的一员，网络文学的大计本当由文学界来共同承担，"跨界"研讨或许是正视网络文学，并为其"症疗"的最好方法。如此规模的研讨会，应该说是本年度"网络文学"的标志性事件。中国作协党组书记、副主席李冰在会上的讲话态度十分明确，他首先简要分析了网络文学现状，论述了传统文学与网络文学的关系。对于网络文学今后的发展，李冰认为应从以下几个方面出发开展工作：一是大力倡导行业自律。增强文学网站的社会责任意识，积极推动文学网站的思想建设和制度建设，为网络文学创造良好的平台和环境。二是加强网络文学作者、编辑队伍的培训，提高网络文学作家、编辑和其他从业人员的综合素质。三是开展网络文学的评论和评奖。采取有力措施，尽快形成网络文学评论家队伍，逐步建立起符合网络文学发展规律的理论评论体系。把网络文学纳入各类文学评奖、重点作品扶持、作品研讨中。四是旗帜鲜明地反对网络盗版侵权行为。中国作协副主席张抗抗，广东省作协主席、党组书记廖红球分别对网络文学的历史与现状，以及广东地区网络文学的发展情况进行解读和分析。盛大文学首席执行官侯小强、新浪副总编辑孟波、中文在线总裁童之磊、新华网副刊频道负责人俞胜、湖南作家网主编余艳、红袖添香总编毕建伟、17K文学网总编刘英、诗生活网总编莱耳，评论家白烨、谢有顺、王祥，作家代表盛可以、步非烟、唐家三少在会上发言。

会议产生了一些值得关注的重要观点，也提出了很多积极建议。其一，网络文学用新鲜的想象力缔造了一个崭新的文学世界，它正在不断接近世界文学的创作潮流。其二，在内容为王的时代，面对"巨量读者群"，对作品的审核和把关，网络编辑的职责尤为重要。其三，网络文学并未分割传统文学的市场份额，而是开创了全新的阅读领域。其四，在国际金融危机中寻找新投资方向和新经济增长点的投资者，对文化创意产业逆势而上的特点产生了极大兴趣，网络文学的产业化发展应当抓住这个难得的机遇。其五，最初创作是出于对文学的理想，到了后期，如果没有良好的落地和回报，很多作者将无法坚持创作，大部分网络作家的艺术生命并不长久。其六，一些优秀的网络小说，带有渲染暴力色情，极端民族主义，艺术水准不均衡等等毛病。政府应从国家文化战略高度出发，帮助作者对作品进行系统全面的修改，组织改稿会研讨会，最终形成修正版，推出网络文学精品力作。

本年度网络文学研讨活动的特点是形式多样、因地制宜，既有务虚的宏观研讨，也有针对性很强的创作研讨；既有专业性较强的专题研讨，也有网络创作领域的交流大会。

4月9日下午，上海市作家协会举行上海网络文学青年论坛。论坛由被称为网络文学"教父"的上海作协副主席陈村主持，盛大文学旗下网站的涅槃灰、雪篱笆、三月暮雪、安知晓、叶紫、安宁、楚惜刀、君天、格子、骷髅精灵，以及路金波、蔡骏、小饭、孙未、张其翼、哥舒意、潘海天等众多网络文学青年作家参加了会议。陈村认为，网络文学最大的贡献就是让更多的人参与到写作中来，每个人都可以利用互联网的平台自由地展现自己。但是，如果要说它从内容到形式给文学带来什么，答案是，很少。因为网络文学发表容易，不会被否定，本来以为最能出现大量新东西的网络文学，恰恰让他一度失望。网络作家格子认为，随着网络文学的发展，读者也在成长，阅读水平在提升，必须拿出新的、有创意的东西，才能得到读者的认可和接受。"骷髅精灵"提出，现在商业化太严重，导致网上没创意、跟风作品大量泛滥。网络文学看似繁荣，其实崩溃可能就在刹那。网络的自由表达本来就是要写没有的东西，但是，创新是有风险的，谁也不敢轻易去尝试。现在网络写作不是"我想写什么"，而是"流行什么"，事实上网上点击率高的东西未必是读者真正喜欢和需要的。

11月10日下午，第五届鲁迅文学奖刚刚落幕，浙江省作协抓住机会顺势在绍兴咸亨酒店举行"中国网络类型文学高峰论坛"，论坛主要讨论"是否需要设立，及如何设立网络类型文学奖项"。

与会评论家结合文学传统分析了网络文学现状。王干认为，网络文学的最大特点就是类型化，在这一意义上，网络类型文学承接了五四新文化运动前的传统，重新回到日常生活的文学，可以说是一个新的开端。邵燕君也认为，新文学更具启蒙意义，而当前类型文学的兴起则要使读者作为消费终端解决一切。如果用传统纯文学评奖标准来评判网络文学，有些优秀的网络文学作品的光芒可能会被掩盖；而完全按照网络文学的定位和规则来进行评选，也可能会冲击传统文学评奖的一贯标准。面对网络文学与传统文学"分庭抗礼"的场面，马季认为，当代文学在发展过程中必然要经过这样一个"多元化"时期。网络文学使得中国的文学现场很丰富，同时对青年作家们的要求也更高。何平则呼吁，网络作家与传统作家之间应该多一点宽容和理解。但他同时也指出，应该承认文学是分层的。目前的网络类型文学是"有类无形"，作品结构是中国网络文学面临的最大问题，网络文学要想走得更远更好，从文学观念上要有所变化。李国平对网络文学的定位相对宽泛，认为网络文学与传统文学、纸媒的联系是无法割断的，没有必要绝对划清二者的界限。夏烈提出了类型文学理论批评的缺失问题，类型文学有一定代表的批评者在哪里？有一定代表的研究者在哪里？这些现在都只是问号。

网络作家也有自己的独到见解。那多认为，"类型"的划分是由人的情感需求决定的，某种情感需求相对应地呼唤某种类型小说创作，而类型小说的模式化则使得它容易为人所诟病。畅销书作家陆琪的观点相对尖锐，他认为网络作家的作品更受大众欢迎，纯文学作家应该走出"象牙塔"，使自己的作品"接接地气儿"。凭借《后宫甄嬛传》成名的网络文学作家流潋紫说，网络给了文学爱好者一个较低的门槛，任何愿意写作的人都可以通过网络开启自己的文学之路。除了批评之声，流潋紫希望听到更多对网络文学作者的宽容之声，以鼓励那些热爱写作、愿意写作的人继续走下去。

其实，文学的雅俗之争由来已久，新文化运动以来，精英化的雅文学成为文学主流，但在网络兴起之后，俗文学借助读者的声势重新崛起。如今，雅俗文学实际上在不断彼此靠近，文学标准宽泛化的背后，隐藏的是市场引发的话语权的更迭，在雅文学逐渐失去"文化领导权"的情况下，表现出俗文学希望借助读者的力量正名，借助雅文学的标准提升自身的冲动。

在官方机构开展网络文学创作研讨活动的同时，民间机构也积极响应。4月22日，世界读书日前夕，盛大文学和《文艺报》在北京国际版权交易中心联合主办"中国网络文学女作家研讨会"。参加这次研讨会的十二位女作家分别为来自起点中文网女生频道的云之锦、雁九，晋江文学城的吴小雾、余姗姗，红袖添香网的唐欣恬、携爱再漂流，小说阅读网的三月暮雪、魔女恩恩，潇湘书院的风行烈、苹果儿以及榕树下的刘小备、米米七月。她们和著名文学评论家阎晶明、王必胜、白烨、张颐武、陈福民、王干、马季等人就各自代表作品以及女性写作与城市生活等多个话题进行了深入研讨。这场国内首次针对网络女性写作召开的大规模研讨会，更多地向我们展示了现代女作家的社会责任与人文情怀。

研讨会还传递出网络时代的女性写作几个层面的讯息：网络女性写作绽放出不同于过往时期女性写作的自由与活力；诞生于网络的新一代女性作家，她们用细腻的笔触，在营造一片充满想象力的文学天地的同时，也对社会生活产生着细微而且微妙的影响。盛大文学首席版权主管周洪立在研讨会上说，盛大文学93万名作者队伍中，大概有一半是女性作者。她们的辛勤创作，缔造了网络文学的繁荣，也推动了女性写作进入一个全新的境界。

二、年度最具影响力网络作品

连续数年称霸网络的玄幻、仙侠类作品，2010年相对平稳，以我吃西红柿的《九鼎记》和唐家三少的《阴阳冕》较有影响。而女性写作出现曙光，言情、职场类作品继续红火，悬疑、玄幻、传奇等诸多元素开始介入女性作品，比如王雁的《大悬疑》、风行烈的《傲风》和施定柔的《结爱·异客逢欢》等，说明女性网络写作进入空前活跃期。2009年在网络产生重要影响的超级长篇小说《盘龙》和《斗罗大陆》，前者去年上半年完稿，后者今年春天结局，两部作品今年的人气依然旺盛。其他如《陈二狗的妖孽人生》《阳神》《凡人修仙传》《贼胆》》《近身保镖》、《破灭时空》《龙蛇演义》《猎国》《酒神》《武神》《仕途风流》《异界全职业大师》《间客》《逍行记》《诡刺》《铁骨》《篡清》等近期作品也都拥有有大量读者。

玄幻类小说《斗破苍穹》（作者／天蚕土豆）：2009年下半年及2010年最有影响力作品。这部作品在百度搜索破亿，创网络小说之最，并已成功改编成网络游戏。当初的少年，自信而且潜力无可估量，不知让得多少少女对其春心荡漾，当然，这也包括以前的萧媚。然而天才的道路往往曲折泥泞，三年之前，这名声望达到巅峰的天才少年，却是突兀的接受到了有生以来最残酷的打击，不仅辛辛苦苦修炼十数载方才凝聚的斗之气旋，一夜之间，化为乌有，而且体内的斗之气，也是随着时间的流逝，变得诡异的越来越少。斗之气消失的直接结果，便是导致其实力不断的后退。从天才的神坛，一夜跌落到了连普通人都不如的地步，这种打击，让得少年从此失魂落魄，天才之名，也是逐渐的被不屑与嘲讽所替代。站得越高，摔得越狠，这次的跌落，或许就再也没有爬起来的机会。这部小说没有花俏艳丽的魔法，有的，仅仅是繁衍到巅峰的斗气！除了创新与创造，作品洋溢着年轻与力度，幻想与激情，呼唤着我们的一腔热血。

悬疑类小说《大悬疑》（作者／王雁）：蒙古帝国萨满神巫和成吉思汗发生神权和王权之争后，留下了一卷神秘的驼皮书，为几百年后收藏家、考古学者、倒手、炒家、盗掘者、法医、刑警千方百计寻觅追踪……作品以刑侦推理、智力解谜和考古探险三位一体的叙事方式，在诡异离奇的故事推进中，把读者引入悬疑恐怖又凶险的阅读历程。大量的有关收藏、历史、宗教、地质、考古、风水命理等领域相关知识的融入，使得作品在好读的同时，深蕴了一种内涵上的丰富性。这部小说已由大众文艺出版社于2010年5月正式出版。

励志类小说《橙红年代》（作者／骁骑校）：八年前，他是畏罪逃亡的烤肠小贩，八年后，他带着一身沧桑和硝烟征尘从历史中走来，面对的却依然是家徒四壁，父母下岗的凄凉景象，空有一身过人本领，他也只能从最底层的物业保安做起，凭着一腔热血与铮铮铁骨，奋战在这轰轰烈烈，橙红色的年代。本书为青春励志类小说，风格硬朗，情节紧凑，以主人公为视角和主线，描述了一个个社会底层弱势群体的生活态势和矛盾冲突，以及边缘青年的彷徨迷茫，自强不息，最终成为社会栋梁的故事，具有现实批判意义和催人奋进的作用，被广大读者誉为"男人的童话"。

历史小说《步步生莲》（作者／月关）：作品讲述的是社区工作者杨得成因为尽职尽责的工作而意外回到古代，成为丁家最不受待见的私生子丁浩，及其如何改变自己人生命运的故事。丁浩无权无财,为同父异母弟弟当车夫。但丁浩也有梦想,就是在这万恶的社会成为一个阔少,遛狗取乐,游手好闲。梦想虽然有些遥远,但是丁浩却不以为然,凭借着自己做社区工作积累下来的社会经验,他应对世人、世事八面玲珑,聪明的抓住身边每一个机会,脱出樊笼,去争取自己想要拥有的一切。宋廷的明争暗战,南唐李煜的悲欢离合,北国萧绰的抱负,金匮之盟的秘密,烛影斧声的迷踪,陈抟一局玲珑取华山,高梁河千古憾事……江山如画,美人如诗,娑婆世界,步步生莲。

科幻小说《冒牌大英雄》(作者/七十二编):一个机械修理兵能做什么,研究、改装、奇思妙想?一个机甲战士能做什么,机甲战斗、精妙操作、奇拳怪招?一个特种侦察兵能做什么,深入敌后、徒手技击、一招制敌、伪装、潜行、狙击?一个军事参谋能做什么,战局推演、行动计划、出奇制胜?能把四种职业合而为一,甚至还精通心理学、骗术、刺客伪装术的天才,却是一个胆小怕事、猥琐卑劣的胖子。当这个奇怪的家伙被迫卷入一场战争中,从开始的贪生怕死,一场场逃跑,到后来男人的责任感与民族危机感被激发,挺身而出,成为一场场奇迹胜利的创造者。

玄幻类小说《永生》(作者/梦入神机):无穷无尽的新奇法宝,崭新世界,仙道门派,人、妖、神、仙、魔、王、皇、帝,人间的爱恨情仇,恩怨纠葛,仙道的争斗法力,梦入神机继《佛本是道》,《黑山老妖》《龙蛇演义》,《阳神》之后,又一震撼力作。肉身,神通,长生,成仙,永生。五重境界,一步一步,展示在您的面前。一个卑微的生灵,怎么样一步步打开永生之门?天地之间,肉身的结构,神通的奥秘,长生的逍遥,成仙的力量,永生的希望,尽在其中。

仙侠类小说《罗浮》(作者/无罪)：无罪首次尝试古典仙侠题材，撰写了一个人、妖、魔相争天下气运的世界——看似平静的修道界中，却隐藏着数百年气运转化的危机。一名懵懂的山野少年，遭遇了一个代代一脉相传的神秘门派，无意中却卷动了天下风云。

言情类小说《步上云梯呼吸你》(作者/涅槃灰)：苏懿贝，是网络写手也是一个孤儿，她的所有行李只有一台电脑和那片从来舍不掉的回忆！笔下出现一个个让人哭死爱死的爱情故事，结局或者悲情，每一个都动情，让人觉得她是一个懂得爱的女孩。但现实中的苏苏却不再愿意相信爱情，她写爱情故事只是相信这个世界上还有很多和她一样永远再不信爱情的女人，会需要读一些爱情外敷内用，避免早更早衰。天意总是爱折磨无辜的人类，就苏苏这个平凡无奇的早老痴呆竟然又被爱情看上，还炫目到偶像剧级别，一如6年前的那场原该擦肩的初恋，浓情诱人。

言情类小说《我不是精英》(作者/金子)：韦晶是个北京女孩儿，长相普通，性格开朗，父母是钢铁公司的，本身是中专毕业，而后因为社会进步及生存的必要，她参加了成人高考。她一直在一家小国企工作，后来那家公司因为经营不善濒临倒闭，因为一个偶然的机会，一个朋友给了她一个面试机会，BM公司，一家财富五百强的公司，并得到了一个临时职位。在此期间她经历了一系列语言，工作风格，能力，人际关系的考验，精明厉害又有点刻薄的老板，各式各样的同事。韦晶出过丑，耍过小聪明，学着装腔作势，也曾为自己伪精英的身份洋洋自得过，但更多的是一个学习成长的过程，如何做事，如何做人。片儿警米阳，公安大学刑侦专业毕业，父亲是钢铁公司一个中层领导，他跟韦晶从小就认识，两人基本处于一个有事肯定互相帮助，没事儿就掐的状态，算得上铁哥们。米阳毕业之后因为成绩优秀被当作精英分配到了某刑警大队，他自己也是雄心壮志，准备大展宏图，却没想到在第一次行动中就犯了大错。

都市传奇类小说《结爱·异客逢欢》（作者/施定柔）：21岁的关皮皮成绩一直不好，高考失利，只好入读于某大学专科的行政管理系。她的梦想是做一名记者，在大学期间她以优异的成绩分配到晚报当了一名秘书。偶然中她得到一个人物专访机会，采访对象是古怪的古玉专家和收藏家贺兰静霆，对方心跳每分钟只有三次。她终于知道贺兰静霆不是人，而是一只有九百年修行的雄狐。青梅竹马的男朋友陶家麟为了申请国外大学放弃和皮皮的爱情，她想到自杀，却被贺兰静霆救回来。其实，早在她的N个前世，贺兰静霆第一次狩猎修炼用的人肝时，就爱上了她，起初只是为了吃掉她，却从来没有得逞。整整九百年，皮皮换过无数次身份，他都苦苦的寻找她、追踪她，等待她死亡，再寻找她的下一个来生。听到这个故事，皮皮开始喜欢贺兰静霆。

三、创新、竞争机制下的产业生态

网络文学自诞生以来一直在寻找行之有效的产业化发展途径，经过文学网站经营者十多年的摸索和努力，借助并购融资等商业手段，目前已初步建立起包括在线付费阅读、版权运营、影视、网游改编、海外建站等商业模式。以手机付费阅读为代表的创新型模式，作为近年来网络文学产业化发展新的增长点，正在成为行业关注的焦点。

（一）手机阅读走俏，阅读器市场竞争激烈

手机阅读是中国移动通过多样化的阅读形式向用户提供各类电子书内容，以在线和下载为主要阅读方式的自有增值业务。2000年12月中国移动

正式推出了移动互联网业务品牌——"移动梦网 Monternet"就此开始了手机阅读的旅程。但最初的业务情况不尽如人意，经过几番起落，直到 2007 年才进入高速发展阶段，2009 年移动梦网月达到用户 9000 万。

目前中国移动、中国电信、中国联通三大运营商均设立了手机阅读业务基地，来负责各自无线阅读业务的运营和推广。其中中国移动的手机阅读基地无论在用户数、收入、内容上均独占鳌头。中国移动手机阅读基地 2010 年正式商用，目前累积访问过阅读业务的移动用户为 1.17 亿，12 月份以来日均 PV2 亿左右。单月访问用户数已突破 2500 万，单月付费用户数已突破 1800 万。在阅读内容上，玄幻、都市、言情、仙侠、历史等类别最受手机用户喜爱。

2010 年，手机阅读成为互联网阅读的龙头，由于无线阅读具有国家垄断特性，网络文学的盈利模式终于寻觅到了一处版权避风港。据《中国手机阅读市场用户调研报告 2010》称，手机阅读已经成为移动互联网用户使用频率较高的应用之一，每天阅读一次及以上的用户占比达到 45%。今年的收入已突破 30 亿人民币。主流媒体也与地方移动合作纷纷创办了手机报，在全国最有影响的是广东手机报、江苏手机报和湖南手机报。数据显示，2010 年第 3 季度中国移动互联网用户规模达 2.43 亿人。《中国移动互联网市场与网民行为调查报告》显示，中国手机网民上网以阅读小说为主要目的的有 51.7%，而在同时根据"手机网民无线产品购买意向"中的统计，尽管有超过 39% 的中国手机网民表示不接受任何无线付费产品，手机读书项目却以 37.5% 的比例排在愿意购买的无线产品之首，遥遥领先于其他服务。

今年，手机阅读最受读者欢迎的网络文学作品是玄幻小说《斗破苍穹》，其单日信息费最高收入突破 6 万元；都市小说《很纯很暧昧》为最高点击量作品和最高收益作品；纪实小说《我是一朵飘零的花－东莞打工妹生存实录（一）》区域推广效果最佳，单日信息费最高收入突破 5 万元。

电纸书阅读器是技术创新的代表，它的出现给网络文学添加了新的阅读终端。国内最大的电纸书阅读器厂商汉王科技一马当先，2009年以来，采用电子墨水技术，依托汉王科技全球领先的手写辨识技术，汉王电纸书以势如破竹之势，在电子阅读器领域跃入了世界三甲，并稳居国内市场龙头地位。在汉王的强势刺激下，国内市场上迅速冒出了几十家大大小小的电子阅读器生厂商。除去最早一批的方正、翰林、易博士，又陆续出现了OPPO、纽曼、台电、爱国者、蓝魔等"MP3军团"，以及大唐、华为、中国移动等"电信业军团"。连联想、毕升、博朗、甚至盛大文学等相关企业也进入了这一市场。

但进入2010年后，一度被看好的电纸书阅读器类产品市场却相对冷淡，其前景预期正在转为谨慎。电纸书阅读器市场的国际化竞争直接影响到了国内市场，以苹果iPad为代表的平板电脑产品正在迎来井喷——自4月份上市以来，苹果iPad的全球销量已经超过300万台，在电纸书内容销售上也正在逼近Kindle，这使得前段时间亚马逊Barnes&Noble相继调降了旗下电纸书阅读器的价格。一家名为Interead的英国电纸书阅读器厂商，2009年才进军电纸书阅读器领域，投产不到一年即宣告破产，可见此行业生存之艰难。

为了应对复杂的市场局面，汉王科技从去年就开始运作汉王书城，搭建电子内容平台，希望未来转型数字内容渠道商。不过易观国际的分析报告指出，目前汉王书城的下载仍以免费下载为主，用户付费下载意愿不强导致资金回收面临压力，在汉王的整体营收中仍以终端盈利为主，内容平台盈利不足，未来发展存在瓶颈。

由于网络盗版猖獗，传统的在线付费阅读模式一直处在"风险"状态。2010年，在手机付费阅读强大力量的支撑下，中文在线17K文学网率先放弃了在线付费阅读模式，依靠免费阅读吸引读者群体，再将其中部分人群引入手机付费阅读领域，辗转达到盈利目的。同时，纵横中文网也有新的举措，他们采用业内首创非独家试用签约方式吸引作者，不仅保证作者在纵横码的每一个字都有回报，而且还作者自由选择平台的权利，期待网站和作者的双赢。总之，创新和竞争是网络文学产业化今后发展的必然之路，大势所趋。

（二）多样化发展为创新提供机遇

网络文学本身是一个全新的事业，到目前为止，它的发展仍然具有多种可能性。回望十多年的发展历程，几乎每年都有新的概念进入这一领域，这说明网络文学完全契合这个时代的节奏，充满了活力，在给人们带来震撼和惊喜的同时，也引发思考。早期网络文学作者玄雨（代表作《小兵传奇》）、萧潜（代表作《飘邈之旅》等一批网络作家重新回归网络创作，证明网络仍然具有强大的吸引力和成长空间。

2010年，网络文学吸引了著名门户网站新华网的目光，4月23日新华网推出副刊频道（新华副刊），用这种方式表示对网络写作的关注。新华副刊创办以来，坚持打造高雅品牌，在很短时间里已形成一支稳定的作家队伍和读者群，并有160余位作者开通了博客。新华副刊的原创文学作品质量较高，山西作家哲夫、深圳作家张夏、宁夏作家董永红、辽宁作家孙守仁等，纷纷选择在新华副刊首发自己的长篇新作。另有多篇散文、小说、诗歌被其他媒体转载。

今年6月，盛大文学新加坡站点上线运行，作为中国文学网站第一个海外站点，站点上线立即进入角色——承办榕树下文学网主办的"《英语世界》杯"征文及翻译大赛。这次英汉翻译比赛是一次跨文化交流：中国人写英文，外国人写中文，体裁不限，题目自拟。活动有助于中国文化的传播，也为网络文学向海外输出提供了可能。

6月17日，红袖添香"九分钟原创电影大赛"开机仪式新闻发布会在京举行。大赛通过剧本征集、团队组建、实地拍摄、作品展映、颁奖典礼等五个阶段进行。至今接收到来自全国各地网友提供的九分钟故事梗概2528个，改编剧本2578篇。大赛组委会已经从中遴选出优秀故事梗概50个，优秀改编剧本20篇，即将开拍成九分钟电影。

10月26日召开的首届中国写作者大会，除了"网络文学与传统出版"论坛外，还设立了"网络小说与影视、游戏的关系"论坛。著名音乐制作人赵雨润担任论坛主持人，北京电视台副总编辑、北京紫禁城影业有限责任公司董事长张强、红杉资本中国基金创始人张帆、著名编剧王宛平、陈彤与18基金合伙人兼游戏制作人陈浩健等人应邀为论坛嘉宾。论坛探讨了网络小说对于影视和游戏的吸引力，以及网络小说的现实意义等问题。值得一提的是，中国主流影视目前还不太重视网络小说，购买网络小说影视版权的大多是中小制作公司，这也是网络小说不能通过影视渠道扩大影响力的主要原因。因此，虽然网络文学诞生10年来已经取得非凡成就，但真正要走向产业多元化还需假以时日。

不同形式的尝试，不同方式的交流，不同文化的碰撞，正是时代赋予新型文化产业的使命。在摸索中进取、壮大，通过不断努力实现自身价值，网络文学吸引当代青年的魅力或许正在与此。

四、网络文学版权维护任重道远

2010年，在线阅读遭遇严重盗版的态势仍在加剧，12月9日，中国文著协、盛大文学、磨铁图书发表联合声明，表示将与百度文库的侵权盗版行为斗争到底。不惜将诉讼进一步上升到行政和刑事层面。

今年，在中国作协主持下，由中国作家网等多家文学网站组成联合调研组，自6月下旬以来，分别走访或函询了国家版权局、国家工业和信息化部、上海市作协、广东省作协、深圳市文联、盛大文学总部、中文在线总部、腾讯网读书频道以及鲁迅文学院网络文学编辑培训班，就网络文学版权现状、网络文学盗版形式和手段、网络文学维权的措施和方法等展开了调研。最终形成的《网络文学维权问题专题调研报告》指出：根据各网站情况汇总，所有原创文学网站均遭到不同程度盗版，实行付费阅读模式的文学网站（如起点中文网、17k文学网、晋江原创文学网、纵横文学网、小说阅读网等）收到的冲击尤为严重，VIP作品几乎全部被盗。每家盗版网站盗版的数量少则几十部，多则几百部、数千部，甚至还有数量不少的盗版网站几乎和正版网站保持同步更新，一些当红作品更是每家盗版站都有转帖。

《报告》还列举了网络文学盗版常用的五种手段：其一是网络爬虫。一种自动提取网页的程序，是搜索引擎从互联网上下载网页的技术手段，可以对正版网站进行实时监控，在发现新增作者或章节后进行自动抓取，存入自己的数据库系统并发布到页面，文字和图片内容均可抓取。其二是图片下载。一些正版网站把自己发布的作品制成图片格式，而盗版网站利用图片批量下载进行盗版。其三是拍照或截屏。使用屏幕照相机或屏幕抓取程序生成图片进行盗版。其四是手打。最直接、最原始也是最难防范的盗版形式。盗版网站组织"手打团"，有些盗版网站甚至公然宣称，在正版网站图书发布3分钟之内就可以把盗版内容添加到自己的网站上。其五是网友自主上传。这种形式是利用法律漏洞的一种变相盗版模式，争议最大，也最难解决。从技术层面来说，目前最难遏制的是采用截屏和手打方式的盗版。此外，随着传播介质发生变化，有线互联网、无线互联网以及客户端等发展势头迅猛，手机、手持阅读器也成为网络文学盗版的新方式。

显然，网络文学盗版不仅严重扰乱了正常的市场秩序，侵害了原创文学网站和作家的合法权益，而且阻碍了网络文学健康有序的发展。但目前解决这个问题还有很大难度，只有在相关法规制度的逐步建立中，逐渐加大维权力度和范围，尽可能减少盗版给网络文学发展造成的损失。

网络盗版问题越来越引起相关部门的重视，国家新闻出版署已将包括网络文学在内的网络读物列为版权保护对象。2010年打击网络侵权盗版专项治理的"剑网行动"于7月21日在全国正式启动，这是继2005年开展以来的第六次网络专项行动。剑网行动将加强对音频视频及文学网站、网游动漫网站以及网络电子商务平台的监控力度，重点围绕热播影视剧、新近出版的图书、网游动漫、音乐作品、软件等，严厉打击未经许可非法上载、传播他人作品以及通过电子商务平台兜售盗版音像、软件制品等的违法犯罪活动；严厉打击非法传播上海世博会、广州亚运会相关音乐、电影、软件、图书等作品的网络侵权盗版活动。开展"剑网行动"的目的是进一步维护网络版权，打击违法行为。国新办还就打击侵犯知识产权专项行动等有关情况举行发布会，新闻出版总署副署长、国家版权局副局长阎晓宏在会上表示，从2010年11月至2011年3月，国家版权局将会同工业和信息化部、商务部等有关部门，集中加强对计算机生产企业的源头治理，加大对软件等重点产品的市场监管力度，继续开展打击非法预装计算机软件专项治理，严厉打击非法制售和通过信息网络传播侵权盗版软件的行为。

五、年度网络文学活动大事记

1月4日，停办9年之久的榕树下原创文学（第四届）大展重新启动。本次大展分长篇组和短篇组进行评选：长篇组接受10万字以上原创叙事类作品。短篇组则作为盛大文学全球写作大展（SO）短篇单元，已发表和未发表的作品均可参赛。本次大展奖金总额高达32万元，最高奖项5万元。评奖分海选、初评、终评三个部分，网站编辑、社团编辑与出版编辑共同完成海选，通过网络投票完成初评，最后由评论家、专家和著名作家组成的评委等进行终评评选，得出各个类别的获奖作品。

1月17-26日，中文在线与中国作协鲁迅文学院联合举办网络作家培训班，选送失落叶、骁骑校、林静等20名网络作者进行专业培训。培训期间,网络作家接受了代表中国文学界最高理论水平和创作水平老师的辅导,既保留了鲁迅文学院经典课程,又加入了更贴近网络作家实际创作生活的针对性课程,包括国情文化、文学态势、作家的素质与培养、小说创作谈、创作知识与创作技巧等十几门核心课程,并加强了实质性的创作辅导。

4月8日,由中国文联、北京市委宣传部指导,北京网络媒体协会携手北京市文学艺术界联合会共同主办的"首届网络小说创作大赛"在北京电视台举行了隆重的颁奖盛典。自1月23日作品征集结束,新浪读书、央视网、晋江原创网、红袖添香、起点中文网、铁血网、幻剑书盟、天涯社区、西祠胡同、搜狐原创、网易论坛、西陆网、和讯网、中搜网等15家承办网站共收到4万余部参赛小说,符合参赛条件的作品10777部,总字数超过12亿,作品总浏览量突破31亿人次。其中,单部作品最高浏览量超过1270万人次。

4月18日,盛大文学首届全球写作大展(SO)盛典在古城西安隆重举行。以唐家三少、我吃西红柿、血红以及涅槃灰、金子等为代表的近百名网络作家,组成了一个规模庞大的网络文学写作天团。陈忠实、张笑天、冯积岐、高建群、郑彦英、雷抒雁、阿来、王刚、王跃文、陈村、周明、步非烟、江南等著名作家;白烨、王干、马季、兴安等著名评论家;张鸣、路金波等学者、出版人;国际出版协会副主席白锡基(韩国);唐德传媒副总裁刘朝晨、汉王科技董事长助理邢鹏等企业界人士出席颁奖大会。同时,盛大文学联合多位专家根据调查数据撰写的《2010中国网络文学蓝皮书》正式发布。《蓝皮书》显示,有75.6%的文学网站用户认为"网络文学会造就罗琳式的伟大作家"。

5月17日,盛大文学宣布启动"CHINA创意"——暨中国短小说(创意剧本)基地首批作品征集令活动,以1500字为限,万元招募国内第一个"短小说之王"。获奖作品除获得高额奖金外,还将接入盛大文学"云中图书馆",成为"一人一书(OPOB)"计划的有机组成部分,并有望成为影视

"大片"的创意脚本。

5月18日，在教育部思政司指导下，由小说阅读网、吉林大学联合主办的"吉林移动杯首届校园青春励志网络文学大赛"在北京版权交易中心开幕。在本次活动获奖的学生、学校及社团将会得到一定资金奖励，获奖作品将被收录到"全国高校青春励志文学图书馆"。90后作者将是这次大赛的主要参加对象。

6月10日，"上海高校原创小说大赛"在复旦大学校园内正式启动。评论家夏烈、小说家那多、曾炜以及起点中文网十大书探与复旦学子一同分享写作经验，并对参赛选手的作品进行现场指导。大赛计划在上海地区30多家高校举行，赛事分设为上海各大高校启动仪式、体味校园人生——"手机阅读"读书沙龙等环节，还将举办名家讲坛、读书沙龙、作家签售会等活动。活动与中国移动手机阅读平台亲密互动，产生良好的黏性，有望挖掘和培养一批手机小说作者，提升手机阅读的影响力。

6月20日至12月20日，共青团贵州省委、贵州省作家协会、贵州省青年文化学会联合举办2010年中国贵州首届网络文学作品大赛暨网络文学作家评选活动。活动以"讴歌当代贵州精神、发掘网络文学精品、繁荣贵州网络文学、促进多彩贵州发展"为主题。旨在发现和培养文学新人，推动贵州原创实力网络文学新流派，同时发掘与倡导流行文学的精品元素，竭力捕捉当代生活中的新思想、新观念、新方式、新走向，让文学走出象牙塔。

7月8日，由江苏省作协主办，中国江苏网、凤鸣轩小说网承办的2010网络小说大赛于拉开帷幕。本次大赛以"健康创作，绿色阅读"为主题，本着"推动原创文学事业健康发展，打造网文爱好者梦想家园"的宗旨，以达到更有效的引导网络文学健康发展，增强主流价值观在网络文化建设与管理方面的影响力，提升网络文化价值，示范正当、规范的网络写作模式，调动网络写手的积极性，从大量青年作者中发现有潜力的文学新人的目的。

7月8日，2010年"两岸文学PK大赛"，由大陆原创文学门户网站起点中文网与台湾城邦原创在台北联合拉开帷幕。两岸主流文学交流已有多年，但两岸同步征文尚属首次，尤其是网络文学创作，不仅能够发掘两岸具有实力的网络原创作者，还可以加强两岸青年作家之间思想和感情的沟通。经过两岸评审三个阶段的评选，11月20日在台北举行颁奖典礼。最终台湾作品《新．企业神话》获得首奖，台湾作品《过度正义》获得第二名，大陆作品《捡到我的日本老婆》获得第三名。《我的暴力女友》获得大陆人气奖，《破军劫》获得台湾人气奖。两岸文学PK大赛邀请到小野、朱学恒与藤井树三位担任台湾决选评审，并在颁奖典礼上揭晓与颁发比赛前三名。

7月14日，第七届新浪原创文学大赛在上海复旦大学正式启动。本届大赛由新浪网、上海文艺出版社及新华传媒集团公司联合主办，共设立都市情感、军事历史、悬疑推理、青春言情等四个赛区。总奖金金额超过100万，其中获"最佳影视改编奖"的作者将获得高达50万元人民币的写作津贴。

7月17-30日，鲁迅文学院首开网络文学编辑培训班。共有来自新浪、网易、盛大文学、中文在线等全国三十三个网站的四十位网络文学编辑参加培训。培训班形成了共识，与传统的文学编辑不同，一个合格的优秀的网络文学编辑，应当是复合型的文学人才：既要懂文学，又要懂编辑；既要熟悉网络，又要熟悉网民；既要懂写手，又要懂读者；既能把握文本，又能把握市场。网络文学编辑主要应具备四种素质：一是强烈的事业心和责任感，二是高尚的职业情操，三是敏锐的识才眼光，四是完备的知识结构。

8月7日，由广东省作协主办的网络作家高级培训班开班，将于8月15日结束，省内48名作家和内蒙古作协推荐的5名学员参加学习。广东省作协主席、党组书记廖红球指出，十余年历程使网络文学由一个先锋概念形成了一种文学现象，其文学载体、表现方式、传播途径、发展模式等给传统文学模式带来了冲击。与社会经济的发展一样，网络文学的成长速度惊人，对其现状做客观分析的同时进行前瞻性研究，已经成为理论批评领域的重要课题。充分认识网络文学创作对于文学繁荣发展的重要意义，切实加强和改进网络文学创作工作，进一步加强网络文学创作人才队伍的建设，培养网络文学作家，确保广东网络文学的健康发展，是广东省作协应该担当的一项重要任务。

8月12日，盛大文学在上海书展发布了"双城记——京沪小说接龙"暨"寻找中国100座文学之城"十城揭榜活动。主办方将此次以"城市文化"为中心的文学创作主题锁定为"体现京沪文化差异"。上海、北京各出5位知名作家，联袂进行接龙写作，反映城市新移民在城市的命运。由孙睿、徐则臣、丁天、金子、邱华栋组成"新京派作家团"，与陈丹燕、李西闽、任晓雯、小白、朱文颖组成的"新海派作家团"，涵盖了60后、70后、80后的写作群体，其中既有传统名家，也有新锐作者、畅销书作者和网络写作大神。采用不同代际作家组合的跨文化创作团队，进行新的写作尝试，目的是从不同的角度去看城市，提出"什么样的城市才是理想的城市"的追问。

8月20日，红袖添香11周年庆典在北京紫玉山庄隆重召开。包括涅槃灰、唐欣恬、寂月皎皎、携爱再漂流、狐小妹、青鋆、白槿湖、天琴30多位人气火暴的一线女性网络文学作者成为当晚活动主角。会上颁出了十二项年度作者大奖，"大神"涅槃灰年出版9部作品，囊括年度传媒关注奖、年度出版大奖两大重要奖项。年度版权大奖则由炙手可热的《裸婚》作者唐欣恬夺得。目前，网络女性文学以其即时性、写实性、娱乐性、前瞻性迅速占领了网络文学市场的半壁江山。红袖添香作为中文女性阅读第一品牌，旗下聚集了近百万名优秀网络作家，其中女性作者超过80%，在言情小说、职场小说等女性文学写作及出版领域独占高地。

10月23日，为期半年的"第三届深圳原创网络文学拉力赛"颁奖典礼在深圳市文艺会堂举行，28部作长篇小说类和非虚构类的作品获得了本次大赛的各个奖项。本届大赛在中国作协指导下,由深圳市文联、改革开放三十周年文学创作工程组委会办公室等单位共同策划组织实施,共征集作品139部,多以描写深圳现实生活为主,关注社会生活变迁和世道人心变化,体现人文精神和道德关怀。大赛聘请国内著名作家陈建功、苏童、阿来、李敬泽等组成终评委,经两轮记名打分表决,评出最终获奖作品。宋唯唯的《一城歌哭》、戴斌的《深圳胎记》(原名《打工词典》)与弋铧的《琥珀》分别获得长篇小说类的金奖、银奖和铜奖,萧相风的《词典:南方工业生活》(原名《南方词典》)、秦锦屏的《水项链》与王顺健的《驻所调解员日记》分别获得非虚构文学类的金奖、银奖和铜奖。

10月26日,首届中国写作者大会在京举办,这是有史以来最大规模、最具开放性的一次草根作者大会,来自全国的写作者以文学的名义汇聚一堂。首届中国写作者大会设有两个网络文学论坛,分别是"网络小说与影视、游戏的关系"论坛和"网络文学与传统出版"论坛。

12月4日,作为湖北省第二届网络文化节重要赛事之一的"长江杯"网络小说大赛,在武汉洪山礼堂举办盛大颁奖典礼。大赛开赛六个月来,收到长篇、中篇、短篇数千部,热门小说点击都在10万次以上。承办大赛的现在网和长江文艺出版社为此专门成立了工作组,开发了专门的技术平台,实施"实名认证、先审后发"以确保内容合法、版权无暇。长江出版传媒集团将以此为切入点打造新媒体平台,设施"传统出版进入网络原创、百万大奖寻找超级写手"战略。青年作家孙睿以《跟谁较劲》获大赛特别金奖。

莺飞草长　流云无痕

——2011年网络文学综述

据中国互联网络信息中心2011年7月19日发布的《第28次中国互联网络发展状况统计报告》显示，截至2011年6月30日，我国网民总人数达到4.85亿。根据调查，现有文学网民人数达2.27亿，约占网民总人数的47%；以不同形式在网络上发表过作品的人数高达2000万人，注册网络写手200万人，通过网络写作（在线收费、下线出版和影视、游戏改编等）获得经济收入的人数已达10万人，职业或半职业写作人群超过3万人。在网络作家队伍中，男女作者比例基本持平，18-40岁的作者占75%，在读学生约占10%。网络作家分布相当广泛，边远落后地区占有一定的比重，这对提高全民文化素质具有重大意义，但优秀网络作家仍集聚在北京、江苏、广东等发达地区。海外留学生创作群体人数虽然不多，但整体作品质量明显处于领先位置，很多网络作家曾有国外留学经历。其中最突出的特点是，70%以上的网络作家是理工科出身，而非传统的文科出身。业余作者从事的职业非常广泛，有公务员、教师、军人、工人、农民等。

随着网络文学作品内容的丰富和多样化，以及用户群体的不断壮大，网络文学逐渐成为网民互联网应用的重要组成部分，吸引了社会各界的关注和参与。越来越多的传统文学作家通过互联网发表和传播作品；鲁迅文学奖、茅盾文学奖先后将网络文学纳入参评范围；线下出版社与文学网站积极合作出版书籍；网络文学影视和游戏改编等等。总之，网络文学在创作主体、流通渠道、用户参与等方面的影响力不断增强，已成为中国当代文学重要的组成部分。

一、年度重要事件与现象

近年来，由于网络文学与传统文学交流频繁，双方互相了解逐步深入，加之理论评论界和传媒对网络文学的关注由现象转向实质，这些都对网络文学的自我提升发挥了助力作用。早几年的跟风、追潮写作现象明显减缓，网络文学开始向纵深发展，有作为的网络作家普遍都在思考如何保持旺盛创作力的问题，这说明传统写作对网络写作的影响力有所增强。可以预见，网络文学这个原本大而化之的概念终将被切分成若干条目，并逐步融入当代文学主流。我个人认为，在未来 10 年时间里，网络文学与传统文学互相影响将成为整个文学领域的主流态势。从当代文学发展的角度看，这无疑对文学生态的改善大有裨益，因为包容性乃是文化创新的基本要素，对于今天这样一个纷繁、芜杂的社会现实尤其如此。透过 2011 年网络文学领域发生的事件和现象，我们可以得出这样的结论：在官方机构、传播渠道等社会力量的高度关注下，网络文学已逐渐形成自己的话语体系，即以大众性为主导，以商业化为推手，以创新性为方向，在拓宽类型化文学疆域、提升文学阅读公共性的同时，逐步实现与传统文学的融合。

1.中国作协组织"网络作家与传统作家结对交友"活动。8 月 4 日，36 位作家、评论家相聚中国作协，举行了一次别开生面的"结对交友"座谈会。中国作协党组书记、副主席李冰主持会议。中国作协副主席、国务院参事张抗抗，中国作协党组成员、书记处书记陈崎嵘，盛大文学 CEO 侯小强以及全国网络文学重点园地联席会议代表等 60 人出席会议。此次活动表明中国作协支持并期望网络文学健康发展的态度，希望网络作家与传统作家"结对交友"，互相学习，互相帮助，共同繁荣我国文坛。

2. 广东网络文学院成立，全国首家网络文学评论刊物创刊。12 月 13 日，广东省委常委、宣传部长林雄，中国作协党组成员、书记处书记陈崎嵘出席广东网络文学院挂牌仪式暨《网络文学评论》杂志首发式。作为全国首家网络文学评论刊物，《网络文学评论》设有以下主要内容版块：特约·网事（网络文学历史和发展的深度概述）、聚焦前沿（最新网络文学作品评介）、在线类型（针对类型作品的新锐评论）、热点现象（网络文学热点现象分析）、高端研究（网络文学发展趋势把握）、文本欣赏（优秀网络文学作品选载）（限于网络版）、全球对话（世界视野中的网络文学）、专题·研讨（网络文学主题会、作品研讨）、今日论坛（短评、言论、热帖）、网文言说（网络文化评论，涵盖影视、动漫、音乐、游戏等）。

3. 网络文学再掀影视改编热。继去年的《美人心计》《杜拉拉升职记》《山楂树之恋》《和空姐一起的日子》之后，今年，网络小说影视改编再推高潮，《失恋 33 天》《遍地狼烟》《步步惊心》《钱多多嫁人记》《甄嬛传》《裸婚时代》《白蛇传说》《倾世皇妃》《千山暮雪》先后公开播映，大量采用网络小说元素的影视作品《钢的琴》《宫》《画壁》等，引起观众广泛关注。《纳妾记》《刑名》《搜索》（原名《网逝》）《帝锦》《庆余年》等小说改编后已正式开拍，《九克拉的诱惑》《极品家丁》《回到明朝当王爷》《大魔术师》《熟女那二的私房生活》等一批作品，已被多家影视公司购买。超人气热门作品如《鬼吹灯》《斗破苍穹》等或将进入超级大片制作市场。业内预计 2012 年银幕、荧屏将再掀网络文学热潮。

4. 网络文学版权维护进入法律实施阶段。5 月 10 日，盛大文学起诉百度公司侵权盛大文学旗下五部知名网络文学作品一案，由上海市卢湾区人民法院做出一审判决。法院判定：百度公司作为网络服务提供者，明知涉诉作品的信息传播权仅归于盛大文学的状况下，依旧未及时删除侵权信息或断开链接，构成间接侵权；同时百度公司通过百度 WAP 小说搜索对 WEB 页面进行技术转码，并非只是引导用户到第三方网站浏览搜索内容，而是替代第三方网站直接向用户提供内容，属于复制和上载作品的行为，构成直接侵权。法院判令百度公司立即停止对涉案作品的信息网络传播权的所有侵权行为；同时，判决百度公司赔偿盛大文学经济损失 50 万元及合理费用 44500 元。6 月 27 日江苏徐州中级人民法院下发了对从事网络文学盗版侵权行为的万松中文网及其主要责任人的刑事判决书。判决书认定万松中文网及其两名主要负责人犯有"侵犯著作权罪"，分别判处该网站两名主要负责人三年及以上不等的有期徒刑，并分别处罚金 15 万元，并责令关闭万松中文网。

5. 互联网文学出版服务管理办法即将出台。国家新闻出版总署明确表示，针对目前网络文学存在的色情、低俗、暴力等问题，版署将出台有关网络文学出版服务管理办法，加强准入和内容管理。新闻出版总署副署长孙寿山表示，新闻出版总署将制定发布《互联网文学出版服务管理办法》等部门规章。目前，新闻出版总署正在加快修订《互联网文学出版服务管理办法》等部门规章，加快规范数字出版法规体系建设。有专家表示，相关法规出台后，在数字出版与传播领域，将会有法可依，一定程度上可以规范网络文化乱象，一些依靠低俗内容吸引用户的中小文学网站，将面临准入门槛抬高所带来的竞争压力，但相关的审批细则与资质认定应确保网络文学健康发展的需要。

6. 鲁迅文学院举办第四期网络作家培训班。4 月 7 日，41 名来自全国各地的网络作家集聚鲁迅文学院，第四期网络作家培训班隆重开班。学员包括金子、菜刀姓李、何常在、卫风、笑起看云、聂煜冰、孙丽萍、大碗面皮、白槿湖、拓拔瑞瑞、余姗姗、三月暮雪、紫月君和无意宝宝等多名在网络十分活跃的作家。

7. 盛大文学或将成为中国作协团体会员。目前，盛大文学正在积极申请中国作协团体会员资格，一旦申请获准，将成为继33个省、市、自治区，解放军系统，以及11个行业协会等44个团体会员之后的第45个中国作协团体会员单位，也是首家以管理和运营网络文学、数字出版等新媒体文学为主的团体会员。

8. 网络原创文学阵地建立。自今年8月起，一份关注网络文学发展、积极推动网络原创文学的期刊正式创立。该刊由江苏省镇江市文联《金山》杂志与中国当代文学研究会新媒体文学委员会合作，力争为网络文学打造一个专业化、杂志化的平台。该刊已与盛大文学、中文在线、纵横中文、天涯社区等重点文学网站，以及新浪、搜狐、腾讯读书频道取得合作共识，逐步推动网络文学建立自己的审美标准和创作规范，旨在创建一个健康的网络文学创作环境。该刊将推介优秀网络文学作品作为办刊重点，同时以"网络文学蓝皮书"、"网络文学专题调研"、"创意产业商业模式"等作为重点研究课题，从文本演变、作家成长、网站现状、社会反应、读者需求等方面积极开展网络文学理论研究，以期创建一个全景式的网络文学阵地。

9. 武汉市作协集中批准网络作家入会。近两年，武汉市作协聘请专家通过上网查看博客、文学论坛等，审核网络作家的入会资格。今年，他们从近60名申请者中，审核批准了51名网络作家入会。

二、年度重要网络小说

整体来看，2011年度网络文学虽然没有惊世骇俗的神作，缺少绝对热门的作品，但总体水平却较以往有所上升，在类型化相对稳定的前提下，创作由平缓向纵深发展。除了原创文学网站力推的人气作品外，门户网站新浪读书推出的官场小说《二号首长》（黄晓阳著）、都市小说《交易》（亦客著）；搜狐原创推出的官场小说《权力·人大主任》（周碧华著）、谍战小说《暗斗：国共在大陆的最后搏杀》（英霆著）；腾讯原创推出的言情小说《风临天下：王妃13岁》（一世风流著）等，也是值得关注的作品。以下主要介绍原创文学网站的年度重要作品。

作品名：《吞噬星空》；作者：我吃西红柿；类别：科幻。

作品简介：《吞噬星空》是我吃西红柿于起点发布的第六本书，于2010年7月21日正式上线，至今尚未完结。《吞噬星空》继续保持了作者的强大号召力，横扫各大网络阅读榜单。作品沿袭作者一贯的奇幻风，讲述经历了2015年病毒传播，地球生态浩劫之后的人类与动物开始的生存斗争，主角草根男罗峰经过努力，成为一名享有社会地位和生存尊严的武者的奋斗史。但在他成为武者后，却发生了意外。这部作品既讲述了一个男人的成长史，也是一部一如既往方便游戏改编的网络作品。

作者简介：我吃西红柿，起点中文网白金作家，网络最具号召力的作家之一，多部作品长期雄踞各大搜索引擎小说排行榜第一。除网络阅读以外，我吃西红柿作品在两岸出版市场同样拥有巨大号召力，《星辰变》等数部作品被改编为网络游戏。

作品名：《遮天》；作者：辰东；类别：仙侠。

作品简介：年轻人叶凡因缘际会，在泰山发现了传说中的上古人皇祭台，意外遭遇九龙棺，横渡虚空，来到了星空的彼岸，见识了诸多中国神话传说中才存在的文明遗迹，踏入了一个难以置信的仙侠世界，开始了自己的探索之旅。《遮天》已经在今年11月被改编成网游作品发布。目前很多网络作家的创作以小说网游娱乐一体化为商业目标，也许是尘埃落定，辰东之前曾宣布为即将发布的游戏《侠客列传》创作同名微小说，停止《遮天》的更新，此事一出，引发读者热议。因文本而引发游戏商投资，是创作之幸；而为游戏而创作，让人们不禁思考，网络文学的出路是否仅为商业最大化？

作者简介：辰东，起点中文网白金作家，崛起于网络文学青铜时代，是当前网文界最具有影响力和代表性的作者之一，主要代表作有《不死不灭》《神墓》《长生界》《遮天》等，在起点中文网总点击超过一亿，长期占据各大榜单，并在台湾幻想小说出版市场拥有极大的影响力。

作品名：《哥几个，走着》；作者：纯银耳坠；类别：都市。

作品简介：《哥几个，走着》依然保持作者前作热血青春的风格，笔力更为纯熟，属于男青年成长读本。虽然没有上到好大学，但是我们的主人公并没有放弃人生的追求。他像所有的青年一样，怀里揣着梦想，顶着一腔热血，开始了自己迈向社会的道路。

作者简介：纯银耳坠，被网友们亲昵地称呼为"六哥"。《哥也混过 哥也爱过 现在哥也低调》为百度贴吧2009年第一神贴。后加盟17K小说网，开始职业创作生涯。

作品名：《秒杀》；作者：萧潜；类别：奇幻。

作品简介：灵魂觉醒在陌生的符咒世界，无数的秘境，无数的符兽，甚至还有高级符咒世界，天赋异禀的郭十二如同过河小卒，肆无忌惮的横行于这个符咒的世界，秒杀一切障碍……

作者简介：萧潜，本名刘晓强，江苏南京人，代表作《飘渺之旅》被称为奇幻修真小说奠基之作，和《诛仙》《小兵传奇》一起被誉为"网络三大奇书"。

作品名：《通天之路》；作者：无罪；类型：仙侠。

作品简介：灵岳城中如同小市民一般的小散修魏索，和天玄大陆的绝大多数修士一样，虽然处于天穹的保护之中，但却不知道天穹是如何形成，还能持续多久。无意之中他得到了一个内有上古器灵的法宝，在上古器灵的帮助下，魏索开始出人头地，接触到了更远的世界。在修炼的途中，他发现已经笼罩了七片大陆十五万年之久的天穹，将会彻底崩裂，引发天穹外的妖兽入侵，进而引起修道界的巨大动荡。十五万年以来，席卷整个修道界的最大动乱一触即发，在发现了上古灵族和荒族的足迹，以及根本没有出现在修道界记载中的前辈大能的足迹之后，他开始接触到天穹背后的真正奥秘。风云际会，一名踏着前人足迹的小散修，最后却是成为决定这场风云的最关键人物。

作者简介：无罪，本名王辉，资深网络写手，被誉为电子竞技类作品的宗师，无论是《SC之彼岸花》还是《流氓高手》系列均达到了电子竞技类作品的高峰。2009年末加盟纵横中文网，开始其转型之路，仙侠类作品《罗浮》在完结的时候，作品点击达4000万。2011年1月，无罪开始新书《通天之路》的创作，目前作品点击已接近4000万。

作品名：《焚天》；作者：流浪的蛤蟆；类型：古典仙侠。

作品简介："洞中金蟾生两翼，鼎里龙虎喷云光。一剑驾驭千万里，踏云便要走八荒"。《焚天》设定复杂、结构严谨，以中国传统文化融合了作者独特的创意。2011年2月20日开始于纵横中文网连载，现已有175万字，近2000万点击。

作者简介：流浪的蛤蟆：本名王超，1975年出生。原起点中文网白金作家。擅长仙侠、奇幻、科幻，已有十多部作品在网络发表，代表作有《天鹏纵横》《蜀山》《母皇》《恶魔岛》《仙葫》等。

作品名:《如果巴黎不快乐》；作者：白槿湖；类型：青春。

作品简介：有这样的一个男人，让身边所有的女人都爱他。而他爱的那一个却只会是她。她不过是无意参加了一次豪门相亲会，无论是在骄阳似火的马路上，尴尬的会场里，还是公司应聘中，总是能和他重逢。为何既然相爱，还要去逃离？天涯海角，过树穿花。那几年从上海到武汉再到北京，随后是巴黎。去过那么多地方，最后还是能重逢。亲爱的，如果巴黎不快乐，那么回到我身边，好吗？

作者简介：白槿湖，本名胡冰玉，红袖添香签约作家。1989年生，首部作品《蜗婚》已经出版并签约影视改编，预计明年在湖南卫视上映。2011年新书《如果巴黎不快乐》上市三个月销量突破五万册，数次加印，广播剧正在紧张制作，绘本版也将策划上市。《如果巴黎不快乐Ⅱ》目前正在网上免费连载中，将于明年出版上市。

作品名:《玛丽在隔壁》；作者：校长；类型：励志。

作品简介：这是一个记载了少年与梦想的励志故事，键盘是他们的舞台，也是他们的荣誉和生命。2004年的WCG（世界电子竞技大赛），中国少年Thanatos和中国少女苏药包揽了星际争霸组的冠亚军，当着全世界的镜头，苏药对谜一样的少年Thanatos告白了，这一场遭拒让她从此退出了竞技生涯。许多年后在一个休闲游戏《人间》里苏药认识了一个叫秦川的男人，种种际遇表明了秦川有着不输于当年Thanatos的实力，为此，熄灭多年的竞技之魂也开始燃烧。苏药和秦川情投意合，现实和游戏，他们过着神仙眷侣般的幸福日子。一次偶然的争夺赛，洛子商对着全国媒体宣称秦川是杀人犯，他就是Thanatos。

作者简介：校长，2009年签约晋江文学，为了纪念一个黑客朋友的过往，写了第一本书《与大神JQ的日子》。大概骨子里的热血因子是天生，小时候最爱看的不是言情，是少年漫画，看到一群少年为了梦想而成长的故事便会激动得情不自禁。后来由于现实原因,一年多没有写字,《玛丽在隔壁》和《神也不能阻挡》是回来后写的两本书,依旧最喜欢少年励志风。

作品名:《异世之极品天才》;作者:冰皇傲天;类型:穿越。

作品简介:《异世之极品天才》讲述了主角南宫傲天因为意外穿越到异世后的不凡生活。他资质、智慧、运气、背景样样都让人羡慕,大陆上的天才强者多如牛毛,但是主角依然是其中最闪耀的存在,傲视群雄,踏过无数成名高手的身体,登上了强者之巅。本文情节跌宕起伏,一环扣一环衔接紧密,心理和细节描写恰到好处。

作者简介:冰皇傲天,小说阅读网新签约作家,网络新人。首部作品《异世之极品天才》发文不到一年,点击就突破1600万大关,登录无线后也取得了非常不错的成绩。

作品名:《恨嫁时代》;作者:刘小备;类型:都市。

作品简介:29岁的恨嫁女苏小河将毕生理想浓缩为两件事:30岁前嫁人;35岁前生孩子。一直在相亲一直在等待一直没有合适结婚人选的她,终于迎来桃花季,重逢十五年未见的青梅竹马。相亲相到结婚条件优厚的对象,公司新来的年轻有为的老总对自己关爱有加……面对妹妹的闪婚,离异一次的姐妹有情人终成眷属,甚至自己的单身妈妈也开始夕阳恋,苏小河终于开始出击了。然而在想爱和不敢爱之间徘徊的苏小河,竟然表白失败还遭遇排挤、失业。在一场啼笑皆非的情感追逐之后,苏小河开始明白身边的守护和爱情究竟是什么。

作者简介:刘小备,女,80后文艺女青年,江苏省作家协会会员。目前已上市和签约的长篇小说十四部,代表作:《恨嫁时代》《二两牛肉,一壶流年》《江暖》《私藏的情书》《一位女心理师的情感救赎》《整个城市都寂寞》等。

作品名：《盛世风华》；作者：无意宝宝；类型：玄幻。

作品简介：女主白风华成为史上最乌龙的穿越者，刚穿越过去就替人挡了刺客一剑，痛的死去活来的她。别人是美救英雄，她是"丑救英雄"。穿越而来的这具身体，皮肤黝黑，说话结巴，资质低微。原来这一切不过是假象，因为不愿意抢了心上人的风头，才活得如此憋屈和卑微。终于，白风华颠覆一切，在五国争霸赛时光芒四射，在这片大陆谱写了一曲盛世风华。小说描述了坚定不移的爱情，赞美了亲情和友情的可贵

作者简介：无意宝宝，潇湘书院签约作家，现居成都。由传统言情跨越到女性玄幻，第一部玄幻励志大作《天魔》风靡一时。代表作《盛世风华》为古风玄幻，开文连载至20万字，已有上百万阅读记录。另有玄幻作品《绝色锋芒》是近来潇湘玄幻作品的里程碑。

作品名：《虎贲铁军》；作者：韭菜煎鸡蛋；类型：军事。

作品简介：1937年8月中旬，中日淞沪会战全面展开，日军于吴淞口铁路码头、狮子林、川沙口不断增兵，国军各部亦从全国各地涌入战场，血战于宝山、月浦、罗店、蕰藻浜一线。一个先期投入战场的高级参谋，在日军炮火连绵轰击下重伤昏迷，其所属部队官兵全部阵亡，直至1937年8月30日，第51师抵达战场，先头接触部队将这个失去记忆的年轻军官从尸体堆中救出，从此，一段璀璨耀目的抗战史诗，拉开序幕。

作者简介：韭菜煎鸡蛋，原名俞伟伟，铁血网一级军旅作家。已出版《冷刺》《孤鹰》等作品，《虎贲铁军》全书预计50万字，已创作完成30万字。

作品名：《苏半仙》；作者：肖锚；类型：军事。

作品简介：史上最窘迫，最袖珍的游击队，在鬼子四面包围的困境中顽强生存、壮大。抗战比的不是谁会打仗，而是谁更加会过日子。最具经

济头脑的小日本,和八路军最会扯淡,最能精打细算的女游击队长对决,一个斤斤计较,一个当仁不让,鹿死谁手,胜负往往命悬一线。

作者简介:肖锚,原名林宏,铁血网一级原创作家。作品《硝烟散尽》《硝烟散尽 II》《硝烟散尽 III》作品《风筝》(原名《断刃》)已出版,并已签约影视,《渗透》已签约影视,《苏半仙》创作中,已完成24万字。

三、年度重要网络作家

网络作家是一个浩大的群体,他们的成长与发展,及其获得一定的社会认同,某种程度上体现了当代中国社会的丰富性和审美趋势。本年度入选的6位作家,既具有代表性,也不乏个性特色,同时也足见其不确定性。因为,在大浪淘沙的网络文学领域,平凡与奇迹之间的转换往往超出人们的想象。

当年明月,当选第八届中国作协全委。代表作《明朝那些事儿》。

个人创作背景:当年明月,本名石悦,1979年出生于武汉。《明朝那些事儿》2006年狂飙突起于天涯论坛,后转战新浪。天涯、新浪月点击率均月超百万,引起"明矾"(书迷)之争,相关事件被媒体命名为"明月门"。他是一个非专业研究历史的公务员,用通俗浅显甚至娱乐化的手法重述、重写历史,引发出一场"感染"者高烧不退的"读史热",已经成为近几年国内文化界的一大奇观,也引起了不少争议。2009年,当年明月加入中国作家协会,2011年当选第八届中国作协全委。

唐家三少,当选第八届中国作协全委。代表作《斗罗大陆》。

个人创作背景:唐家三少,本名张威,1981年出生。网络写作生涯从2004年2月开始,他是起点文学网的白金作家,传说中年薪百万的网络写手。至今已发表《光之子》《狂神》《善良的死神》《惟我独仙》《空速星痕》《冰火魔厨》《生肖守护神》《琴帝》《斗罗大陆》《酒神》《天珠变》《神印王座》等多部超长篇小说。他一天上网十几个小时，写字六到八小时，一天写九千到一万字，一年写三百万字。2010年，唐家三少加入中国作家协会，2011年当选第八届中国作协全委。

桐华，代表作《步步惊心》。

个人创作背景：生于西北，毕业于北京大学金融专业。曾在深圳中国银行从事金融分析工作，后赴美国加利福尼亚州攻读财经类专业硕士，现与丈夫定居纽约。桐华最早出版的作品以清穿为题材，2005年起在晋江原创网连载，获博集天卷力挺，2006年出版，2009年推出修订版，2011年随着电视剧的热播推出新版，并在北京举行其5年来首场书友会，明年将出版桐华文集。她的《大漠谣》《云中歌》和《曾许诺》也将被拍成电视剧。

董哲，代表作《建党伟业》编剧。

个人创作背景：1979年出生，毕业于天津理工大学自动化专业，著有《汉风》《玄武门》等网络历史小说。父亲历史系出身，董哲从小就在历史书堆里长大，被著名导演韩三平称为"中共党史发烧友"。面对《建党伟业》纷繁复杂的历史背景，他认为，对史料的把握至关重要，电影剧本前后改了40稿，荣获第十四届华表奖优秀编剧奖。后又担任电影《建国大业》文学副导演。

鲍鲸鲸，代表作《失恋33天》。

个人创作背景：鲍鲸鲸，本名鲍晶晶，85后大龄少女，独立艺术家，毕业于中央美院动画系，"铁影社"的发起人之一。思维敏锐，文字功底扎实，语言带有调侃和自嘲，人称年轻女版"王朔"。《失恋33天》的故事蓝本在豆瓣网历经半年多的直播，引发超过一万多条回帖，让许多网友潸然泪下，苦苦追寻。这部文艺女青年鲍鲸鲸的"网络日记直播体小说"，在2010年1月10日由中信出版社出版面世，一经上架便被一些年轻人奉为"恋爱必读指南"，甚至被夸张地称为"跨年情感疗愈力作"，有网友如是评价："读一次会笑，读两次会哭，读三次，含泪微笑。"电影《失恋33天》导演滕华弢曾经执导过《双面胶》《王贵与安娜》《蜗居》等众多改编自小说的热门影视剧。

刘慈欣，代表作《三体》。

个人创作背景：1963年6月出生于北京，祖籍河南罗山，山西阳泉长大。1985年毕业于华北水利水电学院水电工程系。1999年至2006年间，连续获得中国科幻银河奖。现为中国电力投资公司高级工程师。著有长篇小说《超新星纪元》《球状闪电》等。《三体》《三体Ⅱ：黑暗森林》与《三体Ⅱ：黑暗森林》统称为《地球往事》三部曲。《三体》与三体问题有关，其中描述了一种在半人马座三星生存的三体人及其三体文明。同时《三体》也是小说中的一个模拟三体文明在一个有三颗太阳的星系中挣扎生存并发展的网络游戏，应该是由希望三体文明降临地球介入人类文明的三体组织所开发。刘慈欣的创作在网络与纸媒均产生重要反响，被指提升了中国科幻文学的水平。

四、年度网络文学理论观点

能否以及如何确立网络文学理论批评的框架与体系，是近年来学界不断提及却难以裕如的一项工程。当然，细碎、零星的基础建设一直在缓慢而悄然进行之中。从网络传播方式、叙事话语方式，以及作家成长方式等不同角度切入的研究，所形成的学术观点亦已初露端倪。应该说，在尚无完整理论体系的前提下，今年的网络文学学术研究比较注重网络文学与传统文学的对比性分析，并试图在这个基础上建构阐述网络文学的话语体系。在 80 后或者说网络一代理论批评家未能挑大梁、唱主角之前，这或许是一条不可回避的途径。

第一，要解决的是网络文学的评判标准问题。邵燕君认为，只有在反思精英标准、理解网络文学的基础上，我们才可能真正进入网络文学的研究。目前的网络文学研究存在着几种有问题的倾向。一种是盲目西化，照搬西方的"超文本"理论，偏于抽象化和观念化，与中国的实际情况不搭界。另一种是精英本位，以一种本质化的"文学性"来要求网络文学，结论必然是其缺乏艺术性和精神深度。从文化研究的角度，尤其在理论资源的援引和立场上，也存在着几种类似的问题倾向。一种是对后现代理论的简单套用，一种是对法兰克福学派大众文化批判立场的惯性继承。还有一种是，过于简单地肯定文学的娱乐性和逃避现实的特征，某种意义上是大众文化批评的颠倒。所谓提问的问题和提问的方式影响着答案，这样的研究基本是外在于网络文学的，不可能挖掘出其潜力。(《面对网络文学：学院派的态度和方法》)

贺绍俊认为，网络文学具有革命性的因素，但它与五四时期的文学革命有所区别。五四文学革命完全是对抗性的，它要以新的文学形态完全取代以文言文为基础的古代文学，而古代文学面对新的时代也已经丧失了表达力。今天，网络语言催生的网络文学虽然方兴未艾，但它与以现代汉语为基础的传统文学并非势不两立。更重要的是，现代汉语文学并没有失去活力，仍有表现新时代的强大能力。这反映了两个文学时代的根本区别。前者是一个一元的时代，新的必须取代旧的，才有生存的位置；后者是一个多元、多中心的时代，每一种文学都对应着一元，各有自己的确定位置，并产生互动效应。可以预见，未来的文学格局应该是现代汉语文学与网络文学两峰对峙、相得益彰、相互影响、相互渗透。(《网络文学之美基于想

象力》)

我个人认为，网络文学的蓬勃发展是中国当代文学最大的一次革命性变革，是继上个世纪 70 年代末第一次起航之后的第二次起航，它的成长环境是经济全球化化和跨文化写作，它的文化基因中国传统的民间文化和高速转型的商业化社会。如果将东亚三国不同的文化优势进行比较，日本是动漫、韩国是电脑游戏，中国则是网络文学。我们必须用开放的胸襟和开阔的视野来对待这一文化现象，将其纳入国家文化战略的范畴去考量。(《网络文学：中国当代文学第二次起航》)

第二，网络文学与传统文学之间的关系问题。这个问题在鲁奖、茅奖的评选接纳网络文学之后，变得十分具体化、直接化了。文学评奖虽然只是个现象，但透过现象可以从深层发现网络文学有别于传统文学的一些特质。阳友权认为，需要关注的也许是网络文学参评茅盾文学奖背后的意义，即对于优化当今文学生态的意义和对网络文学本身发展的意义。茅盾文学奖对网络文学敞开大门，意味着传统文学对网络新媒体文学的身份认可和资质接纳，有助于改变网络文学与传统文学彼此观望、不相往来的格局，实现两种文学相互交流，加深了解，切磋砥砺，融合互补，促进网络写手学习传统文学、了解传统作家，也引导传统作家和评论家走近网络文学、了解网络写作，从而改善和优化媒介融合语境中的文学生态，让两种文学在有些低迷的文学市场上"抱团取暖"，共创繁荣。恰如有网友所言，当代文学经历的"网络洗礼"，既能使陷入瓶颈的传统文学获得重现辉煌的机遇和力量，亦能使泥沙俱下的网络文学提升审美与文化素质。不断借鉴传统的网络文学和不断亲近网络的传统文学，通过茅盾文学奖这样的社会关注度很高的比对平台，让传统文学意识到，文学有关人的心灵，从来可以由不同的道口进入，网络霸权不好，媒介歧视也不对，应该对网络写作投以理性的目光，给予必要的关注和激励。对于网络文学而言，也可以在这个机会均等的评审中检视水平，看出差距，意识到作品未能入围，不在于它是否出自网络或有网络的特征，而是少了一些文学的品质。这样，传统文学与网络文学就可以从昔日的观望、对视走上了解、交流、融通和互渗互补之路。这对于整个中国文坛来说，是一件值得称道的事。(《网络文学，离茅盾文学奖有多远？》)

曾攀认为，以往针对网络文学的研究，经常只是围绕其自身的内外要素，单纯地肯定其所依赖的媒介优势与所作出的书写尝试，而不同程度地与传统文学割裂开来，这一方面是出于对传统文学的简单化理解，忽略了传统文学本身的多义性、题材的多样性以及诉求的多向性；另一方面则是对网络文学的窄化，将这个有着明显的广延性和外扩性的艺术样式，收缩为标新立异的文字游戏。因此，只有将网络文学与传统文学置于一种相互辩证的位置，在彼此的观照和印证中，将网络文学还原到其根深蒂固的生长状态中，才能真正地判断出其在历史承袭中的延续性品格，并在此基础上揭示出这一文学样态所确切展开的新的可能性。(《网络文学也要推陈以出新》)

徐肖楠认为，传统文学与网络文学的关系可以从两方面看：如果从文学本质看，两者没有区别，从不同的文化资本看才有区别：传统文学由文学期刊推动，网络文学由网络资本推动，只不过，资本对网络文学的介入、投入和控制非常强大广泛，以至于资本控制的区别似乎变成了文学本质的区别，但从根本上，资本的区别并不完全决定文学的区别。如果从文学系统内部来看，网络文学与传统文学的区别仅仅在于由谁判断是文学：是由编辑还是由读者筛选和决定是否是文学。当由读者筛选时，文学的根本问题就穿越了专业编辑而直接回到了作者与读者之间，也就是说，文学变成了作者给予什么和读者需要什么，他们是相互直接给予的。

第三，关于网络文学与数字化阅读的关系问题。的确，网络文学扮演了数字化阅读先锋者的角色，但如果只看到数字化的技术运用，我们就单小曦认为，要真正把握到中国式"网络文学"的症结，推动中国式"网络文学"走向新的发展轨道，首先应对网络文学的数字技术化特质有着清醒而深刻的认识。其实，无论东方还是西方，古代的艺术与技术本来就是一枚硬币的两个侧面。而世界新媒介文学的生产现实已经说明，没有数字技术，就没有计算机网络，没有计算机网络就没有网络文学。那种忽视、轻视、盲视、反感与排斥网络文学技术要素的看法，既不懂得技术之于文学艺术的存在性地位，更不懂得数字网络技术本是网络文学获得人文性和文学性的助推器的真意所在。没有人反对，文学是人学，文学以人文关怀为旨归，但这是就一般性的抽象意义上或理论上的文学而言的。而现实中的文学必然是以具体的多样的存在方式而存在，不同的具体存在的文学又都具有属于自己的特质，都有自己获得文学性、抵达人文性的方式和途径。就作为数字技术产物的网络文学而言，它的最大的特色恰恰应该在于数字技术性，最大的优长恰恰应该在于通过数字技术导向文学性和人文性。(《网络文学发展的新空间》)

　　姜申认为，手机使不同地理位置的人们有了共通的空间领域。现代主义依靠空间相隔与时间相继的"线性"文化逻辑，已逐渐向"零散化"、"平面化"、"仿拟化"的后现代气脉聚拢，在时空转换间透露出讽刺、幽默、灵动的审美气韵。随之而来的是现代性的"宏大叙事"向后现代的"微型叙事"转变。人们愈加零散化的时空状态必定需要同样零散的"微叙事"来填补。一时间微小说、微阅读、微电影、微新闻、轻博客、微博等文化概念大行其道。当代文化"微薄"之至，这其中却独少了"厚重"二字。不论历史还是文化，都需要"厚重"来承传它的精神和灵韵。这其中，"文学"的力量不可或缺。如此，手机文学的兴起是时代的必然。(《手机文学：全媒体时代的文化畅想》)

　　第四，关于如何体现网络文学主体性的问题。许苗苗认为，互联网是开放的，网络文学概念不断发展，各色人等对其抱有不同的认识完全没有问题；然而如果局限于"纸媒化"，就构成了最大的问题。从各类网络文学赛事中可以看出当前"网络文学"参与者的普遍偏差——即丝毫没有意识到"网络文学"是否应具备自身独立的特性，与一般文学有所不同。对于他们来说，"网络文学大赛"就是通过网络这一特定渠道投稿，在网站上发表，将参与门槛放低了的文学比赛。(《纸媒化是网络文学的发展还是消亡》)

秦烨认为，对于传统的文学图书出版机制而言，网络上的写作和发表其实更多的是瞬时的、自由的、无拘无束的，网络文学批评亦然，这也是网络文学区别于以往的文学评论范畴所在。也就是说，文学论坛、文学网站和电子期刊等新媒介的生成，不仅能够通过特殊的机制化管理和集约型的作品生产、消费途径，使得网络文学的传播和阅读过程更为顺畅，阅读和观看的"快感"在这里得到了更大的满足；而且为文学批评开拓出了新的空间，可以容纳更为大众化和平民性的话语，接受平实、朴素和直接的评论方式，建构多赢和互补的局面，甚至还形成了一种互动式的创作模式，即读者通过点击阅读和论坛式的即时批评，对开放性的作品提出修改建议，进而参与到新文本的再生成过程中。(《网络文学的价值》)

也有另一种具有代表性的观点，对网络文学持否定态度，或对其文学性表示怀疑。在接受媒体采访时麦家说，如今，网络文学好像来势凶猛，其实雷声大，雨点小。大家都在看、都在谈网络文学，好像阅读网络小说成了一个时尚的名词，但是，一旦涉及到具体作品，很难说哪一部作品已经相当完善了，网络文学目前还没有出现一个"个人英雄"，一个领军人物。网络文学在某种意义上说，还不是一种文学写作。读他们的作品，故弄玄虚的成分更多一些，好像"天外来客"一样，充满好奇与想象力，但是与我们的民族和文化，与我们生活的这块土地能够交融在一起的东西还太少，与读者真正实现内心交流的东西还太少。读起来，好像更多的是唤醒了身体的本能，而不能将读者的爱与恨等所有复杂的人类情感充分调动起来。

邱华栋也认为，不存在网络文学，只存在文学和非文学，因为文学只有一个标准，这个标准不是以媒介来划分的。虽然网络很新、很快捷，可到目前为止，我们的网络文学绝大部分都不是文学，是文字和文字垃圾。不过，我觉得今后随着网络本身的发展，可能会有好的文学借助电子媒介先行问世。现在的网络文学，大都是五四时期鲁迅、陈独秀他们反对的东西，就是武侠、穿越、搞笑、鸳鸯蝴蝶、恐怖、黑幕、侦破等作品，都是比较低级的东西。听说，有人评出来最近十年最"伟大"的网络小说，是《第一次的亲密接触》，这么一个东东，竟然是"最伟大"的，可见网络文学发育水平之低下。当然，我想强调的是，未来兴许会好些。毕竟电子媒介还在迅速发展，各种可能性都是有的。我也不认为要分什么传统文学网络文学，无论是过去的刻在石头上的、写在丝绸上的、印在纸上的，还是现在打字在电脑里的东西，只有非文学和文学的区分。和媒介关系不大。（《网络文学：绝大部分是文字垃圾》）

网络作家言轻歌认为，网络文学的各种转化昭示了新出路，也显示了网络文学生命的短暂——如果不通过传统的媒介，如出版、影视改编等，单纯的网络文学，很快兴起，又将很快被人遗忘。VIP阅读是网络小说收入的主要来源。但是随着科技的发展，目前手机成了更多用户的阅读终端。网站阅读的收入大降之后，运营商们把目光转向了手机阅读和影视改编。网络小说有成为影视改编的富矿的条件，更有动力。能改编的剧本资源多了肯定是好事，但是如果说这种互动能给影视剧和网络文学带来什么革命性的影响，恐怕很难成立，因为两者愈来愈呈现很高的同质化趋向，不能给彼此什么新启示。所以，把网络文学当成影视剧出奇制胜的法宝，绝非长远之计。（《网络文学的影视改编不会持久》）

而网络作家群体最关心的是自己的合法权益难以得到保障。根据我的调查，网络文学盗版直接导致正版网站大量付费读者和潜在付费读者流失，正版网站被迫扩大其他渠道的收入，这严重阻碍了网络文学的产业发展。

对于盗版网站给正版网站带来的经济损失，可以如此进行估算：假设有1万家盗版网站，每家平均盗版200部作品，如果以盗版网站每部作品盗版10万字，每部作品浏览量1万次，其中可能付费比例10%，按每千字0.03元计算，网络文学产业的直接损失就达60亿元。每个盗版网站盗版的数量少则几十部，多则几百部、数千部，甚至还有数量不少的盗版网站几乎和正版网站保持同步更新，一些当红作品更是每家盗版站都有转帖。(《网络文学遭遇"版权困境"》)

五、数字出版（电子书）全球同步增长

数字出版产业是互联网时代的新兴产业，也是未来出版产业的重点发展方向。近年来，由于互联网出版单位和传统出版单位纷纷确立了自己的数字出版战略，数字出版覆盖面迅速扩大，出版总量直线上升。原本占有一定优势的互联网出版单位，如盛大文学、汉王科技、中文在线等，虽然较早搭建了数字出版平台，但传统出版单位强势进军这一领域后，立即形成了竞争局面，好在双方各有优势，竞争中的合作则给数字出版带来了一轮新的增长。根据目前情况，数字出版平台至少应该包括三个方面。一是手持阅读器，电子书；二是手机阅读，手机出版；三是网络出版。其中，网络出版是最典型的数字出版平台，因为它不仅具有海量特征，而且绿色、便捷。通过网络出版平台，可以下载电子书，可以直接用手机点击上网浏览。因此，网络出版几乎是数字出版的一个基础。目前我国已建成上海张江、重庆北部新区和杭州等数字出版的国家级基地，并有充足的专项资金投入基地建设。国家数字出版产业基地建立，为网络文学的发展开辟了一条崭新的道路。

业界比较突出的例子，如2011年2月14日，盛大文学在上海宣布，其运营平台"云中书城"正式从盛大电子书官方网站中独立出来。云中书城

全新亮相，标志着盛大文学全力打造的全球最大的中文正版数字书城正式独立运营，也预示着数字出版产业链的整合将进一步加剧。中国出版集团 2011 年 5 月 19 日开始营运的数字平台大佳网，是为出版机构提供量身定制的在线服务平台，可供内容商免费推广宣传自有电子产品且可以自主经营、透明结算，相当于不花钱就可以完成网上 B2B2C 的商业沟通，并可提供融个人电脑、手机、电子阅读器、平板电脑、数字电视等为一体的多终端发布、推广、营销服务，帮助出版社实现电子书内容增值。

网络文学经过十几年的发展，商业模式从单一的收费阅读逐步向版权销售、合作出版、网络广告等多模式并存的方向发展，赢利点也逐渐从最开始的实体出版转向改编影视剧以及网络游戏等诸多领域，其作为文化创意产业上游源头的价值也日益凸显。而数字出版的长足发展，使得网络文学的商业价值再次凸显，受到社会资本青睐。同时，终端阅读设备商也将目光锁定了网络文学。数码产品的更新换代让网络文学的阅读设备从初期的台式电脑逐渐朝轻便易携的移动设备倾斜，电子阅读器（电子书）迎来快速发展期。在美国盛行的亚马逊 Kindle 阅读器一度成为销量惹眼的终端阅读设备，但苹果推出 iPad 后也给 Kindle 的销量带来了冲击，因为不少用户认为 iPad 带给他们更加舒适的阅读体验。新兴数码设备的产生，将可能给用户带来更舒适的阅读环境，网络文学传播范围将借助新兴载体得到扩展。电子书谁家花开更艳，现在似乎还没有最终答案。

在数字出版蓬勃发展之时，美国六大出版商——兰登书屋、阿歇特图书出版集团、西蒙·舒斯特公司、哈珀柯林斯出版集团、企鹅出版集团以及麦克米伦出版公司联手制定了新的价格联盟，即这六大出版商出版的电子书价格由出版商制定，零售商不能任意调整其价格或自行打折。而印刷书的定价却相对灵活，不同的零售商可以根据自己的销售状况自由制定价格和折扣。一般情况，当电子书的定价在印刷书的五折以下时，印刷书的零售商往往会采取大规模打折的方式来缩小与电子书之间的价格差距。海外电子书价格升温,对电子书业的发展是喜是忧,一时还难以得出答案。

为了确保国内电子书产业有序发展,2010年10月9日,国家新闻出版总署出台《新闻出版总署关于发展电子书产业的意见》,就发展电子书产业提出了具体要求和新的目标,提出要依法依规建立电子书行业准入制度,依法对从事电子书相关业务的企业实施分类审批和管理。该《意见》对电子书产业发展的重点任务进行了详细阐述,主要包括:丰富电子书内容资源,优化传统出版资源数字化转换质量,搭建电子书内容资源投送平台,提高电子书生产技术水平,实施电子书产业重大项目,落实电子书品牌战略,培育电子书消费市场,加快电子书标准制订,依法依规建立电子书行业准入制度等方面。此外,还明确提出电子书产业发展的保障措施:制订电子书产业发展规划,将电子书产业纳入新闻出版产业发展总体规划之中,分阶段、有步骤地组织实施;加快电子书行业法规体系建设,为电子书产业发展提供法制保障;优化电子书产业发展环境,加大版权保护力度,加强出版物市场监管,加强行业诚信体系建设;加强电子书行业自律,引导电子书产业健康有序发展;深入开展电子书相关理论研究,为电子书产业健康快速发展提供智力支持;加强电子书专业人才队伍建设,造就一批电子书产业领域的经营专家、技术专家和企业家。

2010年11月4日,新闻出版署公布了首批电子书牌照,共30家企业获得了电子书产业四大领域的从业资质,包括:电子书出版资质、电子书复制资质、电子书总发行资质、电子书进口资质。其中获得电子书出版资质的仍为中国出版集团等4家传统出版社;而获得电子书复制资质的为汉王科技、盛大文学等13家在电子书领域打拼多年的新兴企业;另有8家企业获得电子书发行资质;中国图书进出口集团等5家企业获得电子书进出口资质。

飞速发展的信息技术与不断推陈出新的消费电子产品让出版商必须密切关注"阅读"这一行为本身产生的变化,并对这种变化极为敏感且快速反应。"信息碎片化"就是出版商应对碎片化阅读趋势而作出的变化，自出版由此而衍生，其最大的魅力在于将面对作者的门槛放到最低，一部作品可以只销售电子书版本，纸质书版本实现"按需印刷"，有订单再制作，这大大节约了成本。为此，2011年9月1日，在第18届北京国际图书博览会期间，中美作家围绕中外原生电子书进行讨论，由"亚马逊"Kindle推出的美国畅销书作家布莱克·克劳奇与盛大文学的超级写手进行了面对面的交谈。双方共同探讨了"自出版"模式及数字出版的未来走向、发展前景以及传统出版在网络时代面临的挑战等一系列热门话题。

2011年10月13日，在法兰克福书展上，中国网络作家与来自德国的"自出版"作家展开了一场"中德网络作家分享成功故事"的高峰对话，双方共同分享了在不同国度、相同媒介上如何取得成功的经验和故事。这是中德数字出版领域的第一次盛会，作者、数字出版商、评论家汇聚一堂，对比两个中德数字出版平台经营模式以及作家出版方式和体验的异同，共同探讨数字出版的现状和前景。对话引发了全球出版业界的极大兴趣，吸引了前来参展的各国参展商、图书经纪人、作家等参与，成为法兰克福书展上最大的亮点之一。

结　语

中国网络原创文学经过十四年的发展，目前总体态势良好，作品数量和读者规模不断扩大，市场正向深度和广度发展，产业化发展趋势十分明朗，网络作品成为影视、网络游戏、动漫等产业关注的焦点，网络文学市场迎来了高速发展期。在创作方面，网络原创本身正逐步由粗放型向精致型过渡，读者和作者之间的关系从原先的简单交互，转向由网站主导，跨界交流的良好局面。但是，作为一个典型的新兴产业，网络文学发展过程中出现的盗版、内容低俗等问题，严重制约了产业的健康发展，亟待相关标准的制定和政策的出台。同时，由于一部分网络作者缺乏版权意识和社会责任感，一稿多投、抄袭，甚至剽窃现象有所抬头。在商业利益驱动下，网络作家的精品意识较为薄弱，一味追求更新速度，轻视作品质量仍然是比较普遍的现象。莺飞草长的网络文学，生机勃勃却又流云无痕。在下一轮国家文化大发展的机遇期，网络文学能否迎来新的高峰，值得期待，但也不可盲目乐观。

波涛汹涌　港湾初现

——2012 年网络文学综述

2012 年网络文学总体发展均衡，各大文学网站进一步细分类型，类似于传统文学期刊中选刊的小说搜索引擎，在阅读竞争中逐渐显现出优势，但网络文学原创却显示出动力不足的迹象。今年，网络玄幻小说和仙侠小说依然是网络在线阅读最火暴的类型，作品发表数量（按总字数计算）增长 2.7%，日更新达到 2.3 亿字节。由于移动（手机）阅读的有效覆盖，产业份额仍处在上升通道中——预计总体规模（直接收入）将超过 50 亿人民币。值得引起重视的迹象是，截至 2012 年 6 月底，我国网络文学用户数为 1.9 亿，较 2011 年底减少 4.0%。十多年来，随着互联网用户数的增长网络文学用户数一直再不断攀升，但 2012 年 6 月首次出现逆势减少。究其原因，作品质量未见显著提升，创新性萎缩是两大结症，具体显示在题材雷同、情节拖沓、文字累赘甚至涉及暴力色情等方面。网络文学在中国发展已有 15 年时间，相比较其他年龄段用户群体，目前 30-39 岁用户群体的网络文学使用率最高，因此主流阅读人群对网络文学作品的成熟度需求逐渐上升，部分用户"脱网"在所难免，这为网络文学有可能出现瓶颈发出了预警。大河曲折、回环，本是自然现象。去年，慢转型，热竞争的数字出版业已顺利突破千亿元大关，年均增长率超过50%，这是中国文化领域面向未来的重要历史选择，如果看到这一点，我们就有理由充满乐观。大约需要10年时间，在中国移动、中国电信、盛大、百度、亚马逊等一批新兴企业的持续创新带动下，传统出版机构通过自身努力完成转型，形成与新兴数字媒体企业共荣共生的格局。到那时，由网络文学这台发动机衍生出的各种类型的数字化产品，将会成为中国最重要的文化输出。也就是说，网络文学将参与未来的"中国制造"，中国将以数字化产品影响世界。

网络文学发展模式趋向多元

在最初的10年，也就是2008年之前，网络文学主要依靠在线阅读收费模式支撑行业运营，但在近年，由于网络文学延伸领域愈来愈广泛，生存空间扩大的同时，竞争也日趋激烈。由此，网络文学已经不再是单兵作战模式，一部作品的好坏，不仅仅通过在线阅读来检验，而是看其延伸的领域是否足够广泛。文学网站考察作品，引导创作正在逐步改建入口标准，即网络文学能否有效转化成数字出版物、网络游戏、影视剧、图书和漫画等产品，并与这些领域的原创作品进行竞争和融合，以谋求新的发展空间。数字出版已成为国家文化战略的重要组成部分，预计中国将在2015年之前超过美国，成为世界最大电子阅读器市场。这对网络文学来说，无疑是一次新的发展机遇，但能否成为"新宠"，还有待网络文学自身的蜕变。

统计数据显示，目前网络文学用户男女比例分别为56.4%和43.7%，男性用户所占比例比女性用户高出约13个百分点。观察多个网络文学网站的热门小说排行榜、阅读点击量排行榜，玄幻、仙侠、盗墓、探险等幻想类题材排名均靠前，这些题材的文学作品与男性偏好猎奇、寻求刺激的心理特征契合，受到男性用户更多的偏爱。同时，也是网络游戏改编的主要来源。由于网络小说读者和网络游戏玩家的高重合度、人气叠加、共通性和相互影响等效果显著，随着《诛仙》《鬼吹灯》《斗破苍穹》《星辰变》《兽血沸腾》等改编获得成功，网络文学改编网络游戏成为一种风潮，两个时下最为热门的数字娱乐产品形成了互依共荣的局面。而婚恋、家庭、职场、时尚等现实题材的作品，多受女性读者欢迎，更加适合影视改编和图书出版。据不完全统计，目前网络文学每年卖出的影视改编权约在 500 到 700 部之间，每年下线出版图书简繁体版本约在 2000 种左右。另外，唐家三少的作品《斗罗大陆》改编成网页游戏之后又成功改编成漫画，足见网络文学发展模式更趋多元和开放性。

由于两者天然具有兼容性，数字出版已成为网络文学进入主渠道最重要的通道。今年 8 月，由商务部、中宣部、文化部、广电总局和新闻出版总署五部委组织申报的 2011—2012 年度国家文化出口重点企业和重点项目名单揭晓，网络文学以数字出版的形式首次进入国家订单集中出口，成为中国文化对外输出的重要产品。新型客户终端安卓端、谷歌、苹果等渠道，也使得数字出版的国内市场份额逐年增长，截至 2012 年上半年，仅盛大文学云中书城一家，第三方内容合作伙伴超过 330 家，签约第三方作品数近 10 万种，移动客户端用户数已近 600 万，累计完成付费订单数 900 万单，被下载的电子书种类超 50 万种，并且这个数字还在不断快速增长中。相对来说，移动阅读平台对作品的遴选非常严格，原创文学的份额只占全部读物不到十分之一。新增的读书网站，如塔读文学、华夏中文网、魔铁中文网等从创建之初就分别与中国移动、新浪、腾讯、搜狐、3G 门户等网站合作，主要是在数字出版领域展开竞争。

由于网络文学作品总量庞大，总体来说，无论在线还是无线阅读，读者阅读选择的自由度都相当大，文学网站的竞争也日趋激烈。根据 iResearch 艾瑞咨询推出的网民连续用户行为研究系统 iUserTracker 最新数据显示，2012年10月，垂直文学网站日均覆盖人数达1443万人。其中，起点中文网日均覆盖人数达200万人，网民到达率达0.9%，位居第一；晋江原创网日均覆盖人数达104万人，网民到达率达0.5%，位居第二；纵横中文网日均覆盖人数达92万人，网民到达率达0.4%，位居第三。2012年10月，垂直文学网站有效浏览时间达2.5亿小时。其中，笔趣阁有效浏览时间达2153万小时，占总有效浏览时间的8.7%，位居第一；起点中文网有效浏览时间达2114万小时，占总有效浏览时间的8.6%，位居第二；快眼看书有效浏览时间达1257万小时，占总有效浏览时间的5.1%，位居第三。

在数字阅读高速发展期，海量信息成为阅读的重要障碍，搜索引擎运用技术手段，帮助用户在互联网庞大信息资源中以最快的速度寻找到自己所需的内容，为阅读、查阅提供了方便，但同时也引发了大量网络版权纠纷，阻碍了网络文学的发展。现在看来，合作是解决这一问题的最佳途径。一方面，搜索引擎应当清醒地认识到"天下没有免费的午餐"；另一方面，版权拥有者（文学网站或作者）应该顺应互联网技术的发展，也就是说，搜索引擎和权利人之间应加强合作、签订版权合同，即由搜索引擎服务商按传统模式与版权人就作品的使用订立合同，实现共赢。

创作题材向神话与现实两极发展

近年来，网络文学与传统文学逐渐融合，主要体现在阅读市场的相互渗透，比如门户网站新浪网、搜狐网、新华网的读书（或原创）频道，均以推介传统文学图书的数字化阅读为主，即使是原创类作品，也以"职场"、"官场"、"军事"、"都市言情"等比较接近传统文学的类型为主，也就是说，传统文学在线阅读的份额在逐年增长。而专业文学网站则以"玄幻"、"仙侠"、"网游"、"架空历史"、"穿越"等网络特色鲜明的类型为主，它们依然占据着网络阅读的主要市场。经过一段时间的磨合和市场分割，网络文学走向两个极端的趋势愈加明显，一头是现实，一头是神话。网络文学现实题材作品由于其细致、深入的诠释了当下生活与人的精神世界的关系，十多年来一直为图书出版业所关注，简繁体图书出版总数高达2万种。

职场官场、都市言情、婚姻家庭类网络小说依然是目前最受读者欢迎的现实题材作品。自《蜗居》《杜拉拉升职记》《和空姐一起的日子》等被改编成影视作品后，网络文学迅速成为影视改编的宠儿，其后的《失恋33天》《裸婚时代》《甄嬛传》《步步惊心》《金太郎的幸福生活》《帝锦》《搜索》《我的美女老板》《别再叫我俘虏兵》等一批作品乘势而上，使网络文学影响力急剧扩大。近期完成拍摄的《涩女日记》《刑名师爷》《浪漫满厨》和即将拍摄的《盛夏晚晴天》《第一最好不相见》《前妻来了》《小儿难养》《绣里藏针》等，预计将进一步推动网络文学进入主流阅读人群的视野。另据 CNNIC 网络文学用户调研数据显示，网络文学用户中有 79.2% 的人愿意观看网络文学改编的电影、电视剧。

网络玄幻小说和仙侠小说基本属于神话叙事范畴，但与农耕文明时代的神话叙事又有明显的差异，现代科技已经解决了人类进入太空的难题，但地球上的问题却愈来愈复杂，危机论、末日论甚嚣尘上。网络小说敏感地把握住了这一现实，将笔触由时空领域转向塑造新的文明形态，故事情节和人物行为超出了人类社会的思维模式，人类往往只是其中的一部分而不再是主宰者。在这一点上，网络玄幻小说和仙侠小说与西方现代神话故事似有不谋而合之处，比如《哈利波特》《指环王》，甚至是《阿凡达》，这些作品中国化的版本在网络上比比皆是，但它们中国特色十分鲜明。网络玄幻小说和仙侠小说多数还杂糅了科幻、穿越、言情、重生等表现手法，但我并不认为应该把它们划入上述类型，它们的核心是神话叙事。

去年和今年，网络玄幻小说和仙侠小说依然是网络在线阅读最火暴的类型。我吃西红柿、天蚕土豆、血红、猫腻在起点中文网最新发布的长篇小说《吞噬星空》《斗破苍穹》《偷天》和《将夜》，烟雨江南在17K文学网发布的长篇小说《罪恶之城》，无罪在纵横中文网发布的长篇小说《仙魔变》，点击率均超过千万，它们同样是无线阅读平台（手机阅读）最热门的作品，移动阅读高达5亿次的日浏览量，差不多有一半是在点击这些作品。年收入过百万的网络作家，百分之九十属于这个人群，因此，可以说他们对网络文学的产业化发展作出了贡献。由于多种原因，影视尚无力改编、拍摄这个类型的作品，但它们在影视领域埋下的伏笔早晚会引发一波网络文学最大的浪潮。值得注意的是，这一类型的作品如此大规模的出现在网络，并被广泛阅读和传播，的确是中国文学史上的一大奇观，但遗憾的是，它被学界重视的程度恐怕不及它被阅读的万分之一。

年度网络文学重要作品

东方玄幻类小说《将夜》（作者：猫腻），2011年8月15日开始在起点中文网连载，已完成字数：2330584，未完稿。作品简介：在环境险恶的边境军队中，普通小兵宁缺是一个满脑子修行美梦却毫无修炼天赋的少年，凭借着过人的武艺，他成了令土匪闻风丧胆的梳碧湖的砍柴者。由于战功显赫，他被推荐到京城书院读书，并承担护卫公主返京的任务。没想到一路上并不平静，目睹了大宗师级别的战斗，他保护公主躲过多次追杀行刺，与公主及其护卫宗师结下了深厚的感情，并且打开了修行的大门。来到京城后，宁缺以优异的成绩考进书院，并且在所有的书院弟子中，脱颖而出成为新弟子的佼佼者，随后成功的进入了书院的二层楼，成为了传说中的夫子的亲传弟子。由于目睹杀害他父母的仇人逍遥法外，宁缺在众多天才出众的师兄的帮助下，研制了属于自己的武器，快速贪婪的修行，使他在一系列的冒险和一次次的挑战中，快速提升着自己的实力，并且终于手刃了仇家。复仇成功之后的宁缺，更加专注在书院的学习和自身修为的提高，而后又踏上了去往西陵学习的路途，完成了可歌可泣可笑可爱的草根崛起史。

玄幻类异界大陆小说《神印王座》（作者：唐家三少），2011年11月20日开始在起点中文网连载，2012年11月完结。总字数：2642273。作品简介：故事发生在位于圣殿联盟南部边境的奥丁镇，那里的魔族十分强势，在人类即将被灭绝之时，一个叫做六大圣殿的组织崛起，带领人类守住最后的领土。这是一个道魔林立的时代，强人不绝，凶人不止，唯有物竞天择，强者胜。本书主角少年龙皓晨，为救母加入骑士圣殿，奇迹、诡计，不断在他身上上演，凭借自己的努力，终于登上象征着骑士最高荣耀的神印王座。

玄幻类异界大陆小说《罪恶之城》（作者：烟雨江南），2011年12月24日开始在17K文学网连载，已完成字数：2110929，未完稿。作品简介：这个家族血管中流的每一滴血，都充满了罪恶、淫秽和肮脏的东西。他们是所有矛盾的集合：他们热情，他们冷酷；他们善于记忆，他们经常遗忘；他们忠于梦想，他们随时妥协；他们愿与圣徒为伴，他们总和魔鬼合作；他们非常冷静，他们必然疯狂。他们是天使，他们也是魔鬼。小说运用宏大的叙事结构，描绘了诡异、冷艳而瑰丽的神秘世界，以精致犀利的语言，匪夷所思的故事情节，以及一个个陌生又鲜活的人物形象，使得"诺兰德大陆"上演的那些爱恨情仇令人惊诧不已。

玄幻类异界大陆小说《仙魔变》（作者：无罪），2012年5月6日开始在纵横中文网连载，未完稿。作品简介：这是一个有关帝国和荣耀，有关忠贞和背叛，有关青春和热血，有关一个怀着与众不同目光的少年，有关一个强大的修行学院的故事。六十年前，一个中年大叔带着一条长得像癞皮狗一样的麒麟和一头长得像鸭子一样的鸳鸯第一次走入了中州皇城。那一年，这个中年大叔穿过了山海主脉，穿过了四季平原，走进了青鸾学院。六十年后，林夕坐着一辆破旧的马车，从鹿林镇穿过半个云秦帝国，一路向北，行向青鸾学院。

官场类小说《对手》(作者：姜搏远)，2010年7月13日开始在新浪读书连载。作品简介：海川市驻京办事处是一个各方面都很落后的单位，驻京多年还一直租房办公，为了改变落后局面，驻京办傅华采用紧迫盯人的方式成功的打动了台湾大公司融宏集团的老总陈彻，争取让陈彻在海川投巨资建设了生产基地。从而一炮打响，获得了市委市政府的赞赏。傅华参加融宏集团正式跟海川市的签约，趁机向市长要求市政府投资为驻京办事处建办公用房。曲炜同意了，但同时也批评他不务正业，跟不正当的女人孙莹来往，甚至不承揽主动要求投资的客商赵进。傅华这才知道驻京办的副主任林东一直在窥视他，想把他赶走，甚至不惜偷窃他的资料。傅华揭露了赵进的骗局，并趁机跟林东摊牌，收服了林东。因为融宏集团成功落户，傅华获得了极高的声誉，便开始膨胀，他把建办公用房扩展成要买地把驻京办建成一座大酒店，向市政府请批得到了批准，为此求助于旧情人郭静的老公杨军。因为融宏集团落户海川，东海省认为曲炜功不可没，有意调走市委书记孙永，让曲炜接任。但最终调走的却是曲炜……

职场类小说《黑白律师之山庄疑云》(作者：暂时无名)，搜狐原创连载作品。作品简介：陈锦荣，号称明山市第一青年律师才俊，一个游走在黑与白之间的律师。他无意中代理了一起普通的破产企业工人追讨经济补偿金案，一审获胜，企业方被判决支付补偿金，但清算后净资产无力兑现法院判决。经过调查发现该企业在变卖处置的投资项目存在严重问题，很多企业都是以极低的价格被卖出。市长推荐陈锦荣进入清算组，要求其协助市政府清算组彻底查清这些企业的资产处置问题，陈锦荣无奈参与，但是在调查中却意外发现此案与他代理的另一桩云梦山庄强奸杀人案有了千丝百缕的关联。

都市类小说《妖孽保镖》(作者：青狐妖)，塔读文学连载作品。作品简介：小说主人公在工作之余揽私活儿，一个人承接多位美女的保护任务；

他敢于狂吃窝边草，当然还有窝外的草，以及其他草、所有草。一个妖孽如谜的男人，一群形形色色的女人，演绎了万花丛中的一段段离奇韵事。作者笔触细腻、纯洁，故事有趣、生动。

职场类小说《生死浮沉：急诊科的那些事》（作者：于莺、江南麦地），榕树下文学网连载。于莺，北京协和医院急诊科主治医师，毕业于中国协和医科大学，医学博士。作品简介：中国版《急诊室的故事》。健康与病痛相连，生命与死亡并存。每天有很多人从这里健康地走出，也有很多生命在这里画上句号。本书讲述发生在急诊室里真实而又感人的故事：医生与医生之间、医生与领导之间、医生与病人之间，各自有着怎样不为人知的内幕？全书以主人公的事业成长、情感纠葛为主线，贯串起30多个医疗故事案例，力求故事性与真实性的完美结合，既是精彩的社会热点小说，又是患者就医指南读本。大起大落看透命运，大悲大喜看透人性。

言情类小说《盛夏晚晴天》（作者：柳晨枫），红袖添香网连载作品，将于2013年投入电视剧拍摄，杨幂、刘恺威主演。作品简介：结婚三年，面对丈夫的冷漠，她从来都没有显示过软弱，但当小三怀了丈夫的孩子闹上门，她第一次泪眼婆娑。面对他鲜有的错愕，她挺直脊梁倔犟的转身。丈夫在背后他冷语嘲讽：夏晚晴，凭你市长千金的身份，多的是豪门巨富登门求亲，何必束缚我？离婚协议签署的那一刻，她拾起骄傲，笑靥如初。凭她的身份，想嫁个不错的男人，易如反掌，若非为爱，婚姻又能持续多久，但若是为爱，还不是铩羽而归？她终于选择了没有爱情的婚姻。

另外，起点文学网发布的《股神来了》《午夜开棺人》；17K文学网发布的《哥几个，走着》《诡案组陵光》《花满三春》；纵横中文网发布的《宰执天下》；大佳网发布的《命门》《王南瓜的打工生活》；起点中文网发布的《赘婿》《天才相师》（作者：打眼）；起点女生网发布的《世婚》（作者：意千重）、《花开锦绣》（作者：吱吱）、《金玉满唐》（作者：袖唐）；晋江书城发布的《论太子妃的倒掉》（作者：茂林修竹）、《离婚365次》（作者：

两颗心的百草堂）；潇湘书院发布的《妾本惊华》（作者：西子情）、《千金笑》（作者：天下归元）；红袖添香网发布的《8090婚约》（作者：白槿湖）；塔读文学发布的《白银之歌》（作者：罗森）、《仙国大帝》（作者：观棋）、《不灭元神》（作者：百世经纶）等作品也取得了较好的成绩。

《股神来了》作者丰言，原名潘起，1980年出生在上海，2001年初赴德国留学，毕业于德国慕尼黑大学计算机专业，硕士学位，现旅居德国。小说讲述了中国证券市场发展二十余年后，在全民炒股的年代中，一个普通散户陷入人生与证券双重困境的奇妙故事。《午夜开棺人》作者唐小豪，原名唐博耗。小说描述了棺材镇可咒人数代的奇葬"白狐盖面"；腐尸村可使人永生的"镇魂棺"；鄞江崖墓所藏可致阴兵之"牧鬼箱"；成都零号防空洞内的阴铁"阎王刃"；邛崃天台山阴冥地街中的"烙阴酒"；若尔盖草原扎曼雪山中的"炙阳简"等传奇故事。《哥几个，走着》作者纯银耳坠，小说讲述的是一个高中生小混混王越，靠着家里的关系，上了一所普通的大专，但是由于种种原因而大学辍学。走出校门之后王越彻底融入社会，在一系列美好愿望全都落空以后，他抱着幻想回到了他原来上高中的地方，可是一切的一切，都已经不再美好，人心善变，危机重重，形势险峻，生离死别。《诡案组陵光》作者求无欲（《诡案组》系列已于2012年初改编成电视剧），故事延续了诡案组系列"恐怖源于真实"的风格，通过各类荒诞不经的虚构故事，揭露了层层迷雾下那些丑恶的人性本质。《花满三春》作者煌瑛，故事始于虚拟国家"大昱"灭亡之后。天下一分为四，女主角苏砚君的父亲是复辟党中一员。为让女儿远走高飞，苏父安排她远嫁。对父亲用心一无所知的苏砚君踏上北上完婚之路，也踏入了乱世的漩涡。《宰执天下》作者cuslaa，因为一场空难，贺方穿越千年，回到了传说中"积贫积弱"同时又"富庶远超汉唐"的北宋。一个贫寒的家庭，一场因贪婪带来的灾难，为了能保住自己小小的幸福，新生的韩冈开始了向上迈进的脚步。这一走，就再也无法停留。逐渐的，他走到了他所能达到的最高峰。在诸多闪耀在史书中的名字身边,终于寻找到了自己的位置。《命门》作者年志勇,电信业覆盖了现代生活的每一个角落,电信资费与服务,始终是舆论与民众关注的焦点。常被公众诟病"垄断"的三大电信运营商,市场竞争之惨烈、员工生存之压力,远超人们想象。小说诠释了各级电信运营商的艰难蜕变,铺了一轴有关通信圈鲜活的浮世绘,昭示了从业人员的命运沉浮,折射了时代激流与天下苍生。《王南瓜的打工生活》作者侯平章,王南瓜是一个写诗的内地青年,学校毕业后怀抱梦想做了南漂。本来是想投靠早先到南方发展的叔叔。当历尽艰辛找到叔叔时,叔叔生活的变故,让他的梦想彻底破灭,他又踏上了新的历程。《赘婿》作者愤怒的香蕉,小说讲述一个受够了勾心斗角、生死打拼的金融界巨头回到古代,进入一商贾之家最没地位的赘婿身体后的休闲故事。家国天下事,本已不欲去碰的他,却又如何回避。

年度网络文学重要理论观点

关于网络文学是否具有社会价值的讨论。针对网络文学缺少社会责任感的质疑,张颐武认为,我们对于社会责任、社会担当的认识应该更加宽广一点,不能过于狭窄,关注民生问题,关注社会问题,固然是一种社会责任,但不是只有关注民生社会的才有社会责任。不仅网络文学如此,整个社会都是如此,你不能说袁隆平的研究非常有社会价值,霍金就没有社会价值,他们在不同的领域,通过不同的方式对人类的发展起到不同的作用。文学也是如此,如果说非得关注农民工,关注社会问题才叫有价值有担当,那么写爱情小说是不是就没有价值,也要否定呢?关注社会问题当然需要,但是不能要求所有作品都同样去理解与书写生活。网络文学长于开发人们的想象力,长于个体情怀和感受的表达。实际上,想象力的开发,对于人类社会发展非常重要,所以,关注现实固然非常重要,但是促进人类的想象力，也同样是文学价值的一部分。

市场经济与新兴媒体对文学的革命性影响。汪政、晓华认为，因为新兴媒体的支持，我们才认为，"自文学"的时代已经到来。没有哪个时代像今天这样注重信息与传媒。以往，文学的传媒是相对单一的，而如今，报纸、刊物、出版、网络、电视、广播、手机……构成了文学传播庞大的空间。新兴媒体所催生出的写作形态如博客、微博、手机作品、电子杂志等等与传统的出版或发表方式是有本质上的区别的。它们非常自由，它们可以是私密的，但除了自己加密的"日志"外，更多的都不是私人性的了，它们进入了与他者的交流，进入了不同范围的公共领域。市场的文学同时就是消费的文学与传播的文学，是真正的"个人的文学"，这个人的文学不是知识分子的那少部分个人，不是精英的个人，而是民众的、大众的、人民的个人，是每一个社会成员的个人。在这个时期，不能说国家的文学与知识分子和精英的文学已经不存在了，但在这个多元的格局中，显然个人的文学更为庞大，也更具草根性、当下性、日常性，因而也更生机勃勃。都在说文学正在衰落，正在走向边缘，其实这是从国家文学以及精英文学的角度说的，如果仔细研究一下，可能没有哪个时代有今天这么众多的写作者，专业作家、业余作家、职业写手、自由撰稿人，以及庞大的匿名写作者，他们构成了一个身份各异的写作生态圈。文学不再是一部分人的权利与垄断，而是每个人日常生活的可能与现实。

因为移动互联网异军突起，网络文学在2012年出现变局。李伟长认为，如果说若干年前的网络文学还多局限于以起点中文网为代表的类型写作，比如盗墓派、穿越派、玄幻派等等，那到今日，已经发生变化了，关于网络文学需要重新被定义，至少不仅仅是类型小说。网络文学已开始向数字出版转变。这种观念之变已经渗透在互联网文学产业链中，网易阅读、豆瓣阅读等平台的推出，说明洗牌正在暗流涌动。这次洗牌将会影响未来整个网络文学格局。洗牌，从来就是新格局调整的开始，是其他势力企图重新崛起的动作，也是既得利益者集团试图巩固阵地的战略。没有纯图公益慈善的洗牌，只有利益的驱动，网络文学洗牌更是如此，不仅是势力版图的划分，更是利益之争，还有观念之争。

类型化写作适于分众、小众的点击期待，吸引读者付费阅读。欧阳友权认为，这类作品的情节、故事、人物、想象、节奏和叙事方式等大都是模式化的。写作者尽可以天马行空，释放自己的想象力，把虚拟的类型化空间拉长、拓宽，以迎合阅读市场。但由于一些作者的"类型化想象"缺少深厚的文化底蕴和坚实的生活积累，用于想象的创作素材囿于有限的生活阅历、知识视野，有的甚至就来自某些网络游戏，久而久之很容易陷于"枯竭焦虑"，摆不脱自我重复的窠臼或难以为继的尴尬，导致一些类型化作品红极一时却速成速朽，短期内能赢得排行榜、赚取点击量，却少有艺术提升的空间和文学创新的潜能。最终，类型化的"槽模"变成了艺术想象力的桎梏。刻意相似的写作模式，生编硬造的故事情节，动辄上百万甚至数百万字的篇幅，除了创造商业资本最大化利润外，其实是无关乎文学艺术的。类型化写作的过度膨胀，隔断了文学与现实的依存性关联，使网络文学面临自我重复、猎奇猎艳、凌空蹈虚的潜在危机。

经典性和流行性并非二元对立。邵燕君认为，"如果将眼光放宽，古今中外的伟大经典大都在当世极为流行。"她非常看重文学作品的"当下性"，就是说，一个国家的当代文学有责任以文学的方式呈现它所属时代的精神图景，给当代人的核心困惑以文学的解说，或者给读者提供精神抚慰。"'当下性'在'主流文学'里已经相当稀薄，产生经典作品的可能也日渐减少。而网络文学这一边，'当下性'异常丰茂，虽然现在仍处于'大神阶段'，但'大师'的出现不是没有可能。"她还设想，一个如当年余华那样的居于县城的文学青年如何走向文学之路，他会选择给网站写稿还是给文学期刊，"十有八九是前者"。

如何应对"审美知识失效"的困境。罗勇认为，面对这一状况，需要我们的批评家更新知识结构、扩充人文知识，以便对新的文学作出新的有效阐释；更需要培养和推出一支新的青年批评家队伍与之对接。所谓一代有一代之文学，批评亦然。要做到"有效"，我们的文学批评要真正介入到文学实践的现场中去，寻找新的批评对象，寻找新的批评话题，寻找新的话语方式甚至新的传播方式。诚然，文学批评可以为文学经典的建构提供依据，为文学史的科学定位提供参照，为文学理论的健全完善提供实践检验；它不仅要对文学作品、文学现象与思潮作有效的艺术阐释、独到的审美发现，还要有富于启迪的审美创造——接通现实，表达思想，有效地参与到公众精神生态和人类精神生活的塑造中去。

　　网络文学飞速发展仍无法承担起文学走出边缘化的重任。业内人士指出，从国外的经验来看，网络文学小说尤其是手机小说的前景非常值得期待。比如在日本，2007年由Mika（美嘉）写的自传体手机小说《恋空》引起热潮，有1200万读者下载阅读，网站累计点击达2672万人次。在网络文学的冲击下，我国的传统文学市场已经出现边缘化的趋势。有统计表示，尽管全国出版的期刊多达9000多家，但是文学类期刊仅占约10%，而且在这八九百家文学期刊中，能勉强生存的还不到10%，90%以上的文学期刊陷入生存危机或者经营困境。这样的数据说明，网络阅读在无形中已经占据了相当规模的市场，也存在着很有利润前景的发展空间。但业内人士同时指出，网络文学小说的发展固然很有前景。但在目前看来，网络文学与传统文学比起来，还存在一定的差距，还无法承担起文学走出边缘化的重任。如何应对未来的发展主流，依然是值得去深思的问题。

年度网络文学重要事件

（一）中国作协加大网络文学扶持力度

今年，中国作协加大了对网络文学的扶持力度，共有17部作品入选两个层次的扶持，其中《春秋故宅》（作者：骁骑校）、《风吹草动》（作者：张院萍）、《深的蓝，浅的蓝》（作者：沙爽）、《官场风云30年》（作者：叶春萱）、《新式8090婚约》（作者：白槿湖）《晋升》（作者：神七）等6个项目获得中国作协扶持，《命门》（作者：年志勇）、《双城生活》（作者：三十三）、《挽婚》（作者：毕蓬勃）、《王南瓜的打工生活》（作者：侯平章）、《我本多情》（作者：梅静）、《香之城》（作者：米问问）、《不易居》（作者：月斜影清）、《碑痕》（作者：童行倩）、《浮华都市》（作者：万万）、《弹如流星》（作者：拔剑东门）、《河东旧梦》（作者：冷羽轻寒）等11个项目获得全国网络文学重点园地联席会议扶持。这些作品分别由新浪读书、搜狐原创、红袖添香文学网、晋江文学城、17K文学网、腾讯原创、汉王书城、大佳网和中国网络文学联盟网等网站申报。

（二）首届全国网络文学作品研讨会在京举行

在年初举办第二次网络作家于传统作家结对交友之后，6月28日，中国作协在京举行首届全国网络文学作品研讨会，表明中国作协对网络文学的关注已进入深层阶段。《扶摇皇后》《遍地狼烟》《新宋》《隋乱》和《凝暮颜》等5部作品入选。白烨、欧阳友权、陈福民、王祥、马季、邵燕君等10位学者专家到会，与作者展开面对面的坦率的探讨和交流。他们认为参加研讨的5部作品可读性强，想象力丰富，将文字的新鲜、灵活、平实、丰富发挥得淋漓尽致；不足之处是作品存在与现实社会有隔膜感、对人物的内心世界缺少更深的把握、文字不够精练等问题。中国作协党组成员、书记处书记陈崎嵘表示，举办网络文学作品研讨会，是基于以下三点认识：一是网络文学异军突起，方兴未艾，三分天下有其一，并且逐渐呈现出"半边天"的趋势，影响着越来越多的网络受众。若重视文学，必须重视网络文学；若关心文学的未来，必须关注网络文学的发展。二是网络文学作品良莠不齐，泥沙俱下，亟需大浪淘沙，亟需高人指点，逐步建立符合文学本质、具有网络文学特点的审美评价体系，促使其蓬勃发展，健康成长。三是通过研讨评论，推出一批优秀的网络文学作品、网络作家和网络文学评论家。

（三）广东作协关注网络创作

继 2011 年底广东网络文学院挂牌、全国首家《网络文学评论》杂志首发以来，广东作协采取多种途径关注网络创作。今年 7 月 17 日，由广东网络文学院组织的"广东网络作家与外国学者对话"在广东文学艺术中心举行。旅美英国学者殷海洁和广东知名网络作家红娘子、无意归、蔼琳、猗兰霓裳、李伊、媚媚猫等进行跨文化学术对话。这是广东网络文学院继去年"广东网络文学十年精品回顾"四场主题座谈和"峰会"后的又一探索性活动。与会网络作家在亲切轻松的对话氛围中，详尽诉说各自实际情况和业内见闻，热情展开谈论，从每个人的独特经验和角度表达了对网络文学的作者、读者、编辑，各种类型小说的特点与发展状况等等。与会各方都憧憬在全球一体化时代中，网络文学在中国文化和西方汉学家之间充当双向文化交流的桥梁。另外，广东作协还举办了广东网络作家高级研修班，打造广东网络作家精英队伍，50 位广东网络作家参加学习，邀请国内、省内著名专家学者、作家授课。

（四）首部《网络文学词典》问世

由欧阳友权主编、中南大学网络文学研究团队编撰的中国第一部《网络文学词典》2012年9月正式出版发行。近年来，网络文学研究与批评在不断向深水区探究，但批评话语却一直无法系统建构起来。《网络文学词典》力求把网络文学研究从草根的、海量的、碎片化的、微文本化的、个体化的批评状态，修正到专业的、系统的、学理的研究体系中来，以其权威性建构起网络文学研究与批评的框架、术语，整合成一种"网络文学批评范式"。《网络文学词典》按照词条主题性质，分为网络术语、网络文学概念、网络文学站点、网络写手与群体、网络写作软件、网络文学作品与文类、网络文学语言、网络文学产业、网络文学研究、网络文学事件、网络流行语等11个大类，共收词条1081条，对当今涉及到的网络文学相关概念尽量收进，力求词典客观反映网络文学发展实际，全面涵盖网络文学各种现象与问题，以构建网络文学整体的概念和知识体系。同时，词典对含义相近的相关概念进行了科学取舍。

（五）"网络作家富豪榜"首度发布

2012年11月26日，《华西都市报》独家发布了由媒体人吴怀尧团队制作的"2012第七届中国作家富豪榜"全新子榜单——"网络作家富豪榜"。网络作家唐家三少、我吃西红柿、天蚕土豆分别以3300万、2100万、1800万的版税收入荣登"网络作家富豪榜"前三甲。骷髅精灵、血红、梦入禅机、辰东、耳根、柳下挥、风凌天下、跳舞、鱼人二代、苍天白鹤、高楼大厦、无罪、月关、天使奥斯卡、忘语、猫腻和打眼等20人分列榜单第4至20位。收入总金额高达1.7亿元人民币。"网络作家富豪榜"记录了中国网络作家2007至2012五年间，其作品产生的版税及相关授权所得的总和。网络作家的收入除了在线和无线，通过读者点击阅读其作品获得收益以外，还会产生相关收益，如授权简体繁体纸质出版、影视和网游改编等。在此次"中国网络作家富豪榜"20人榜单中，"80后"构成了网络作家富豪的主体。没有一人在40岁以上，35岁以上的只有月关、苍天白鹤、天使奥斯卡和忘语4人，其余16人年龄均在33岁以下，1980年以后出生者14人，最年轻的"天蚕土豆"1989年出生，"90后"的身影尚未出现。在去年发布的"第六届中国作家富豪榜"上，网络作家并未单列，而是和传统作家混合在一起，其中包括位列第二的南派三叔（1580万）、位列第五的安妮宝贝（940万）、位列第八的当年明月（575万）和位列第十四的桐华（290万），以及何马、小树老桥、李可等8位网络作家。

（六）盛大文学首度盈利

2012年5月10日，根据盛大文学最新F—1财报显示，盛大文学2012年第一季度首次实现扭亏为盈。盛大文学的扭亏为盈意味着盛大文学的全版权运营取得了成效，文学内容之于整个文化产业链的源头作用得到进一步的凸显。最新F-1财报：盛大文学Q1主营业务收入为1.92亿元，相较2011年Q1同比增长38.2%。毛利6693万元，相较2011年Q1同比增长65.4%，毛利率34.9%。盛大文学在2012年Q1实现净盈利逾300万元。盛大文学自2008年7月宣布成立以来，经过多年的积累和发展，盛大文学在线文学产业已经形成了一套创收模式，包括在线付费阅读、无线订阅、针对性广告、版权授权以及多种娱乐产业等。

<h2 style="text-align:center">文学网站从业人员情况调查</h2>

2012年5月8日起至6月22日，由中国作协牵头，组织中国作家网、盛大文学、中文在线、新浪读书频道、搜狐原创频道、TOM网读书频道、腾讯原创频道、大佳网和作家在线等网站，对全国主要文学网站编辑人员现状进行了调研。调研组先后走访了起点中文网、17K文学网、铁血网、TOM网读书频道、腾讯原创频道、上海市作家协会"云文学网"、湖南作家网、广东作家网和天涯社区文学频道等20余家文学网站，采用会议座谈、

随意交谈、问卷调查等方式进行调研。据统计，全国主要文学网站从事文学编辑工作的专（兼）职人数约有 2 万余人，约占全国网络文学从业人员总数的 70%。

问卷调查数据显示，网络文学编辑年龄偏低，76.2% 在 30 岁以下；其中女性占 51.7%；硕士研究生及以上学历占 2.6%，本科学历占 48.3%；大专学历占 40.4%；高中及以下学历占 8.7%。网络文学编辑人员从业时间偏短，跳槽现象比较严重，平均只有 3 到 5 年，从业 5 年以上者已属资深编辑。

调研中了解到，由于行业仍处于发展期，网络文学还没有形成比较明确的职业规范和行业标准，因此编辑岗位的划分和职责，都是根据各家网站的不同特点确定的，总的来说，与传统出版业存在明显的不同之处。目前，网络文学编辑岗位主要分审核编辑、文学编辑和运营编辑三部分。各文学网站没有统一的技术职称评聘标准，各自为政、五花八门。主要分为三类：一是盛大、中文在线等文学网站采用的公司体制；二是门户网站新浪、搜狐读书频道等采用的互联网体制；三是上海作协云文学网、广东作家网、湖南作家网等采用的挂靠作协体制。各文学网站（公司）对编辑职务、级别都有考核规范要求，但没有相对应的技术职称体系。各网站招聘网络文学编辑的标准主要有三条：从业经验、沟通交际能力和学历。但大多没有具体量化的标准，用来衡量和考核从业人员的资格、资历和职业水平。由于网络文学产业化时间较短，编辑人才十分短缺，网站招聘编辑存在一定的难度。一般由熟人推荐，主要来源有：计算机类毕业生、文科类毕业生、由网络写手改行转型者。编辑人员多数没有接受过正规化、系统化的职业培训，入职后主要采取以老带新的模式进行业务培训。网络编辑工作负荷很大，一个编辑通常要负责与成百上千位作者的日常联系，几乎没有时间和精力进行业务学习。同时，由于行业竞争强烈，从业人员内部流动频繁，客观上制约了网站对编辑人员的培训投入。近年来，新闻出版总署和中国作协开始关注这个问题，对网络文学编辑实施有计划的培训，文学网站配合十分积极，反应良好。

结　语

中国当代文学在经历了艰难的跋涉和论争之后，迎来了 2012 年，按照玛雅人的旧历，地球将在这一年岁末毁灭，12 月 22 日凌晨，我在电脑上完成了这篇综述的写作，透过窗户，寒冷的北京一片宁静，整个世界仿佛真的只剩下我一个人。就在数日前莫言领取了诺贝尔文学奖，他并表示文学奖不是发给国家，而是发给个人。这让我静下心来重新思考一个问题：文学当然不能离开个体而存在，但究竟在多大程度上体现着国家精神？经济、科技、体育都是可以量化的，惟文化无法度量、测算，文学在其中则是最个性化的部分。伴随着高速发展，中国社会需要补充的能量实在是太多了，想象力不可避免成为其中的重要元素，它既是文明进步的火种，也是个体生命最宝贵的能源。网络文学的发展正是以此作为原动力，应该说它是当下中国人精神现状的重要表征之一。文学的波涛依旧汹涌，港湾却在月星处初现。

2012 年 7 月 19 日，中国互联网络信息中心发布第 30 次"中国互联网络发展状况统计报告"。报告显示，截至 2012 年 6 月底，中国网民数量达到 5.38 亿，宽带网民 3.80 亿，手机网民 3.88 亿。手机首次超越台式电脑成为中国网民第一大上网终端。网民在电脑上检索的多是新闻、影音娱乐及饮食生活类信息，而在手机上检索最多的是新闻和小说。四成多的手机搜索用户每天都在手机上搜索信息，其中 17% 的网民每天搜索 5 次及以上。